荣获

新闻出版总署优秀畅销书奖
全国优秀古籍图书普及读物奖
第十七届山西省优秀图书一等奖
第二届山西出版政府奖
山西出版集团2008年度十种好书

全套藏书累计销售500万册

诸子百家卷

《诗经》《尚书》《礼记》《楚辞》《论语·大学·中庸》《孟子》
《老子》《庄子》《荀子》《韩非子》《孙子兵法·尉缭子·鬼谷子》
《墨子》《周易》《山海经》《吕氏春秋》《三十六计》

名家选集卷

《三曹诗集》《陶渊明集》《王勃集》《王维集》《孟浩然集》
《高适集》《岑参集》《李白集》《杜甫集》《白居易集》
《刘禹锡集》《元稹集》《李商隐集》《李贺集》《杜牧集》
《韩愈集》《柳宗元集》《李煜集》《欧阳修集》《王安石集》
《苏轼集》《黄庭坚集》《柳永集》《秦观集》《周邦彦集》
《李清照集》《辛弃疾集》《陆游集》《范成大集》《杨万里集》
《姜夔集》《文天祥集》《元好问集》《唐寅集》《张岱集》
《三袁集》《李贽集》《傅山集》《纳兰性德集》《袁枚集》
《郑板桥集》《龚自珍集》

史著选集卷

《左传》《国语》《战国策》《史记》《汉书》《后汉书》《三国志》
《资治通鉴》

综合选集卷

《唐诗三百首》《宋词三百首》《元曲三百首》《千家诗》《古文观止》
《汉魏六朝小赋骈文选》《唐宋八大家文选》《明清小品文选》

笔记杂著卷

《蒙学六种——三字经·百家姓·千字文·增广贤文·幼学琼林·格言联璧》
《颜氏家训·朱子家训》《世说新语》《金刚经·坛经·心经·地藏经》
《曾国藩家书》《菜根谭·小窗幽记·幽梦影》《浮生六记》《闲情偶寄》
《近思录》《徐霞客游记》《古代书信精选》

戏曲小说卷

《元杂剧精选》《西厢记》《牡丹亭》《长生殿》《桃花扇》《今古奇观》
《三国演义》《水浒传》《西游记》《红楼梦》《聊斋志异》《儒林外史》
《封神演义》《话本小说选》《文言小说选》

中国家庭基本藏书　名家选集卷

柳宗元集

〔唐〕柳宗元　著
景宏业　解评

山西出版集团
三晋出版社

博学工作室

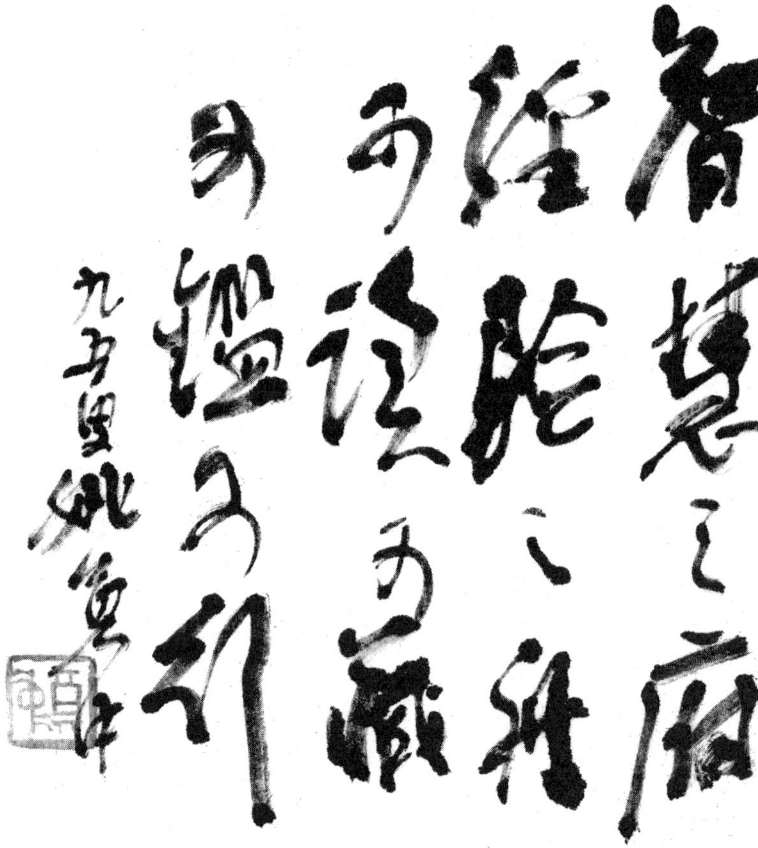

·山西大学教授姚奠中先生为《中国家庭基本藏书》题词

前言

柳宗元（773—819），字子厚，世居河东（今山西永济市）。

柳宗元的高祖柳子夏，唐初任徐州长史。柳子夏的叔伯兄弟柳奭，贞观时为中书舍人，高宗李治朝做过宰相。他的外甥女王氏，就是李治的皇后。仅高宗一朝，柳氏家族同时居官尚书省的就达二十多人。

柳宗元祖父柳察躬，曾任湖州德清（今浙江德清县）令。父亲柳镇明经及第，母亲卢氏出身于名门望族的范阳卢氏。官场上的柳镇为人正直，一生为仕途奔波，不过大多是做参军、县令之类府、县僚佐而已。五十岁时，柳镇才调到长安做殿中侍御史，但在处理复杂而棘手的卢岳遗产案时，耿直的柳镇因秉公办理，得罪权臣窦参，被贬为夔州司马。三年后，名臣陆贽出任宰相，柳镇才被召回官复原职。

柳宗元十七岁时第一次参加科举考试，但名落孙山，此后他又连续两次投考，都没有及第。贞元九年（793），二十一岁的他终于考中进士，同时及第的还有他终生的挚友刘禹锡。当唐德宗听到新科进士柳宗元是柳镇的儿子时，由衷地赞叹了一句："是故抗奸臣窦参者耶！吾知其不为子求举矣。"（柳宗元《先侍御史府君神道表》）进士及第后不久，父亲柳镇就不幸病逝。遵照当时的礼制，他在家守丧三年。丁忧期满后，柳宗元与杨氏完婚。两年后他又考取了由吏部主持的博学宏词科，被任命为集贤殿书院正字。二十九岁时调任蓝田县尉。三十一岁时，回长安任监察御史里行。在此期间，他与时任东宫太子侍读的王叔文结下了深厚的友谊。

"永贞革新"是柳宗元人生的分水岭。作为主力，柳宗元积极投身革新，制定了一系列改革措施。但这些措施还未来得及完全付诸实施，革新即以唐宪宗的登基而宣告失败。他先贬永州，后贬柳州，生命中的最后十五年都是在贬所度过的。

"文章憎命达，魑魅喜人过"。"永贞革新"的失败断送了作为政治家的柳宗元的前程，但却成就了作为文学家、诗人、哲学家的柳宗元。

苏轼曾说："柳子厚诗在陶渊明下，韦苏州上。退之豪放奇险则过之，而温丽靖深不及也。所贵乎枯淡者，谓其外枯而中膏，似淡而实美，渊明、子厚之流是也。"

文章方面，柳宗元更是青史留名的大家，他与韩愈一起被誉为"古文运动"的领袖，并用六百多篇各种体裁的作品，为古文运动作出独特的贡献。

本书是为一般读者提供的一本柳宗元的诗文选集，共选诗18首，文62篇，解评时参考了柳宗元研究的有关著作。为方便读者使用，末附"柳宗元年谱简编"、"柳宗元研究主要著作和论文"以及"《柳宗元集》名言警句"（正文中用着重号标出）。不妥之处，恳请方家指正。

景宏业

2008年4月

柳宗元的诗和文(代序)

名家选集卷

柳宗元集·代序

景宏业

柳宗元(773—819)字子厚，河东(今山西永济市)人。出身于小官僚家庭，二十一岁登进士第，曾任秘书省校书郎、集贤殿正字、蓝田县县尉、监察御史里行等职。

凭柳宗元的才干，他完全可以一步一步地积累，踏入封建王朝的权力中心。但在他三十三岁那年，却发生了改变命运的大事件。

贞元二十一年(805)，柳宗元三十三岁。正月二十三日，德宗李适病逝。正月二十六日，太子李诵即帝位于太极殿，为唐顺宗。得到李诵信任的王叔文、王伾(pī)等人控制了朝廷大权。柳宗元与其友刘禹锡，由于与王叔文等人的政见相同，更由于他们自己杰出的政治才干，很快便被王叔文、王伾另眼相看，形成了以“二王、刘、柳”为首的“永贞革新”集团，并在其权力所及的范围内，采取了一系列革新措施：如强化朝政，收回利权，加强中央王朝的财权和军政大权，改变贞元年间大权旁落、政出多门的局面；打击弄权的宦官和跋扈的强藩，包括罢除为皇帝侍弄鹰犬、乱政扰民的“五坊小儿”，停罢“宫市”；打击贪暴官吏，进用贤才能士；减免赋税、革除弊政，废止了当时一些不合理的苛捐杂税等。二王、刘、柳的所作所为，对巩固唐王朝的统治无疑是有利的，但支持革新派的唐顺宗在即位前一年的九月已得了中风症，即位后一直体弱多病，不能亲理朝政。再往前追溯，早在德宗皇帝死后，是应该由多病的太子李诵继位还是应该由李诵的继承人顺次即位，当时朝中的斗争就很激烈。王叔文等人力排众议，把李诵扶上台，自然会引起作为李诵继承人——长子李纯的不满，再加上王叔文将李诵扶上台后，预谋排斥李纯，另立太子，这就给革新派种下了祸根。同年七月，太子李纯在朝中部分大臣的请求下担任"监国"，八月，做了六个月皇帝的李诵被赶下台，唐宪宗李纯登基。

宪宗登基的第三天，就开始对革新派人士加以报复。王叔文被贬为渝州（今重庆）司户，很快便被杀害；王伾被贬为开州（今重庆市开州区）司马，不久也被逼死。九月，革新派的其他成员都被赶出朝廷，先贬为远州刺史，但朝议以为处理太轻，十一月，再加贬诸人为远州司马：韦执谊到崖州（今广东琼山）、韩泰到虔州（今江西赣州）、陈谏到台州（今浙江临海）、刘禹锡到朗州（今湖南常德）、韩晔到饶州（今江西鄱阳）、凌准到连州（今广东连州市）、程异到郴州（今湖南郴州），柳宗元则被贬到永州（今湖南永州）。这就是历史上著名的"八司马事件"。

贬官永州，是柳宗元仕途上最大的不幸，但却成就了他在中国文学史乃至中国思想史上的崇高地位。他被迫离开了政坛，断绝了他"以兴尧、舜、孔子之道，利安元元为务"（柳宗元《寄许京兆孟容书》）的念头，但同时也远离了残酷的政界，使他能把更多的精力集中在文学创作上。他被放逐于穷乡僻壤，正当盛年而又无所事事，这对于胸怀大志的柳宗元来说无疑是莫大的痛苦，但却有机会了解下层民众的生活，促使他对人生、对社会许多重大理论问题作了进一步的思考。他把深邃的思考结果用精湛的艺术手法表现出来，因而在诗歌、寓言、游记以及政论文的写作上都取得了巨大的成就。

元和九年（814），为人公道正直的韦贯之出任宰相，裴度任御史中丞。当时，唐王朝与藩镇割据势力的矛盾日益突出，朝廷内部急需缓和矛盾，采取了一些增强团结的措施，解除了对"八司马"特意规定的"纵有恩赦，不在量移之限"（《旧唐书·宪宗本纪》）的禁令，召回柳宗元等五人（凌准、韦执谊已去世，程异此前已调用）。元和十年（815）正月，柳宗元离开永州奔赴长安。到了长安东郊饯别行人的灞桥时，正是早春二月。他联想到当年被贬出京的情景，无限感慨地写了《诏追赴都二月至灞上亭》一诗:"十一年前南渡客,四千里外北归人。诏书许逐阳和至,驿路开花处处新。"可见柳宗元当时的心情还是不错的,但是,归来后等待他的却是另一场新的打击,实际情形完全不同于他的期望。柳宗元和刘禹锡、韩泰、韩晔、陈谏二月回京,在长安停留了不到一个月,三月十四日,就被再次出为边远地区的刺史:柳宗元到柳州(今广西柳州),刘禹锡到播州(今贵州遵义),韩泰到漳州(今福建漳浦),韩晔到汀州(今福建长汀),陈谏到封州(今广东封开)。诏下后,极重友情的柳宗元,考虑到刘禹锡有年迈的老母,主动提出愿以条件稍好的柳州对换刘禹锡的播州,后经裴度等人的说情,刘禹锡才改为连州(今广东连州)刺史,柳宗元仍然去了他的柳州。已经四十三岁的柳宗元,盼望了整整十年的洗雪沉冤的机会,就这样轻易地失掉了。他与刘禹锡一起离京,同行到衡阳后,自己溯湘江西进,沿水路舟行前往柳州,刘禹锡则改行陆路去连州。临分手时,柳宗元写了《衡阳与梦得分路赠别》一诗:"十年憔悴到秦京,谁料翻为岭外行。伏波故道风烟在,翁仲遗墟草树平。直以慵疏招物议,休将文字占时名。今朝不用临河别,垂泪千行便濯缨。"

作为柳州刺史的柳宗元,在自己力所能及的情况下,留下了许多政绩:一是采取措施,解放奴婢。《新唐书·柳宗元传》:"柳人以男女质钱,过期不赎,子本均,则没为奴婢。宗元设方计,悉赎归之。尤贫者,令书庸,视值足相当,还其质。已没者,出己钱助赎。"二是身体力行,重视生产的发展。他亲自组织游民,在柳江南岸的大云寺附近开荒种地,倡导柳州人种菜、种竹、种稻、种木。三是致力于以文化民。他于元和十年(815)六月到达柳州,十月修复孔庙。"柳侯为州,不鄙夷其民,动以礼法。三年,民各自矜奋"(韩愈《柳州罗池庙碑》)。据《柳州县志》称,柳州人知学自柳宗元始:"有唐柳子厚开此邦之文教。"四是对少数民族采取开明政策。他很注意了解和尊重少数民族的生活习俗,较少古代一般知识分子的华夷偏见。他是最早描绘西南地区少数民族生活和当时风光的一位重要作者,为在文学史中全面反映我国多民族国家的历史现实和自然风光开拓了一个新的领域。

柳宗元在柳州勤政之馀,也曾忙里偷闲,游历了柳州附近几十里内的背石山、甑山、驾鹤山、屏山、四姥山、仙奕山、石鱼山、雷山等处,写下了《柳州山水近治可游者记》,生动地描绘了当地山川的特异风光。他在柳州时期的文学创作,主要是抒发情志的诗歌以及少量的散篇游记。他已不再写那种见解精辟、锋芒锐利的论文或杂文了。在此期间所写的诗歌中，主要表现其久被贬谪的感伤凄苦之音，较少写如《田家三首》、《行路难三首》那样深刻地反映现实社会生活的作品。他的《登柳州峨山》云："荒山秋日午，独上意悠悠。如何望乡处，西北是融州。"诗中凄楚的思乡之情虽然十分浓郁，但总体说来，语言平和，态度温和，在很大程度上，他已经迫使自己调整了与现实生活之间的关系。为了使柳宗元能早日北归，长安亲友们曾做过不少努力。但宪宗皇帝对王叔文一派的嫉恨，始终难以改变。柳宗元的好友吴武陵曾参加过元和十二年(817)裴度指挥的淮西平叛，深得裴度的赏识，由于他的不断游说，再加之元和十四年宪宗因受尊号实行大赦，执政者这才同意召回柳宗元。但宪宗的诏书尚未到达柳州，柳宗元便不幸于元和十四年(819)十一月初八在柳州病逝，终年仅四十七岁。

唐代是一个充满理想主义、意气风发的时代，唐人的形象思维非常发达，而对抽象思维似乎普遍不感兴趣。在这种情况下，柳宗元以一个苦行者的角色，对人们通常难以涉足的哲学思想领域进行了全面而深刻的反思，达到了当时中国哲学的最高水平。他在《非国语》、《天对》、《天说》等著作之中，系统地阐发了"天人不相预"的自然哲学思想，并对宣扬"天命"的观点给予了批判，发展繁荣了唐代哲学。

"天"是什么？按照神秘哲学的看法，天是神灵，是上帝，宇宙间的一切是上帝神灵创造的。柳宗元从元气一元论的自然哲学观出发，彻底否定了上帝神灵说。他在《天对》中的回答是："曶黑晣眇，往来屯屯，庬昧革化，惟元气存，而何为焉！"他认为，日月昼夜交替运行，永不停息，宇宙从蒙昧混沌的状态变化发展产生万物，只是因为有"元气"存在的缘故，哪里是由谁造成的呢？在他眼里，"天"是自营自成的自然界，是宇宙，不是虚无缥缈的神。"天"是物的天，是客观存在的天，没有意识，没有感知。"天"并不是谁经营创造的，而是由元气的无限积聚而形成的。元气是一切自然现象发生之源，一切自然现象统一于元气。这一思想从根本上否认了造物主的存在，坚持了世界的物质性，表示了鲜明的无神论立场。关于太阳出没和昼夜变化，屈原根据传说，对太阳出没、昼夜变化提出质疑："出自汤谷，次于蒙汜。""自明及晦，所行几里。"柳宗元从地动说的观点出发，认为太阳既不"出自汤谷"，也不"次于蒙汜"，它没有升起和没落的地方("辐旋南画，轴奠于北。孰彼有出次，唯汝方之侧。平施旁运，恶有谷汜")。太阳的出没，是由于大地在围绕太阳转的过程中，大地对着太阳的时候就是白天，背着太阳的时候就是黑夜。大地绕太阳转是永恒的，从不间断的，不能用里去计算

(“当焉为明,不逮为晦。度引久穷,不可以里”)。据此,柳宗元指出:“明焉非辟,晦焉非藏。”“孰旦孰幽,缪躔于经。”他驳斥了传说中所谓的白天是打开天门,黑夜是关闭天门的荒谬说法,正确解释了昼夜交替的出现,是大地绕太阳运转的结果。这个认识,是从宇宙本身存在出发认识宇宙,没有掺杂神怪之见,无论是在千年前的唐代,或是科学发达的今天,都不失它的科学光彩。当然,由于受自然科学发展的局限,当年柳宗元所说的“不可以里”,今天的人已经可以计算出其距离。关于月亮的死而复生,屈原质疑说:“夜光何德,死则又育?”“厥利维何,而顾菟在腹。”大意是:传说月亮每月生一次死一次,月亮有什么功德本领,能死而复生,它腹中怀着兔子有什么好处?柳宗元更正说,之所以产生月亮死而复生的传说,是因为人们没有弄清楚月亮和太阳之间的关系。实际的情况是,太阳光强烈无比,当月亮逼近太阳时,人们看不到月亮;远离太阳时,人们处于月亮与太阳之间,就能看到月亮,这就使人感到月亮每月有死而复生的现象。至于月亮腹中的兔子,那是月亮本身缺损所造成的阴影,这种阴影形状像兔子,人们就错误地认为月亮腹中有兔子了。

柳宗元自然哲学思想的另一个重要方面,就是从众多事物中阐述了对立统一的辩证法实质。屈原《天问》中有“阴阳三合,何本何化”,柳宗元对曰:“合焉者三,一以统同。吁炎吹冷,交错而功。”屈原疑惑不解的是:阴、阳、天三者相互结合,什么是它们的本原?它又是如何变化的呢?柳宗元认为:阴阳的互相融合渗透,是由元气来统一的,是在元气内进行的。元气统一体内阴阳两方面采取不同形式的交错渗透,相互作用,就形成寒暑季节变化,生出万事万物。这是集中体现柳宗元辩证法思想的一个命题。柳宗元把这种对立统一的辩证法与自然物质元气论结合起来,就形成了朴素的唯物辩证法,揭示了元气化生万物以及自然现象自生自动自变的最终原因。关于事物发展变化的原因,柳宗元认为,宇宙间各事物发展变化的根本原因在事物内部(内因),而不在事物外部(外因)。他从自然界和人类社会两个方面,对这一观点作了充分而深刻的表述。从自然界看,“果蓏之自为果蓏,痈痔之自为痈痔,草木之自为草木”(柳宗元《答刘禹锡天论书》);从人类社会看,“功者自功,祸者自祸”(柳宗元《天说》)。柳宗元认为天地间一切事物都是自己运动,自己停止,自己聚集,自己流散,自己激荡,自己干竭,自己崩塌,自己缺裂,自己招功,自己惹祸,并不是为人们打算和安排的,完全是一切事物自己运动规律的表现。这就足以看出柳宗元把世间一切事物的产生、发展、变化以及出现、成长和消失的终极原因都归于事物内部矛盾诸方既统一又斗争的结果；但同时，柳宗元也不否定外因在事物发展变化中的影响作用和次要地位。

除以上所说之外，柳宗元还运用辩证法，阐明了生活中许多具体的问题，其识见之高，远远超过前人和同时代的人。比如关于对立双方的转化。柳宗元承认对立着的双方在一定条件下是可以互相转化的，敌可转化为友，友也可转化为敌；祸可以转化为福，福也可转化为祸；害可转化为利，利也可以转化为害。他在《敌戒》中说："皆知敌之仇，而不知为益之尤；皆知敌之害，而不知为利之大。"这观点虽源于老子的"祸兮福所倚，福兮祸所伏"，但老子只讲到对立双方的转化，没有讲转化的条件，而柳宗元既讲了转化，又阐明了转化的条件。他指出，敌人的存在是祸害，但如果以敌存为警戒，就可以化祸为福；敌人被消灭了，看起来是福，但若"敌去而舞"，忘记了居安思危的道理，就会"敌去召过"，最终导致无法预料的可怕后果。所以他强调要懂得对立双方转化的道理，要掌握转化的规律，以促其转化。"变祸为福，易曲成直，宁关天命，在我人力"（柳宗元《愈膏肓疾赋》）。这个"在我人力"当然不是主观随意地胡作乱为，而是要顺应客观规律去做。

辩证方法是柳宗元自然哲学思想的重要组成部分，它的最大特色，就是把朴素的唯物自然观与辩证法紧密地结合起来，从而使其更深刻，更具有科学性。

柳宗元一生留下六百多篇诗文作品，他的散文大致分为以下几类。

（一）论说文：包括哲学、政论和以议论为主的杂文。柳宗元的论说文，从思想内容看，对当时社会的政治、经济、文化、教育以及哲学、历史、宗教、伦理等方面的重大问题，都有所涉及。其突出特点是论证古今，纵横捭阖；敢破传统，立意深远，"识见颇不犹人"（陈衍《石遗室论文》）。如《贞符》、《天说》、《时令论》（上、下）、《守道论》、《六逆论》、《四维论》、《非国语》等。

（二）山水游记：柳宗元的此类文章均写于被贬之后，以永州之作最为脍炙人口。其中的"永州八记"，即《始得西山宴游记》、《钴鉧潭记》、《钴鉧潭西小丘记》、《至小丘西小石潭记》、《袁家渴记》、《石渠记》、《石涧记》、《小石城山记》，奠定了柳宗元的山水游记在中国散文史上的地位。从本质上看，柳宗元山水文学并不是"表示他对闲适生活的追求"，"反而是一种更痛苦的真实的反映"，"这不过是柳宗元选择了一种为他的政敌们侦察视线所不及的对象——山水，作为他集中的创作劳动的对象，来强制转移他的愤怒悲哀抑郁的情绪而已”（黄云眉《柳宗元文学的评价》）。的确，柳宗元的山水游记并不是单纯地去描摹景物，而是以全部感情去观照山水之后，借对自然的描述来抒发自己的感受，正如他在《愚溪诗序》中所说，他是以心与笔“漱涤万物，牢笼百态”。具体点说，因为位置的偏远和审美观点的差异，永州山水的美被人忽略、轻视以至于遗忘，这正与柳宗元此时的境遇相同，故柳宗元写永州的山水，不仅在于用被遗弃的山水来反映他自己的见弃，而且在他的行文中还曲折地表现了他对现实世界的不满和批评。柳宗元的山水游记在审美上有三大特色，即绘画美、抒情美和理趣美。绘画美使柳宗元笔下的山水在形与神、客体美和主体美方面得到了和谐统一，从而构成气宕神远、富于诗情的画面；抒情美则展示其忧郁、寂寞和烦躁难安的心灵，在大自然中得到放松和抚慰，从而获得“心凝形释，与万化冥合”的乐趣，进而促使他的思辨能力和审美情趣向更自由、更辽阔、更精微、更独特的境界发展；而理趣美则让他的山水记，蕴含哲理的光华，由此又能探索到他那火热的“忧思而罔极”的心灵所创造的最高艺术境界（李育仁《柳宗元山水记的诗情美》）。从山水文学发展的角度讲，柳宗元的贡献是承前启后、继往开来的：第一，他的山水文学成功地将以往的对山水的平面描写推向了立体描写；第二，将过去的粗线条共性山水描写，推进到细线条的个性山水描写；第三，将以往的山水文学的客观欣赏推向了寓主观感受于客观描写之中。

（三）传记：柳宗元的传记文，继承了《史记》、《汉书》的传统又有所创新。代表作有《段太尉逸事状》、《梓人传》、《河间传》、《捕蛇者说》等。尤应注意的是，柳宗元的人物传记大多取材于社会下层。他以非凡的胆识、敏锐的眼光、深邃的笔触，从小人物身上挖掘了普通人所具有的高尚品质、善良的天性、美好的心灵、聪明的才智。以一个面貌全新的小人物群，为传记文学的画廊增添了光辉，并把传记文学作为解剖社会的特殊工具，从而对作者自己的政治主张来一番别具匠心的阐释，这在中国古典传记中是绝无仅有的。换个方式来说，柳宗元根据“文以明道”的原则，继承了传统史传文学借传言志的一面，以现实社会中城乡劳动者作为传主，借以针砭时弊，寄托吏治改革的理想，具有很强的现实性和思想性，某些作品已经突破了传记文学的一般框架，兼具寓言和政论的特点。

（四）寓言：柳宗元的寓言继承了《庄子》、《列子》、《韩非子》、《吕氏春秋》和《战国策》的传统，多用来讽刺、抨击当时社会的丑恶现象。与先秦诸子寓言相比较,柳宗元对寓言文体的贡献是极其巨大的。在他之前,寓言大抵只是一篇文章中的一部分,主要用作论说的例证,考虑到文章结构的整体性和逻辑性,作者不允许行文过程中有添枝加叶的现象。因此,先秦诸子寓言的篇幅都非常短小,情节也异常简略,虽然这些寓言大多很精彩,也很深刻,但这些依附于鸿篇巨制中的片段,文学性却往往稍有欠缺。柳宗元的寓言则摆脱了这种依附性质,他创作的寓言,首尾完整,篇幅空前加长。以他的此类作品为标志,寓言从此成为中国文学史上一种独立的文体。概而言之,柳宗元的寓言主要有以下特点:独立成篇,容量较大;细腻生动,文学性强;形式自由,体裁多样;推陈出新,造意奇特。此外,他还善用拟人化的手法,以各种动物为描写对象,寄寓哲理或表达政见,文章嬉笑怒骂,因物肖形,表现了高度的幽默讽刺艺术,一定程度上拓宽了寓言文学的涵盖面,延长了寓言文学历久不衰的生命力。代表作有《三戒》(《临江之麋》、《黔之驴》、《永某氏之鼠》)、《蝜蝂传》、《罴说》、《鞭贾》等篇。

总体说来,柳宗元散文的语言以"峻洁"著称,文字准确而简洁有力,又兼有含蓄、自然之长。他与韩愈一起,提倡散体而反对骈体,但他对骈文的态度比韩愈要温和得多;也因此,柳宗元能正确地对待并吸收骈体语言的长处,把散句的自由奔放和骈句的整饬有致融为一体,形成了他自己独特的语言风格。他孤高脱俗、清峻雅洁的散文创作与韩愈的以奇崛雄放为特征的创作一道,为名曰"古文"而实为新体散文的成功奠定了基础。

柳宗元的诗歌在唐代也卓然为一大家,苏轼赞美其诗的特点是"发纤秾于简古,寄至味于澹泊"(苏轼《书黄子思诗集后》),洵为确论。我们先来看看他的山水诗。大致说来,柳宗元的山水诗,是"出世"与"入世"的两种思想并存,且时时处处表现出一种与社会、自然无法调和的矛盾。比如他著名的《江雪》:

千山鸟飞绝,万径人踪灭。孤舟蓑笠翁,独钓寒江雪。

诗中所表现的是一种独立和对峙的倾向。诗人用简洁的语言,形象地展示了自己在无力回天的痛苦中,决不屈服,仍保持洁身自好、遗世独立的高贵人格。正如有人评价的那样:柳宗元的山水诗"其意识难以在观照自然时保持审美的距离,所以处处都有一个'我'的存在"。产生这个特点的原因,是因为柳宗元被贬永州后,骤然由权力中心而流落远荒,社会地位的巨大反差使他内心充满了极度的痛苦,他不得不到佛教中寻求寄托或解脱。在他生命的后期，又被改贬到提倡“顿悟”的南宗禅学的老巢柳州，进一步受到禅宗的浸染。随着对佛教教义理解的加深，于是他“自肆于山水间”（韩愈《柳子厚墓志铭》），有意识地在永州、柳州这些人烟稀少的远僻之地搜奇觅秀，遨游丘壑林泉以求得内心的平静与精神的快适，试图以此排遣、消解心中的郁结。

除山水诗外，柳宗元诗歌还有许多值得我们重新审视的内容。比如人们很少注意过的叙事诗。

柳宗元的叙事诗，主要有两组：一是写于永州的《唐铙歌鼓吹曲》十二篇，二是写于柳州的《平淮夷雅》（包括《皇武，命丞相度董师，集大功也》、《方城，命愬守也，卒入蔡，得其大丑，以平淮西》）共二十二首。前者叙记李唐王朝建国过程中的大事，后者追叙裴度、李愬平定淮西吴元济之乱。前者从唐师起晋阳写起，到唐军平定边疆一统天下，全面记叙了唐王朝完整的创业史，成为中国诗歌史上以诗全面纪史的开创之作。

其次应该提到的是他的咏史诗。柳宗元的咏史诗，以表达对贤良之才不得久任或用非其才的遗憾为基调，如《咏史》歌咏乐毅初得信任，为燕国立下不世奇功，后终受谗去国；《咏三良》则咏叹秦穆公以三良殉葬，对英雄未能冲杀战阵而死于非命深表遗憾。

第三应该提到的是他的咏物诗。柳宗元的咏物诗，与他的寓言体古文极为接近。大多借助所咏之物寓写自己的身世遭遇或抒发自己的情志意趣。

第四应该提到的是他的田家农夫诗。柳宗元的田家农夫诗，数量虽然不多，但对中唐农民遭受剥削的奇重、官吏的残暴无情、农民生活的艰辛有深刻的揭示。字里行间充溢着对农民痛苦的同情。

第五应该提到的是他的感怀述志之诗。柳宗元的这一部分诗，大部分作于贬谪期间，在其各类诗中占的比重最大，且许多都属直抒胸怀之作，为我们研究诗人一生心迹提供了重要资料。

柳宗元的感怀述志之作，以《游南亭夜还叙志七十韵》为最长。诗作抒发自己“夙抱丘壑尚”，但不得已而做官，被贬投迹山林之地，在“放情咏《离骚》”、“再怀曩岁期”的情况下，“容与驰轻舠”，试图纵游山水以忘忧。但纵游山水又如何能解除自己的心头郁恨，“入门守拘絷，凄戚憎郁陶。慕士情未忘，怀人首徒搔”，而最终归隐田园的夙志似乎就成为自己生存的一种原动力：“安得奉皇灵，在宥解天弢。归诚慰松梓，陈力开蓬蒿。”另如《与浩初上人同看山寄京华亲故》表达怀乡之苦,《汨罗遇风》抒发贬谪之怨,《闻籍田有感》传达谪居难归的惆怅之情,《感遇二首》表现自己遭人陷害的惶惶不安,《冉溪》抒写少时雄心因遭遇政治风波而全然瓦解,唯求归老田园而不得的心情等等。

柳宗元诗歌的艺术风格,从总体上讲具有冲淡、幽独、流动的三大审美特征。其“冲淡”,是以“形象直觉”、“玄览”、“游心”为主要审美方式,从心理上拉开与现实社会不即不离的距离作为前提;其“幽独”,运用外化心灵和移情、寄情的方式,借以展示审美情趣所蕴藏的幽独内涵和鲜明的形象;其“流动”,则跨越时距,“观古今于须臾”,“挫万物于笔端”,充分发挥联想的审美功能,使自己和欣赏者通过有限的篇幅,反映出或领略到广阔、深厚、独特的意蕴和回旋跌宕的美(李育仁《论柳宗元诗歌的审美情趣》)。

最后, 还是让我们以苏轼的评论结束本文:“诗须要有为而作,当以故为新,以俗为雅。好新务奇,乃诗之病。柳子厚晚年诗,极似陶渊明,知诗病者也。”(苏轼《题柳子厚诗》)

目录

◎文

◎附录

◎诗

江 雪

题解

这是一首押仄韵的五言绝句，是柳宗元的代表作之一。作于诗人因参加“永贞革新”而被谪永州（今湖南永州）期间。诗中运用简洁的描绘，勾画了一幅漫天皆白的寒江独钓图，借刻画不畏严寒仍然坚持垂钓的渔翁，来寄托自己清高而孤傲的情感，抒发自己在政治上的失意和郁闷。

千山鸟飞绝，万径人踪灭。
孤舟蓑笠翁，独钓寒江雪。

新解

千山鸟飞绝，万径人踪灭——诗歌一开始，便渲染出一幅既不见任何飞禽走兽，也没有丝毫人的踪迹的清冷寂寥、广袤无垠的雪景。这背景显得异常阔大，所写景色也显得异常严酷、凝定甚至有点死寂。要弄懂这两句诗，必须先了解柳宗元当时的处境：唐宪宗即位后，出于个人恩怨，对参加“永贞革新”的人极力打击，几乎所有的士大夫阶层，唯皇帝马首是瞻，对“刘柳”为首的八司马痛恨唯恐不切齿，指责唯恐不出格、迫害唯恐不到位，以至有“纵有恩赦，不在量移之限”（《旧唐书·宪宗本纪》）的苛刻规定，可知柳宗元当时的处境是何等的艰难。诗中所刻画的天寒地冻、看不到任何生气的画面，正是柳宗元当时遭遇的形象而真实的写照。绝，尽也。人踪灭，此处指的是行人断绝。

孤舟蓑笠翁，独钓寒江雪——在这两句中，诗人运用类似电影中的特写镜头，由上两句所刻画的大背景逐步推进，最后将画面定格在江中一只孤零零的小舟上，舟上正蹲着一位身披蓑衣、头戴斗笠的渔翁。虽然已是冰天雪地，但他仍然全神贯注地垂钓于寒江。很显然，这个不畏严寒的渔翁，写的正是诗人自己！

新评

此诗在艺术上很值得我们琢磨。李瑛在《诗法易简录》卷十三中说：“前两句不沾着‘雪’字，而确是雪景，可称空灵。末句一点便足。”的确，此诗通篇写雪景而前三句不见“雪”字，纯用烘托之法，空灵之至，待结句道出“雪”字后，再回视前三句，便知“千山”、“万径”、“孤舟”、“渔翁”，全笼罩在大雪之中，因此可以说，“寒江雪”三字起到了画龙点睛的作用,是此三字把全诗统贯起来,呈现出一幅“读之便有寒意”的图景,同时也突出了渔翁特立独行的形象。此外,诗中的“绝”“灭”“独”“孤”四字相互照应、映衬,通过“意不在鱼”的渔翁形象,既表达了作者被贬之后孤独冷落的寂寞情怀,又反映了作者不媚世俗的铮铮傲骨。整首诗前后贯通,气势宏大,意境深远,不愧为千古绝唱。宋代范晞文《对床夜语》甚至这样评价:“唐人五言绝句,除柳子厚‘钓雪’一诗之外,极少佳者。”

此诗值得称道的还在于:柳宗元刻意将暗淡的冷色调覆盖在广袤无垠的荒野、河流和群山之上,通过多层渲染,运用峻洁、瘦硬的语言,形成了清峭、幽冷,近乎凝定而又一尘不染的诗境,表达了一种倔强而又高洁的生命情调。换句话说,柳宗元通过渔翁那孤直兀傲、不媚世俗的独特个性传达出自己无论遭受何等政治迫害,始终坚持理想,决不向迫害者低头的倔强性格。

渔翁

题解

本篇仍为柳宗元在永州贬居时所作。作者在诗中以清新自然的笔调,描绘了日出前后湘江上神奇变换的景色,突出刻画了与上首迥然不同的渔翁形象,流露出他在被贬谪之后对自由生活的向往之情。

渔翁夜傍西岩宿,晓汲清湘燃楚竹。
烟销日出不见人,欸乃一声山水绿。
回看天际下中流,岩上无心云相逐。

新解

渔翁夜傍西岩宿,晓汲清湘燃楚竹——在此两句中,汲的意思是从井里或河里打水。清湘,澄清的湘水。据《太平御览》引《湘中记》中的记载说:“湘水至清,虽深五六丈,见底。”这首诗歌从东方熹微时写起,交代了渔翁昨晚泊船的环境和清晨汲水煮饭的举止,看起来平平道来,并无深刻的含义,但诗中所用的意象,比如那壁立万仞的西岩,清澈甘洌的湘水以及含义深远的修竹,都给读者一种高远的联想和暗示。正如有些评论家所说的那样:此渔夫绝不是明人孙承宗笔下那个“呵冻提篙手未苏,满船凉月雪模糊。画家不解渔家苦,好作寒江钓雪图”(《渔家》)的为衣食而拼命忙碌的普通渔夫。

烟销日出不见人,欸乃一声山水绿——此两句,描写日出之后的画面,意境深远而优美,在峻伟群山环绕中的辽阔江面上,青烟般的晨雾随着旭日的冉冉升起而渐渐消退，呈现出山绿水清、水天一色的奇特美景。再看西岩之下，已不见渔翁的踪影，正当诗人举目四望，竭力在水面搜寻渔翁的小舟而不见时，青山绿水之间传来并回荡起悠扬的渔歌。宋人惠洪的《冷斋夜话》引苏东坡的评论说：诗歌“以奇趣为宗，反常合道为趣，熟味之，此诗有奇趣”。可见这两句含义之深邃，描写之传神。欸乃（ǎinǎi，一读 ǎoǎi）一词，指棹歌声。一说指摇橹的声音，亦通。

回看天际下中流，岩上无心云相逐——这两句写得同样开阔奇特，意境独到：渔歌声仍然不绝于耳，山水依旧绿色满目，渔舟却已渐行渐远，此时，只见渔翁回望昨晚泊舟的西岩，山岩上空的白云在悠哉悠哉地飘动……此句化用了陶渊明《归去来辞》“云无心以出岫，鸟倦飞而知还”的意思，用浮云比拟自由自在的渔翁。苏轼对这两句大不以为然，他批评说：“其尾两句，虽不必亦可。”后人多赞成苏轼的说法，但也有不同意苏轼观点者，孙月峰在《评点柳柳州集》卷四十三中说：此诗“是神来之笔，句句险绝，炼得浑然无痕。后两句尤妙，意竭中复出馀波，含景无穷”。此话不无道理，假若删去后两句，作者借物言志，寄情于景的效果无疑会大打折扣。

新评

这首诗看似写的是秀美的青山绿水，表达的是渔翁的无拘无束的生活和怡然自得的心境，实际上，只要稍微与作者所处的历史背景和生活状况联系，我们就会深刻体会出作者对山水、渔翁等意象是寄有深意的。永贞革新失败后，柳宗元被贬到偏僻荒凉的永州，这是柳宗元一生中最失意的时候，虽然他坚信自己并没有做错，始终不肯向迫害他的人低头，但长期被变相编管的现实，使他不免产生了一种悲观失落、愁绪难解的心情，进而会萌发一种退隐青山绿水之间，摆脱官场尔虞我诈，过一种无牵无挂、逍遥自在的隐士生活的愿望和冲动。可以说，这是魏晋以来士大夫们在宦途失意后“独善其身”的精神疗法，柳宗元当然也不例外。他这位在现实争斗中失败的正直的士大夫，为自己主观心造了一块圣洁无比的心灵栖息地。把此诗和上首诗歌合起来看，上首所表现的是一种独立和对峙的倾向，此首中所表现的是一种逃遁和归隐的意向。上首表现他不甘屈服、积极抗争，虽有无力回天的痛苦，但绝对不改自己洁身自好、遗世独立的人格；此首是经过长期的对峙之后，他感到疲惫，感到心灰意冷，于是他渴望得到一个清静的环境使自己过于痛苦的心灵得到暂时的休憩。

此诗的艺术特色亦值得称道：诗人用平实质朴的语言，勾画出一个色彩雅洁、意境旷远的湘水春晓图，与这如画般美景相配合的是一位淡泊闲适、悠闲从容的渔翁。文笔清淡，并不刻意修饰雕琢，但诗意浓郁，寄托深远，借用苏东坡评论，可谓是“外枯而中膏，似淡而实腴”。

中夜起望西园值月上

题解

此诗作于诗人贬谪永州之后，具体的创作时间无法确定，然据诗意推测，很可能是诗人居住在永州龙兴寺时所作。柳宗元在着意刻画月夜景致的同时，将自己遭贬后的孤寂落寞之情贯穿于字里行间。中夜，半夜。值月上，正好遇见月亮升上来。

觉闻繁露坠，开户临西园。
寒月上东岭，泠泠疏竹根。
石泉远逾响，山鸟时一喧。
倚楹遂至旦，寂寞将何言。

新解

觉闻繁露坠，开户临西园——诗歌从半夜写起，诗人睡醒后再也无法入睡，百无聊赖中，他甚至连露水滴落的声音都能听到。一般说来，露水坠落的声音非常微弱，是不容易听见的，柳宗元之所以说他听到露坠声，且不是一两声，而是“繁露坠”，一是想说明此时的夜是何等的静寂，二是以此来表达自己遭贬后的心事重重，难以入睡。既然睡不着，与其辗转反侧、忍受失眠的折磨，不如索性起来走走，于是，他打开门来到西园的边上。

寒月上东岭，泠泠疏竹根——这两句大意为：此刻，恰值月亮刚刚升上东岭，在月光的映照下，涓涓的溪水冲刷、梳理着竹根，发出清幽的声响。前句写月亮，从视觉角度写出月光的清冷；后句写月景，又有意从听觉效果着笔，强调“泠泠”的流水声。“疏竹根”，有注家以为指稀疏的竹根，但从诗意推测，似应解释为动词才是，故我以为此处的“疏”应通“梳”，引申为冲刷、梳理。骆宾王《游灵公观》诗曰“断风疏晚竹，流水切危弦”，其义同此。

石泉远逾响，山鸟时一喧——逾，更加。喧，本指声音杂乱，这儿指鸟鸣声。“远逾响”三字，暗示从石上流出的泉水不断汇聚，愈远愈汹涌，于是，远处传来了更为响亮的流水声；下句写山中的宁静偶尔被飞鸟的叫声打破，但鸟鸣消失后复归于更为深沉的静谧。在以上几句中，柳宗元调动了多种表现方法，把深秋的夜晚写得异常静寂。

倚楹遂至旦，寂寞将何言——楹，柱子。诗人就这样靠着柱子不断地观看、谛听、沉思着，居然从半夜一直站到天亮，心里的孤寂落寞不知要用什么语言来表达。

新评

诗歌从自己中夜睡醒切入，省去了对其前的所有描写，但从诗中所表达的意思推测，前半夜诗人迟迟难以入眠，睡着后噩梦打扰的痛苦恐怕不亚于后半夜。写后半夜时，柳宗元紧紧围绕着夜晚的寂静来展开全诗，先用“寒月”、“东岭”、修竹等意象以及“泠泠”的声响，渲染出一种凄冷幽清的意境，再运用以动衬静、动后更静的方法，将深夜时分自己居处环境的寂静写到极致。纵观全诗，除末句中用“寂寞”二字直接表意外，其馀都是以景致烘托情感，诗人正是通过此特定的景致，将自己遭贬后孤立无朋的凄凉心态传达出来。清人王尧衢的《古唐诗合解》评论说：“夜静则石泉虽远而逾响，月明则山鸟有时而一喧，如此清绝之景，令人忘寐，不妨倚柱以至旦……然毕竟有‘迁谪’二字横于意中，欲如陶、韦之脱，难矣。”

从诗歌描写顺序来看：头一联写人，中间两联写景，结尾又由景返人。景是诗中人亲眼目睹的景，幽冷凄清；人是被贬到穷乡僻壤、备受迫害的人，空寂落寞。以空寂落寞之人观看幽冷凄清之景，其景致、其心情当然都会更翻进一层。读此诗，确如苏轼所赞美的那样：柳宗元诗歌“发纤秾于简古，寄至味于淡泊，非馀子所及也”（苏轼《书黄子思诗集后》）。

溪　居

题解

这是柳宗元谪居永州时所写的一首抒情小诗，诗歌在貌似悠闲、强作平和中隐含着浓郁的被遗弃的孤愤。溪，指永州西南一条水名，当地人名其为“冉溪”，也叫“染溪”，柳宗元“得其尤绝者家焉”之后，改名为“愚溪”。至于柳宗元改名的理由，详见本书所选的《愚溪诗序》。

久为簪组累，幸此南夷谪。
闲依农圃邻，偶似山林客。
晓耕翻露草，夜榜响溪石。
来往不逢人，长歌楚天碧。

新解

久为簪组累，幸此南夷谪——在这首五言古诗中，头一句中的“簪”，指古人束发所用的簪子，组即丝带，用以系冠，“簪组”合起来指古代官吏的冠饰，在此处诗人代指做官。夷，本为旧时人对西南少数民族的总称，此处用“南夷”代指聚居着少数民族的永州。这两句的大意是：很久以来，我因当官而为公事所累，不得自由，现在很幸运地碰到了这次被贬谪到永州的机会。

闲依农圃邻，偶似山林客——这两句，作者开始写自己的“悠闲”生活：闲居无事，便去左邻右舍的老农、老圃家侃侃大山；兴致来了，就像隐居山林的高士一样，“上高山，入深林，穷回溪，幽泉怪石，无远不到”(《始得西山宴游记》)。

晓耕翻露草，夜榜响溪石——此两句承上两句的意思，继续诉说自己的“悠闲”：更多的时间里，早上，他在农田里辛勤地耕作；晚上，他又在清澈的溪水里自由自在地泛舟。“榜(bàng)”，本指船桨，这儿作动词用，即划船。“夜榜”指夜晚划船。“响溪石”，溪水浅，故溪中泛舟，船桨不时碰到溪石而发出声音。

来往不逢人，长歌楚天碧——最后两句，写自己所选择的居处远离闹市，过于偏僻，所以，不论是出游还是劳作，很少能碰见其他人，即使吟诗作赋，也只能是面对碧蓝辽阔的“楚天”独自吟诵而已。楚天，楚地的天空。永州旧属楚地，故名。

新评

此诗首二句叙述他来永州的原因。其中的“累”、“幸”二字很值得玩味，前者把自己对官场的态度表达得淋漓尽致，后者则是全诗的结穴所在，整首诗的诗意由此“幸”字生发开。众所周知，柳宗元是因参加“永贞革新”而遭贬谪，本想振兴唐王朝却深受迫害，其内心的愤懑、痛苦是不言而喻的。但在此两句诗中，他却把遭贬谪、受迫害说成“幸”事，这首先可看出柳宗元对官场中尔虞我诈、钩心斗角的深恶痛绝，急于摆脱；其次，结合柳宗元一生汲汲于仕进、力图“利安元元”的言行来看，这肯定是正话反说，其目的是为下面所写的一切预作铺垫。接下来的四句概述诗人谪居时的日常生活。四句诗分别用“闲”、“偶”、“晓”、“夜”领起，高度概括了诗人被迫闲居时的全部生活内容，把一个满腹经纶却又无用武之地、正当大有作为之年却不得不虚度光阴的迁客的痛苦和盘托出。表面看，诗歌写得优哉游哉，实际上，表现的却是诗人生活的极度单调、寂寞、乏味。最后以“来往不逢人，长歌楚天碧”进一步强化前四句的内容，不仅道出生活中无知己可以倾诉苦闷，甚至连碰见个陌路人也不易得，真可谓是他在《江雪》中所说的“万径人踪灭”了，此时的柳宗元，唯一能做的是独来独往，仰天长歌。“长歌”是说自己的激愤抑郁之情达到极限，无法抑制，破喉而出，柳宗元有“长歌之哀，过乎恸哭”(《对贺者》)一语，正可做此句的最好注脚。“楚天碧”中的“碧”字，极富感情色彩，含有“楚天碧无情”——即叫天不应、喊地不灵的寂寥之意。

这首诗貌似淡泊豁达，实际上字里行间流露出诗人内心深处勃郁的愤激。清代唐诗研究专家沈德潜说柳宗元的诗歌特点是“长于哀怨，得骚之馀意”（《唐诗别裁》），又赞美其诗“哀怨有节”（《说诗晬语》），他在具体评价此诗时又说：“愚溪诸咏，处连蹇困厄之境，发清夷淡泊之音。不怨而怨，怨而不怨，行间言外，时或遇之。”（《唐诗别裁》）沈氏的确抓住了《溪居》一诗在艺术表现上的最大特点。

雨晴至江渡

题解

此诗写于永州。诗题中的“江渡”，其实就是诗中所说的“愚溪渡”。愚溪，详见《溪居》“题解”。

江雨初晴思远步，日西独向愚溪渡。
渡头水落村径成，撩乱浮槎在高树。

新解

江雨初晴思远步，日西独向愚溪渡——诗歌紧紧围绕着诗题中的“雨晴”二字来展开描写。在这两句诗中，先后交代了诗人外出散步的原因、心情、时间、人物和地点。

渡头水落村径成，撩乱浮槎在高树——村径，乡村小路。成，呈现、显露出来。浮槎，指木筏，竹筏。这两句紧承第三句，写诗人站在愚溪渡头看到的景象：大雨刚过，愚溪中的大水已经泻尽，通向村中的小径也已显露出来，由此可知愚溪地势落差之大、水流速度之快；由上游冲下来的竹筏、浮木之类杂乱地挂在高高的树梢，又暗示出刚才水流之大、水流之汹涌。

新评

诗歌虽短，但有极强的逻辑性。第一句中，“江雨初晴”是“思远步”的原因，也是这首诗歌的前提。第二句，是把“思远步”的想法付诸实践，来到愚溪渡头。三、四两句，则是“思远步”过程中所目睹到的景色。仔细想来，第一句中的“初”字，显示了诗人雨后急于外出散步的迫不及待，所以，尽管已经“日西”，诗人还是“独向愚溪渡”。后两句，又是“远步”时所目睹到的景色，诗人运用极为简洁的语言，含蓄地写出了刚才大雨中愚溪的水势以及水势过后在夕阳笼罩下的恬淡和宁静。

柳宗元对佛理领会很深，读柳宗元的这首诗，会感到禅宗非理性的直觉体验对其艺术构思的影响。诗人写雨后散步时所见到的景象，仅以水落后显露出的村径以及大水过后遗存的物象为着眼点，淡淡几笔，既生动又逼真。这种“淡”，不仅是语言色泽上的"淡",更多的是创作主体心境的"淡"。平淡的风格,来源于诗人无所系缚、任运自在,如天空中的游云一般不执着于物的主体心态。

零陵早春

题解

这首诗作于作者被贬永州期间。在永州,柳宗元常常希望回到长安供职,但始终不能如愿。所以托意于春,希望它携带自己的梦境返回久别的故园。唐汝询在《删订唐诗解》中说:零陵在南,春最早;秦原在北,春稍迟,故借以言还乡之梦。

问春从此去,几日到秦原?
凭寄还乡梦,殷勤入故园。

新解

问春从此去,几日到秦原——柳宗元被迫身处永州,但无时无刻不在思念远在千里之外的家。故乡,成为他心头无法解开的情结,故明知"问春"的结果一定是失望,一定会招来"怨春不语"的惆怅,可他还是要痴情地问春天北去何日到秦原?这永远不会有结果的"问",表现了作者时时惦记着故乡和急于见到故乡的迫切心情。秦原,指长安所在地关中一带。

凭寄还乡梦,殷勤入故园——作者生于长安,未成年时很长一段时间内在长安度过,且永贞元年在长安为官时,还轰轰烈烈地干过几天,几乎快要实现自己的人生志向,所以,他虽是晋人,但长安已成为他实际上的故乡。因而,他欲托春天携带自己的还乡之梦,替身为缧囚无法回乡的自己殷勤探视故园。此句中透露出柳宗元不仅不能亲自回到故乡,连做梦也无法梦见故乡,故才有嘱托春风带梦回秦原的想法。

新评

这是一首怀乡之诗。一下笔,诗人即用一个"问"字提起全诗,而问的对象又恰恰是绝对不会回答自己问话的春天,这就巧妙地增加了此诗的新颖感和可读性。但仔细想来,由于春是从南方的零陵逐渐北上,且年年都是如此,所以想必春天比长时间不能回家的作者更了解故乡路途的远近,因此才有"几日到秦原"的发问。问春,让人觉得不可思议,但在这不可思议的询问中,似乎又有着作者不得不问的道理。下句道出了作者问春的目的:"凭寄还乡梦,殷勤入故园",希望春风携带自己的梦魂，返回家乡，殷勤地替自己探视久违但却时时魂牵梦绕的故园。

《唐诗笺要》评论此诗时说："四句一气赶下，手不能停，口不可住，与'步出东门'、'打起黄莺儿'一例。"的确，此诗韵律和谐、语气紧凑，四句诗顺流而下，一气呵成，读起来不允许中间有丝毫的停顿，这种语气上的急促感与回乡心情的迫切感，相互配合，相得益彰，从而将诗人在贬所的痛苦和渴望回长安大展身手的急切诉说得异常明确，而这种明确却又是用曲折委婉的笔法表现出来，因而不由读者不击节赞叹。

秋晓行南谷经荒村

题解

本诗作于诗人被贬永州之后。秋晓，秋季某一天的拂晓。从诗歌所写的内容看，应是深秋时节。南谷，永州乡下的地名。

杪秋霜露重，晨起行幽谷。
黄叶覆溪桥，荒村唯古木。
寒花疏寂历，幽泉微断续。
机心久已忘，何事惊麋鹿。

新解

杪秋霜露重，晨起行幽谷——首联交代了时间、地点和诗歌的缘起，其中的"霜露重"、"行幽谷"大有深意，前者既呼应了题目中的"秋"字，同时，又用白霜渲染出了一派凄凉、冷落、萧条的深秋氛围。杪秋，指秋末。杪，本指树梢，这里是指时间上的末尾、终了。

黄叶覆溪桥，荒村唯古木——中两联四句写荒村、幽谷之景。先看诗人眼中的荒村：深秋的村子本来就给人以凄凉之感，何况更是一座废弃的荒村，因而看上去满眼都是秋意——黄叶覆盖于溪桥，看不到有人行走的丁点痕迹，光秃秃的树木在秋风中直指云天，越发增添了"荒村"的感觉。这两句实际上有内在的逻辑关系，由于树叶都凋谢、飘落了，所以，昔日郁郁葱葱的树木，在这个季节里只剩枯劲瘦硬的枝干，看上去都有点"古木"的感觉。

寒花疏寂历，幽泉微断续——再看幽谷。或许，昔日人迹罕至的幽谷，姹紫嫣红，到处充满着鸟语花香；飞泉瀑流，平添了谷中几多活力。但今天看到的却是：百花即将凋尽，仅剩的几朵"寒花"，在秋风中瑟瑟发抖；幽泉的水量也远不如原来那么充沛，流水之声断断续续，似将枯竭。此联中"寒花"、"幽泉"，配合上联中的“黄叶”、“溪桥”、“荒村”、“古木”，不仅仅写出“晨行”时所见到的景物，更重要的是这些意象将作者此时的心境含蓄曲折地表露出来。寂历，凋零疏落。

机心久已忘，何事惊麋鹿——末联抒发感慨：古人常说，人若忘情世事，鸥鸟可狎，但今天我这个早已不在乎宦海的浮沉、仕途的得失，超然物外的忘机之人，何以还使麋鹿惊走呢？机心，机巧的心。“麋”，鹿属，形似鹿而形体大，高七尺许，雄麋生角似鹿。

新评

第一句中，“霜露重”的“重”字用得极妙，表面看是写霜露交加，霜浓露浓，实际上在写诗人心情之沉重。“黄叶覆溪桥”一句，意蕴极深，桥上枯叶覆盖，说明久已无人行走，虽有村庄，倒显得比荒山野岭更死寂可怖。“荒村唯古木”承接上句而来，“唯”字一语中的，加重了荒村败叶满地的一片死气。接下去再写幽谷之中寒花点点，与夏日里的繁花似锦，早已不可同日而语，幽泉的似流未流，断断续续，真的是伤心人见到深秋景，悲凉之感油然加重。王国维所谓“一切景语皆情语”的著名论断，在此诗中表现得尤其明显。从而使荒凉之景与悲凉之情高度和谐统一。末联故作旷达，好像是从悲凉中解脱出来，进入到陶渊明“采菊东篱下，悠然见南山”的境界。而实际上，只要是了解柳宗元生平的人，都会知道这里面蕴含更进一层的悲思和忧愤。

总之，这首五言诗，通过对一座荒村、一道幽谷的刻画，选取典型，精雕细刻，于萧瑟幽荒之景中融入自身孤寂落寞之情。语言上，突出重点，务去陈言，造语简洁而描摹精细，顿挫峭劲而对偶工切，于极度朴素中颇见出诗人的锤炼之功。清人贺贻孙评价柳宗元的诗歌，“得摩诘之洁，而颇近孤峭”（见《诗筏》），苏东坡赞其诗“发纤秾于简古，寄至味于淡泊”（见《书黄子思诗集后》），说的就是柳宗元的此类诗歌。

笼鹰词

题解

《笼鹰词》写于永州。笼鹰，一般解释为囚禁在笼中的鹰，但从全诗看，并未提到笼子，只是说其因为气候关系羽翼脱落，以至于在野外休息时，“草中狸鼠足为患，一夕十顾惊且伤”，绝非被人笼养的苍鹰。故余意以为此处的“笼”当作别解。查“笼”字作动词时有“控制”之义，可引申为受到约束、羁绊，所以，此处应该是比喻苍鹰受到外因的限制，不能任意翱翔。

凄风淅沥飞严霜，苍鹰上击翻曙光。
云披雾裂虹霓断，霹雳掣电捎平岗。
砉然劲翮剪荆棘，下攫狐兔腾苍茫。
爪毛吻血百鸟逝，独立四顾时激昂。
炎风溽暑忽然至，羽翼脱落自摧藏。
草中狸鼠足为患，一夕十顾惊且伤。
但愿清商复为假，拔去万累云间翔。

新解

凄风淅沥飞严霜，苍鹰上击翻曙光——诗歌一开始，柳宗元直接切入对苍鹰的描写：在秋风萧飒、寒霜降临的季节，矫健的苍鹰搏击于长空，迎着曙光在自由自在地翻飞。凄风，本指冷风，此处指秋风。淅沥，象声词，形容轻微的风声。

云披雾裂虹霓断，霹雳掣电捎平岗——此两句紧承上两句展开描写：此时的苍鹰，时而穿云破雾、切断长虹，时而又像雷电般地俯冲下来，掠过平原山冈。披，分开。掣(chè)电，闪电。捎，掠过。

砉然劲翮剪荆棘，下攫狐兔腾苍茫——此两句仍然描写雄鹰矫健的雄姿：它扇动着劲健的双翅，砉然一声扫过丛生的荆棘，抓捕荆棘下面躲藏着的狐兔。凶猛有力的气势，似乎能把坚韧的荆棘剪断。随即，它又腾空而起，异常迅捷地向辽阔的天空冲去。砉(huā)然，象声词，形容动作迅猛发出的声响。劲翮(hé)，指强劲有力的翅膀。攫，抓取。

爪毛吻血百鸟逝，独立四顾时激昂——此刻的苍鹰，只见它爪子上带着猎物的毛，嘴边沾着猎物的血，那凶猛的形象，使所有见到它的鸟都吓得纷纷逃散。而它却傲然挺立，雄视四方，此刻它的心情多么振奋，气概何等昂扬！寥寥数句，勾勒出苍鹰翱翔于云天的矫捷雄姿和一往无前、所向披靡的气概。百鸟逝，百鸟均见之逃走。

炎风溽暑忽然至，羽翼脱落自摧藏——然而，炎热潮湿的季节突然到来，再看此时的苍鹰，羽翼不整，毳毛脱落，摧抑落魄的样子完全失去了昔日的风采。摧藏，形容摧抑挫伤的样子。

草中狸鼠足为患，一夕十顾惊且伤——由于羽毛脱落，苍鹰不能高飞，这段时间内，草中的狸、鼠竟然都成了它的祸害，使它不得不整夜提防，内心惊恐而又忧伤。

但愿清商复为假，拔去万累云间翔——在古代，人们用宫、商、角、徵、羽“五音”中的商声代表秋天，句中的“清商”指秋风。“假”，借助。后一句中的“拔”，是超出、摆脱的意思。“万累”，指各种束缚。此两句抒写苍鹰希望秋天能早点来临，凭借秋风的帮助，长出新的羽翼，摆脱目前的困境，重回万里云天展翅翱翔。

新评

这是一首寓言诗。诗歌巧妙地选择了苍鹰这一具备特殊资质的形象，采用鲜明的对比手法，将其往日的勇猛迅捷和今日的潦倒困顿放在一起描写。作者先尽情刻画雄鹰在高天翱翔时冲云破雾、腾挪翻飞，上击长空、下攫狐兔的形象，此刻的它所向披靡、气势轩昂，几可目空一切！后写由于气候变化，苍鹰羽翼凋零，暂时不能展翅云天，居然不得不时刻提防躲藏在草中的狸、鼠的伤害，在忧心忡忡中盼望着有朝一日能恢复往日的雄风，重回蓝天，奋飞万里。很显然，诗中所写的“鹰”是作者的自比，前者代表的是柳宗元当年参加“永贞革新”时锐意进取和敢作敢为的形象，而后者，则反映了诗人被贬谪后的险恶处境以及时时期待有所作为的强烈愿望。

以鹰作比，可看出柳宗元的自信甚至自命不凡；狸、鼠居然都能对苍鹰构成威胁，则传达出作者谪居永州时动辄得咎，屡遭迫害的艰难。纵观全诗，在畅想中寓壮志，于凄苦中见现实，表意淋漓而又含蓄蕴藉。诗中的感情，也显得异常厚重，悲愤孤寂、忧怨苦闷和自信自强、坚毅执着可谓兼而有之，因此，读来特别令人感动。

行路难三首（其一）

题解

《行路难》共三首，此首列为第一，这组诗歌作于柳宗元贬谪永州之后。《行路难》为乐府古题，内容大多通过写行路的艰难暗喻世事或仕途的艰险，也有用来抒写亲朋分手时的离情别绪。柳宗元这首诗稍有不同，在诗中，他借古代神话传说中夸父逐日的故事，赞扬了历史上那些不惜“杀身成仁”、“舍生取义”的英雄人物，批评了现实生活中某些胸无大志、满足现状的愚氓对英雄举动的不理解乃至嘲笑，含蓄地表达了诗人的人生观和价值观。

君不见，夸父逐日窥虞渊，跳踉北海超昆仑。
披霄决汉出沆漭，瞥裂左右遗星辰。
须臾力尽道渴死，狐鼠蜂蚁争噬吞。
北方竫人长九寸，开口抵掌更笑喧。
啾啾饮食滴与粒，生死亦足终天年。
睢盱大志小成遂，坐使儿女相悲怜。

新解

君不见，夸父逐日窥虞渊，跳踉北海超昆仑——“夸父逐日”系我国古代著名的神话故事，《列子·汤问》载：“夸父不量力，欲追日影，逐之于隅谷之际。渴欲得饮，赴饮河渭。河渭不足，将走北饮大泽。未至，道渴而死。”诗歌一开始，作者就进入对夸父逐日的直接描写，先写他立志要把太阳追上，即使追赶到太阳落下去的“虞渊”也决不放弃。第二句开始写夸父追日的过程，只见夸父腾跃过辽阔无际的北海，跨越过巍峨屹立的昆仑，信心百倍地追赶“日行三万里”的太阳。虞渊，即神话中所说的“隅谷”，相传是太阳落入的地方。跳踉（liáng），腾越，跳过。

披霄决汉出沆漭，瞥裂左右遗星辰——此两句承前一句，继续描写、渲染夸父追日时的神勇：他拨开高空的云彩，冲越横亘在面前的天河，在广阔的天宇中奋力前行，速度快得像闪电一样，眨眼间就将星辰甩在自己的身后。沆漭（hàngmǎng），本指水势宽广浩荡的样子，这里形容浩瀚无际的天空。瞥裂，眼光飞快掠过，形容时间极短。杜甫诗《留花门》有句曰“千骑常瞥裂”。

须臾力尽道渴死，狐鼠蜂蚁争噬吞——追日，毕竟任务太艰巨了，由于奔跑的速度太快，夸父很快就口渴难忍，据上述传说所载，黄河和渭河都被夸父喝干了，但还是不够，于是，他想去北部大泽中寻找水喝，可惜还未赶到便渴死在路旁。据《列子·汤问》记载：夸父死后“弃其杖……生邓林。邓林弥广数千里焉”。但柳宗元没有取神话传说中这个带有浪漫色彩的结局，而是安排了一个更为悲惨的末尾——英雄的遗体被那些“狐鼠蜂蚁”之类撕咬吞食了。噬（shì），咬。

北方竫人长九寸，开口抵掌更笑喧——面对着夸父的作为，不同的人自然有不同的反应，那些体长仅九寸，根本不可能有什么非分之想的“竫人”，无法理解夸父，拍着手在讥笑他。竫（jìng）人，也作“靖人”、“诤人”，古代传说中的一种矮小的人，据说身长仅九寸。《山海经·大荒东经》载：“东海之外，大荒之中……有小人国，名竫人。”《列子·汤问》：“从中州以东四十万里得僬侥国，人长一尺五寸。东北极有人，名曰诤人，长九寸。”抵（zhǐ）掌，击掌，拍掌。笑喧，形容讥笑夸父的人很多，笑声喧闹吵人。

啾啾饮食滴与粒，生死亦足终天年——这两句是诗人对“竫人”的评论。他们这些连吵闹声都极其微弱的小人，有一滴水、一粒粮就可以吃饱喝足，需求不多因而也就要求不高，但这样的人却能无灾无难地终老天年。啾啾，本指虫鸟细小的叫声，这里形容“竫人”声音的微小。生死，指从生到死，意即“一辈子”。

睢盱大志小成遂，坐使儿女相悲怜——这两句是诗人自己对夸父之类的英雄的叹息：在现实生活中，英雄们的宏图大志却很少能够实现，然夸父虽然逐日而死，壮志未遂，但他这种追求理想的执着精神却赢得了后世人的同情和肯定。

睢盱(suīxū),本意是睁眼仰视的样子,这里形容宏大的志向。小成遂,很少能达到。坐,因也。儿女,此指后代。

新评

这是一首带有寓言性质的诗歌。诗人巧妙地借用"夸父逐日"的传说,在极度可怖的环境中,表达了自己当时不便表达的意思,但了解柳宗元经历、性格的人,还是能够感受出诗中的深意:他在用夸父比喻参加"永贞革新"的"二王八司马",用"狐鼠蜂蚁"暗喻当时保守、落后的官僚势力,用"竫人"影射那些无法理解这场革新、只站在个人立场上说三道四的庸人。"逐日"表现了革新派的理想和行动,不幸"道渴死",又在悲悼参加这场革新的人那极度悲惨的结局,而"狐鼠蜂蚁"的"争噬吞",则说明当权者对革新人士打击、迫害的程度。从而将包括作者在内的有志之士想为唐王朝革除弊政却遭受打击、迫害的委屈和愤懑,含蓄而深刻地表现出来。

在表现方法上,柳宗元将夸父的立志高远和"竫人"的胸无大志对照起来描写,先极力夸张、渲染夸父追日时的神勇:他跨海越山、披霄决汉,风驰电掣般地向前冲奔,以至很快便精疲力竭,渴死在路旁,最终居然葬身于"狐鼠蜂蚁"之口;那些小人国里身长仅九寸的"竫人",满足于喝水仅一滴、吃饭仅一粒的现状,根本无法理解夸父的所作所为,因此,拍手嘲笑他无谓的牺牲和自不量力的举动。两相对比,反差强烈,收到高大者更高大,渺小者越发渺小的效果。

段九秀才处见亡友吕衡州书迹

题解

元和九年(814)作于永州。段九,即段弘古,排行第九,故称段九。与刘禹锡、柳宗元、吕温、李景俭友善。曾在衡州刺史吕温门下做事,温卒,经刘禹锡、柳宗元向永州刺史崔敏推荐,被邀至永州,元和九年闰八月以布衣卒。吕衡州,名温,字和叔,河中(今山西永济)人,因生前为衡州(今湖南衡阳)刺史,故称。书迹,亲手书写的字迹。

交侣平生意最亲,衡阳往事似分身。
袖中忽见三行字,拭泪相看是故人。

新解

交侣平生意最亲,衡阳往事似分身——交侣,交朋友。侣,同伴。意,感情,情意。衡阳往事，指故去的吕温在任衡州刺史期间治理政事。似分身，办事之多、之快真好像能分身一样的神奇。

袖中忽见三行字，拭泪相看是故人——三行字，即书迹。故人，指吕温。二句意为：忽然看到段秀才从袖中取出的书信，拭泪细看这是我老朋友吕温的手迹。

新评

吕温不仅是柳宗元的表兄弟，而且是志同道合的挚友，永贞元年(805)，他们共同参加了王叔文、王伾主持的革新。革新失败后，吕温因出使吐蕃，得以躲开那次灾难。元和三年(808)，因不满宰相李吉甫，被贬为道州刺史，不久又徙衡州刺史，元和六年(811)，不幸死于衡州任所。据《旧唐书·吕温传》记载，吕温在任道、衡二州刺史时，特别能体恤下情，备受百姓爱戴，以至在他去世之后，两州的百姓自发地为他禁酒宴、管弦整整一个月。

柳宗元得知吕温的噩耗后，曾先后写过《同刘二十八哭吕衡州兼寄江陵李元二侍御》、《祭吕衡州温文》、《衡州刺史吕温诔》等多篇诗文，直到三年后，他仍无法忘记这位政治、学术上的挚友。当他从段弘古处看到吕温的书迹时，不禁又潸然泪下，写了此诗。

柳宗元对吕温的怀念，不仅仅基于他们是交情甚笃的朋友，更因为吕温为刺史时的卓越政绩，这就把国事、天下百姓的大事置于个人感情之上，从而使此首小诗的格调得以大大提高。全诗用语平易浅显、流畅自然，丝毫不见锤炼的痕迹，但因为作者感情真挚、充沛，因而特别具有感人的力量。可以说，用质朴无华的语言表达情深意切的真情，是本诗最动人的地方。

衡阳与梦得分路赠别

题解

梦得，唐代著名诗人刘禹锡的表字。唐德宗贞元九年(793)，柳宗元与刘禹锡同时进士及第，其后又一度在朝为官，并积极参加了“永贞革新”。革新失败后，柳宗元被贬为永州司马，刘禹锡被贬为朗州(今湖南常德)司马。十年后，他们才被召入京，但很快又被贬到更边远的地区担任刺史，柳宗元赴柳州，刘禹锡去了连州(今广东连州)。元和十年(815)三月，这对志同道合、命运坎坷的挚友，由京城相伴着共赴贬所，行至衡阳，刘、柳二人才依依不舍地分手。这首诗，是柳宗元写给刘禹锡的赠别诗。

十年憔悴到秦京，谁料翻为岭外行。

伏波故道风烟在，翁仲遗墟草树平。
直以慵疏招物议，休将文字占时名。
今朝不用临河别，垂泪千行便濯缨。

新解

十年憔悴到秦京，谁料翻为岭外行——十年，作者与刘禹锡于永贞元年(805)分别被贬到永州和朗州，至元和十年(815)正月被召至京，前后共十年。秦京，指长安。翻，反。岭外，五岭之外，指今广东、广西一带。此联诗，既写出了十年谪居生活的艰难困顿，又表达了诗人被召入京的意外和欣喜，最后突出强调了被再次远贬的失望乃至绝望。

伏波故道风烟在，翁仲遗墟草树平——伏波故道，指东汉伏波将军马援，南讨交趾，路过衡阳。刘禹锡曾写有《经伏波神祠》，其中有句曰："怀人敬遗像，阅世指东流。自负霸王略，安知恩泽侯……一以功名累，翻思马少游。"当时子厚与梦得同出衡阳，是伏波将军曾经走过的道路。风烟，此处指景象、风光。翁仲，传说秦始皇一统天下之初，有巨人出现于临洮，身高五丈，足迹长六尺，于是以其形铸金人，立于咸阳宫门外，称为"翁仲"。后世泛称铜像或石像为"翁仲"。这里用"翁仲遗墟"指代马援的坟墓。这两句的大意是：当年伏波将军统帅大军走过的衡阳故道，至今风光依旧，但马援葬身的地方早已是草木丛生，连坟墓都被掩没看不见了。言外之意是安慰朋友，人生前无论多么轰轰烈烈，死后都会随着时间的流逝而被遗忘。这当然是柳宗元极为愤激时所说的过头话。

直以慵疏招物议，休将文字占时名——直以，但因，只因。慵疏，慵懒、疏于交际。物议，人们的批评。占时名，博取当时的名声。由上两句的激愤，引出了这两句：只因为我们自己慵懒疏忽，招致了时人的批评和非议，以后不要再用无用的文字博取当前的名声。

今朝不用临河别，垂泪千行便濯缨——濯(zhuó)，洗涤。缨(yīng)，即缨子，系在衣帽或器物上的穗状饰物。汉代无名氏的《别诗》三首之二中曰："临河濯长缨，念子怅悠悠。"作者在这两句诗中更翻进了一层，不用临河，仅用彼此的眼泪就可以"濯缨"了，更进一步地写出了刘、柳二人的友情之深厚，离别之愁苦。

新评

刘、柳这次分手时，柳宗元共写了三首诗赠给刘禹锡，此为第一首，其馀两首为《重别梦得》("二十年来万事同，今朝歧路忽西东。皇恩若许归田去，晚岁当为邻舍翁。")和《三赠刘员外》("信书成自误，经事渐知非。今日临歧别，何年待汝归。")三首诗均写得情真意切，催人泪下，但以这首最为出色。一下笔，诗人就用

“憔悴”二字高度概括了十年贬谪生活的无限酸楚，其后的“到秦京”，轻盈道来，似乎苦尽甘来，出现转机，但下句开头先用“谁料”二字，其后又紧接“翻”字加以强调，意思于是急转直下，将刚刚看到的些许希望一扫而光，跌入了更为悲苦的绝望之中。两句诗一气呵成，其中包含着两次转折、三层意思，其感情发展的轨迹经历了一个从低落到高潮、最后转入绝望的过程。可以说，这两句为全诗的抒写奠定了基调。第二联，每句中都用了一个典故，前句写伏波将军生前的显赫，后句写他身后的凄凉。但应注意的是，前句是眼前的实景，后句是想象中的虚景。一实一虚所构成的巨大反差中，透出了人生在世不过如此的激愤，在此前提下，开始对朋友、也是对自己的安慰。其所劝慰朋友的语言，虽未必是诗人的真心话，但的确是充满激愤感情的话：表面在责备自己，实际上在非议社会。末联，更将浓浓的友情，通过巧妙的用典，借用夸张的手法淋漓尽致地表达出来。

诗中有说明，有描写，有议论，有抒情，多种手法并用，意思表达不仅到位，而且字字句句充满着激情。语言上，用典带来的雅致和参用口语的通俗交相出现，使诗歌呈现出一种既有格调又自然流走的美。

别舍弟宗一

题解

本篇作于唐宪宗元和十一年（816），其时柳宗元任柳州刺史。舍，古代对自己的家或家中卑幼亲属的谦称。舍弟宗一，即柳宗元的堂弟柳宗一。在柳宗元长期贬谪中，柳宗一一直陪伴着他，元和十一年春，宗一才离开他前去湖北江陵。这首诗，是柳宗元和柳宗一分手时所写。全诗苍茫劲健，雄浑阔远，感慨深沉，感情浓烈，抒发了诗人政治、生活上郁郁不得志的悲愤之情。

零落残魂倍黯然，双垂别泪越江边。
一身去国六千里，万死投荒十二年。
桂岭瘴来云似墨，洞庭春尽水如天。
欲知此后相思梦，长在荆门郢树烟。

新解

零落残魂倍黯然，双垂别泪越江边——诗歌开篇点题，表明别离，描叙兄弟之间的依依惜别之情。零落，本指植物的凋零、凋落，此处比喻人到暮年。残魂，犹残生。比喻柳宗元备受摧残的身心。黯然，心神沮丧的样子。“越江”，即“粤江”，诗中指的是柳江。江淹《别赋》中有句曰：“黯然销魂者，惟别而已矣。”柳宗元这两句诗化用其意，且更进一层，言被长期贬逐所折磨的“残魂”，在看不到尽头的流落中却再遭遇与亲人离别的悲苦，因而倍感伤情，禁不住潸然泪下了。

一身去国六千里，万死投荒十二年——国，此指京城。六千里，道出京城离柳州的距离之远。投荒，被放逐，流放到边荒地区。十二年，自永贞元年(805)十一月柳宗元贬永州司马算起，到与柳宗一分手时的时间。此两句承前两句，把分手时如此悲痛的原因落到实处。柳宗元在十二年的长期流放中，于远离故乡的六千里之外，再与自己的亲人分手，所以，内心的悲伤是不言而喻的。

桂岭瘴来云似墨，洞庭春尽水如天——此联两句中，设想留下来的诗人和即将远行的堂弟今后各自将要遇到的境况，既是景语，也是情语，诗人用比兴手法把彼此境遇加以渲染和对照。“桂岭”，在今广西壮族自治区贺县东北，这里泛指柳州附近的山。“洞庭”，即洞庭湖，处于广西柳州赴湖北江陵途中。“瘴来云似墨”，暗示诗人居地环境的险恶，在这样的环境里，今后再也没有堂弟的帮助、照顾，只有自己一人苦苦挣扎了；“春尽水如天”，则写堂弟也因远离自己，每逢百花凋零的时节，寂寞寂寥，只能面对如天般的洞庭水，缅怀远方的亲人。

欲知此后相思梦，长在荆门郢树烟——“荆门”，山名，古属荆州，在今湖北省宜都市西北。郢(yǐng)，春秋时楚国的都城，在今湖北省江陵县附近。“荆门郢树”，指柳宗一今后所居之地。柳宗元深情地说自己今后即使做梦，也不会有别的内容，只能在堂弟所居之地久久地徘徊了。言外之意是，分手之后，我日思夜想的只能是你这位弟弟了。虽是推测，但肯定的语气令人不容怀疑，由此可见他们兄弟之间感情的深厚。

新评

南宋严羽在《沧浪诗话·诗评》中说：“唐人好诗，多是征戍、迁谪、行旅、别离之作，往往能感动激发人意。”如果严羽此话不错，大概是因为在这些特定场合中，人们的感情异常沉郁，表意格外真挚，与假话、空话和大话毫不沾边，这些从诗人肺腑中流出的“真文字”，自然也就具备了令人感动的力量。柳宗元这首诗，感情可谓深厚饱满到极致！因为在此诗中，他既叙写了与堂弟的“别离”之情，又抒发了自己的“迁谪”之意，且能将这两种无比沉痛的情意和谐自然地融于一体，从而使彼此相得益彰，越发具有了双重的感人的力量。

初读这首诗的人，也许会感到有点纳闷，柳宗元在送别兄弟之时，为何要用大量的篇幅，抒发自己因参加“永贞革新”而被贬窜南荒的愤懑愁苦之情。尤其是“一身去国六千里，万死投荒十二年”，几乎全是写自己长期郁结于心的愤懑与愁苦。但仔细琢磨，却不得不承认这是诗人的神来之笔：被贬谪的地区离京城有五六千里，两次被贬时间也长达十二年之久。在此时此地此境况中，最是需要骨肉之情，但遗憾的是，我的兄弟却因为某种原因不得不离开我！表面上在一味诉说自己的不幸，实际上是在渲染、表露送别时无比沉痛的心情和依依惜别之意，意在言外，不露痕迹，可谓含蓄蕴藉之至。正如清人吴烶《唐诗选胜直解》中所评价的那样："谪居之后，惊魂未定，尚赖兄弟相依，而今忽而言别，宁不黯然销魂乎？"

此诗在语言的运用上，也精益求精，颇见功力。宋代周紫芝在《竹坡诗话》中曾说："此诗可谓妙绝一世，但梦中安能见郢树烟？'烟'字只当用'边'字，盖前有江边故尔。不然，当该云'欲知此后相思处，望断荆门郢树边'。如此却似稳当。"周氏评诗虽有过人之处，但于此诗却有疏忽。明代周敬等人的《唐诗选脉会通评林》引林瑜的话说："宋人话有极可笑者，谓梦中安能见烟树，此真与痴儿说梦耳！梦非实事，'烟'正其梦境模糊，欲见不可，以寓其相思之恨耳，岂闻是耶？"清代马位说得更明白："既云梦中，则梦境迷离，何所不可到？甚言相思之情耳。一改'边'字，肤浅无味。"（《秋窗随笔》）话虽说得欠客气，但"烟"字确实写出了梦境相思的迷离恍惚，更显得情深意浓，真切感人，可见柳宗元诗中的语言已到了一字不能更改的地步。

登柳州城楼寄漳汀封连四州

题解

唐宪宗元和十年（815）春，因参加"永贞革新"而被贬谪十年的柳宗元终于奉诏入京，与其一起回京的还有"八司马"中的刘禹锡、韩泰等四人，但因为执政者的排挤，他们很快又一起被贬为边远地区的刺史。柳宗元当时被任为柳州刺史，韩泰为漳州（今福建漳浦县）刺史，韩晔为汀州（今福建长汀县）刺史，陈谏为封州（今广东封开市）刺史，刘禹锡为连州（今广东连州市）刺史。这首诗写于诗人刚到柳州后不久，是柳宗元怀念同遭贬谪的韩泰、韩晔、陈谏和刘禹锡的。

城上高楼接大荒，海天愁思正茫茫。
惊风乱飐芙蓉水，密雨斜侵薜荔墙。
岭树重遮千里目，江流曲似九回肠。
共来百越文身地，犹自音书滞一乡。

新解

城上高楼接大荒，海天愁思正茫茫——第一句中的"城上高楼"指永州城楼。接，目接，即看见的意思。大荒，此指广阔而荒凉的原野。唐时的永州还没有完全开发，因而柳宗元登高远望，所看到的只是满目的荒凉而已。"海天"句，写诗人将目光投向大荒之外，但见海天相接，一望无际。此句不仅仅是写景，更带有无辜而被贬谪的柳宗元强烈的个人色彩：暗示他的愁思像海一样深，像天一样广。

惊风乱飐芙蓉水，密雨斜侵薜荔墙——此联中，“惊风”指狂风。飐（zhǎn），风吹物体颤动的样子。芙蓉是荷花的别名。芙蓉水，即长满荷花的水面。密雨，大雨也。薜荔（bìlì），又名木莲，一种缘墙、树蔓生的常绿藤本植物。在这两句中，诗人把自己的目光，由上两句的登高眺望收回到近处，描写眼前所看到的急风骤雨中的近景，借美好的事物受到风雨的无情摧残，抒发了自己以及与自己命运相同的友人屡遭打击迫害的愤懑之情。

岭树重遮千里目，江流曲似九回肠——接下去，诗人又将自己的目光由近处投向远处。“重遮”，指重重叠叠地遮蔽。“江”指柳江。“九回肠”，明喻柳江曲折九转，暗喻诗人自己愁肠百结。这两句，既是诗人登高目睹的景色，同时，又写出诗人登高怀远时的心情。王国维所谓“一切景语皆情语”的著名论断，说的就是这类诗句。

共来百越文身地，犹自音书滞一乡——末联中的“百越”，亦称百粤，古时泛指南方的少数民族。文身，在身体上刺画花纹或图案。犹自，仍然是。滞，不流畅，阻隔。诗歌的最后两联，着重抒发作者离乡去国，身居异地，仅有的三五知音，仍被重山远水阻隔，音书难通而产生的无限愁苦之意。

新评

诗歌省去了对登楼过程的描写，一落笔就写自己已经置身于柳州城楼上，直抒登楼后触目伤怀的愁思。其中的“大荒”、“茫茫”二词，既传神地描摹了眼前所见到的景色，又暗示了身处异地的诗人“愁思”如海天般的深远辽阔，同时也为以下的逐层抒写渲染了气氛。接下来的颔联，柳宗元从远眺中收回目光，似想按捺一下翻腾的心潮，然而眼前所见又是芙蓉颀长的身姿正遭受惊风的摧残，薜荔覆蔽的高墙正被密雨侵打——这情景让诗人联想到自身及好友那种坎坷多难的命运，不禁引起心灵的阵阵悸颤。芙蓉、薜荔，看似是对夏季景物的真实摹写，实则暗用屈原在《离骚》中所赋予的这两种美卉佳木的高洁品格，寄寓着诗人对自己、对朋友们人品本自高洁却又无辜遭受迫害的无穷感叹。颈联和尾联，再由近景转向远景，与此相应，诗歌所表现的内容也在这起伏难平的情绪中转入寄诗友人的正题：共同的志向把他们联结在一起，不幸的遭遇又迫使他们面对同样残酷的现实，他们是多么需要互相鼓励、互相安慰！然而眼下岭树重遮、江流曲转，不仅相见无日，而且音讯难通，这怎么不令人悲从中来，忧思难遣！四联中虽一字未及思念之情，但句句都透露出殷殷的关切和深沉的忧愤，令人不难想见当时政治斗争的险恶和残酷。

纵观全诗,诗人用“惊风”、“密雨”暗喻当权者,以眼前的“薜荔”、“芙蓉”等美好事物受到“风”、“雨”的摧残,暗示参加“永贞革新”的人士所遭受的无情打击和残酷迫害,用“岭树”遮目、“江流”九转等景物描写,形象地诉说了逆境中的诗人与故友远隔千里的愁苦、郁闷。诗的末联尤其精彩,诗人先用“共来”二字将意思提起,似乎要使这首以抒发困厄抑郁为基调的诗歌来一个大转折,但其后紧接的“犹自”一词,却使诗情再次跌入更加深广的悲愤之中。这种先扬后抑的抒写结构,希望与失望的前后交错,使全诗鼓荡着一种极其复杂的强烈情感。

柳州二月榕叶落尽偶题

题解

此诗写于柳州刺史任上。宋末元初的方回在《瀛奎律髓》卷四中说:“柳诗哀而酸楚”,极为精练地概括了柳宗元贬谪诗的根本特征。这首诗,就充分表现了柳宗元诗歌的这个特点。榕叶,即榕树叶子。

宦情羁思共凄凄,春半如秋意转迷。
山城过雨百花尽,榕叶满庭莺乱啼。

新解

宦情羁思共凄凄,春半如秋意转迷——宦情,指做官的心情。羁思,羁旅之思。此处指柳宗元在远离家乡的柳州做官,所产生的“独在异乡为异客”的思乡之情。凄凄,悲伤,凄惨。“春半如秋”,二月春光最浓之际,榕叶却落尽,故有春天似秋天的想法。离家万里,前途无望,眼看着繁花正茂的春半时节,百花凋零、榕叶落尽,以至于分不清现在究竟是春天还是秋天。

山城过雨百花尽,榕叶满庭莺乱啼——山城,此指柳州城。这两句中的“百花尽”、“榕叶满庭”照应上文的“如秋”,进一步写出作者有如此感觉的原因。

新评

柳宗元等人经过十年贬谪的漫长等待,终于盼来了被召回的机会,但当他满怀希望入京之后,却再一次被贬到更为偏远的柳州。诗人空怀报效国家之心,却屡遭贬谪,前途无望,身心悲苦。坎坷的遭遇,使诗人虽面对大好春色,却不由自主地产生了“如秋”之感。虽然他也曾归罪于“山城过雨”——责怪风雨使本应万紫千红、百花争艳的孟春二月,众芳凋残,榕叶落尽,但明眼人还是不难看出,即便这的确是诗人眼前的真实写照,其中寄寓着的诗人自己以及与自己志同道合的革新志士,遭受政治风雨摧残,不得不在贬所艰难度日的痛切凄楚之情仍是显而易见的。刘禹锡若干年后所写的“沉舟侧畔千帆过,病树前头万木春”,说的大致也是这个意思。

把百卉竞艳的艳阳天硬是渲染成“如秋”时节,然后寓身世忧思伤感之情于写雨后春半、众芳芜秽之景,此正是王夫之所谓“以乐景写哀,以哀景写乐,一倍增其哀乐”之表现方法。诗歌感情沉重内敛,语言流利又不失其淡泊简古,以朴素凝练之笔表达了诗人自己的“哀而酸楚”之情!

种柳戏题

题解

这首诗作于柳州刺史任上。诗人到柳州后,在自己的权限范围内努力兴利除弊,做了一系列有益州民的好事。此诗所写,即他亲自参加种树劳动的体验与感想,诗中用轻松而略带幽默的笔调,表达了诗人希望给柳州人民留下惠政的愿望。戏题,以题诗作为消遣之意。

柳州柳刺史,种柳柳江边。
谈笑为故事,推移成昔年。
垂阴当覆地,耸干会参天。
好作思人树,惭无惠化传。

新解

柳州柳刺史,种柳柳江边——首联两句,先交代了人物、事件和地点,仔细想来,种柳劳动也含蓄地暗示了其时间自然在春季。其中所提到的柳江,即西江的支流,流经柳州。

谈笑为故事,推移成昔年——此两句,针对上联所写发了一番感慨。先想象自己今天的所作所为会成为人们谈笑的内容,随着时间的推移,也许会变成历史上的一段佳话。这绝不是作者的自夸,实际上,作者心里非常明白,在他所处的时代里,作为地方上的最高长官,能亲自参加公益劳动的“一方诸侯”实在少之又少,因而有这样的自信。

垂阴当覆地,耸干会参天——诗的前半部分,柳宗元以轻松活泼的笔调展开描写,使诗题中的“戏”字落到了实处。后半首,戏笔的成分似乎已大为减少。在此两句中,诗人以不容置疑的口吻提出自己美好的希冀:硕大的树冠应当能遮蔽住骄阳覆盖着大地,高耸的树干一定能长大成材高入云天,坚信自己今天的举动将有利于国，有利于民，这便自然而然地引出后面画龙点睛的议论。

好作思人树，惭无惠化传——末联中的“思人树”，出自《左传·定公九年》，大意是说周初召伯有惠于民，他死后，人们自觉地爱护他生前亲手所种的甘棠树，以表示对他的怀念。后世诗词中，遂用“思人树”作为赞美官员有惠政的典故。柳宗元借用这个典故，以议论的口吻，表达了自己努力造福于民的强烈愿望。

新评

《种柳戏题》一诗，是柳宗元现存诗歌中别具一格的作品。之所以说其“别具一格”，是因为柳宗元这位对待写作从来都比较严肃的诗人，在此诗中，却一改自己平时的风格，紧紧扣住诗题中的“戏”字，将一个仍然严肃但却不便直说的主题，用嬉戏的笔调表现出来。应该指出的是，虽然作者力图使这首诗基调轻松、语言幽默，但由于诗人的经历、秉性以及所表达的主题的需要，事实上，诗歌是越写越严肃，越写越接近自己的一贯风格。

纵观全诗，除了头一联是叙述事情，是实写外，其他各联，或为推测，或为希望，或为议论，总之都是虚写。这种诗歌结构，不太像唐诗，更接近于宋诗的风格。由此可知作者并不想把种柳劳动当作诗歌的中心来写，而是通过种柳这件事，借端说理，表达自己为官一任、造福一方、留惠于民的做官准则。这思想当然是值得肯定的，也许直到现在仍然有其不朽的借鉴意义。仅从艺术上看，用“戏”笔写出重大严肃的主题，收到既准确地表达了自己的心愿而又避免了空话大话，避免了自吹自擂的奇特效果。语言上，诗歌一开始，柳宗元有意运用似乎有点“绕口”的句式，两句十个字，居然嵌入了四个“柳”字，既照应了诗题中的“戏题”二字，又使读者感到极度新颖，极度别致，自然而然地调动起读者阅读的兴趣。仔细体会，头两句那巧妙的、回环往复的语言，甚至连诗歌后半部分中那些一本正经的诗句也被带动得活泼起来。

柳州城西北隅种甘树

题解

此诗写于柳州刺史任上。诗中描写了作为刺史的诗人，亲自参加种树劳动的自豪感和成就感。能放下地方最高长官的架子，亲手并大量地栽种柑树，在封建社会里，是极为罕见的。甘树，即柑树，也就是诗中所说的黄柑树。

手种黄甘二百株，春来新叶遍城隅。
方同楚客怜皇树，不学荆州利木奴。

几岁开花闻喷雪，何人摘实见垂珠。
若教坐待成林日，滋味还堪养老夫。

新解

手种黄甘二百株，春来新叶遍城隅——诗歌一开始，诗人便以非常自豪的口吻，写自己亲手栽种柑树。这栽种不是象征性地种下一株、两株，而是足足二百株。连栽种的株数都记忆犹新，可见诗人对栽种柑树的重视。第二句中的“新”字形容春天柑橘叶的嫩绿。“遍”字，形容柑树的繁盛。甘，同“柑”，常绿灌木，果实似橘而大，赤黄色，味酸甜。

方同楚客怜皇树，不学荆州利木奴——诗人为什么对柑树如此深情呢？此联中运用两个典故给出了答案。诗人先把自己比作“楚客”屈原。屈原在《橘颂》中赞美橘树说：“后皇嘉树，橘徕服兮。受命不迁，生南国兮。”汉代王逸注释说：“言皇天后土生美橘树，异于众木。来服习南土，便其风气。屈原自喻才德如橘树，亦异于众也。”柳宗元在此处说自己像屈原那样喜欢柑橘树的“秉德无私”的品质。而不是像三国时李衡那样，想通过种柑橘树发家致富，给后辈子孙留下一点财产。据《襄阳记》载：三国吴时“襄阳李衡，种甘橘千株。临死，敕儿曰：‘汝母恶吾治家，故穷如是，然吾州里有千头木奴，不责汝衣食。岁上一匹绢，亦可足用尔。’”后柑橘树长成，每年得绢数千匹。皇树指橘树。

几岁开花闻喷雪，何人摘实见垂珠——这一联，是诗人的想象之辞。诗人先用“闻喷雪”，写出橘花的纯净洁白和花香浓郁，再用“垂珠”形容柑树的果实累累，在读者面前展现出两幅色彩艳丽、充满生机的画面。这虽然只是诗人美好的想象，但口气却是十分的自信、肯定，不容人有丝毫的怀疑。此句中的“何人”，呼应上联，进一步表明自己的种植柑树绝不是为自己的后代着想。

若教坐待成林日，滋味还堪养老夫——尾联顺势直抒胸臆。表面上看，诗人希望看到柑树成林，甚至表示要以自己种出的柑橘来养老，这话与上面所说的“不学荆州利木奴”似乎存在着矛盾。实际上，对于柳宗元这样一个胸怀大志的人来说，他绝不甘心“坐待成林”，而是要努力实现自己远大的抱负。但眼前的现实却是这样的叫人无奈，故作者只好以诙谐的口吻来安慰自己。

新评

诗歌本来是写自己亲自参加种树劳动的感受，但诗人在写作中借端说理，借用历史上的典故和自己的丰富想象，表现了诗人寄心圣贤、系情橘树、不慕荣华的淡泊境界，同时也委婉含蓄地表达了自己被遗弃边地，“有志不获骋”的痛苦。

从艺术上来看，首先，本诗作为一首七言律诗，其中的声律、对仗异常工整，宋末元初的方回在《瀛奎律髓》中指出："皇树"一词来自"'后皇嘉树'，屈原语也，摘出二字以对'木奴'，奇甚。终篇字字缜密。"可见，柳宗元不仅严格遵守律诗的规则，而且还创造性地运用了诗歌语言。其次，本诗的语言，总体上说来亲切自然，通俗易懂，诗人为了表达自己的意思，在创作时甚至不避方言俚语，像"手种"、"春来"、"方同"、"不学"以及"老夫"，等等，都是极为习见的口语。但在行文中，又不有意回避使用典故，使用极为典雅的语言，像中间两联中的"楚客"、"皇树"、"木奴"、"喷雪"、"垂珠"，等等。这样，整体上来看，诗歌的基调是通俗易懂的，这与作者所要表达的植树劳动内容配合得相当紧密，而典故、雅语的插入，又在一定程度上提高了诗歌的品位，形成了一种雅俗共赏的独到的风格。《昭昧詹言》称赞此诗说："后半真率不可法"，既说明了其抒情的特点，也指出了其语言上的不同。再次，这首诗中，有说明，有描写，有抒情，也有议论，多种手法并用，且都运用得非常娴熟到位。比如，议论的语言非常深刻精警，如颔联两句，且在议论中表达了诗人自己高洁的志向；描写的语言形象性很强，如颈联两句，不仅有"状难写之景，如在目前"之妙，而且景中融情，生动感人。

酬曹侍御过象县见寄

题解

此诗是柳宗元任柳州刺史时所写，其时，他的旧友——一位姓曹的侍御史因事路过象县，写诗寄给作者，柳宗元作此诗予以酬答。象县，今广西壮族自治区象州县。见寄，寄诗给我。

破额山前碧玉流，骚人遥驻木兰舟。
春风无限潇湘意，欲采蘋花不自由。

新解

破额山前碧玉流，骚人遥驻木兰舟——诗的第一、二句中，柳宗元用"骚人"来称誉曹侍御史，并且用"碧玉流"、"木兰舟"等极为优美的环境来烘托他，含蓄地表现了柳宗元对朋友才学、道德的景仰之情。但若换个角度来看，景色如此优美，"骚人"本可以一边赶路，一边观赏山水，尽情快意地饱览南国的风情，但因心中惦念着被贬谪在此地的好友，于是便"遥驻""木兰舟"，希冀一见。这样，曹侍御史对柳宗元的深情关怀，也在此两句中被表现出来。

春风无限潇湘意，欲采蘋花不自由——从第三句开始，作者把诗中所写的对象来了个转换，由上面的写朋友转到写自己，表达了诗人自己对曹侍御史思念的深刻和渴望会面的急切，回应了前两句中朋友对自己的牵挂。末句的“欲采蘋花不自由”，又来了一个大转折，两位情投意合、互相思念的朋友本应立刻见面，怎奈自己公事紧迫，官身不由己，无法和友人相见，柳宗元为此深感遗憾。末句的妙处在于诗人用非常形象的句子把复杂的难以用一两句话说清楚的苦衷，通过简单的比喻表现出来。

新评

诗歌的头两句，紧扣题目中的“曹侍御过象县见寄”几字，不从自己写起，却从朋友一方落笔，多了一层曲折，也增加了一层新意；后两句，则照应题目中的“酬”字，写自己对友人的情意以及自己公事在身，未能略尽地主之谊的歉意。

与前代诗人的作品相比，这首诗有着新的特点，它既不同于初唐诗歌的质实古朴，也有异于盛唐诗人所追求的刚健清新，诗歌中所表现出来的绮美清丽的语言特点，甚至与柳宗元的其他诗歌也有区别。比如诗中用“碧玉流”、“木兰舟”、“春风”等词语，有意将柳江水色的深湛明净和“骚人”所乘之舟质地的美好置于风和日丽、春意盎然的背景中，再缀以诗人“采蘋花”遗友人的形象画面，构成一种艳丽明媚的诗歌意境，这种将诗中的意象极力加以美化的写法，是晚唐诗人常用的，在中唐之前的诗中极为罕见。而正是这种绮美清丽的语言，恰到好处地渲染出心心相印的朋友之间的温馨之情，从而使不能和远道而来的朋友会面的举动透出了更多的无奈和遗憾。

在炼词造句上，诗人将“碧玉”与“流”搭配起来，十分新颖独到，不仅准确地表现出柳江的色彩和质感，而且连那微波不兴、一平如镜的江面也似乎展现在读者的面前。再和下几句中的“木兰舟”、“春风”、“蘋花”相配合，显得非常和谐，真正做到了“状难写之景，如在目前”，显示了柳宗元极高的驾驭语言的能力。

与浩初上人同看山寄京华亲故

题解

本篇作于柳州。“浩初”，唐时名僧，潭州（今湖南长沙市）人。上人，《释氏要览·称谓》解释说：“内有德智，外有胜行，在人之上，名上人。”自南朝刘宋以后，多用作对和尚的尊称。京华，即京城，此指长安。柳宗元虽祖籍河东，然其家早已迁往长安，故诗中怀念他居住在京华的亲故。

海畔尖山似剑铓，秋来处处割愁肠。
若为化得身千亿，散上峰头望故乡。

新解

海畔尖山似剑铓，秋来处处割愁肠——柳宗元被再贬柳州后，虽尽心尽力地为官做事，但心情一直不痛快。《新唐书》本传说他"既窜斥，地又荒疠，因自放山泽间。其堙厄感郁，一寓诸文"。因而，当他陪同远道而来的浩初上人观赏柳州的山水时，情不自禁地用移情于物的手法，将伤心人别有的"怀抱"写出来：秋日里，柳州濒海处那些拔地而起的山峰，看上去酷似倒置的剑锋，似乎时时在割切着他这位身在异地的他乡人那痛苦的愁肠。剑铓，剑锋也。

若为化得身千亿，散上峰头望故乡——为了表达出自己思乡的心切，柳宗元突发奇想：我怎么才能够化成千千万万个身子，每个山上站立一个，时时眺望自己在京华的亲友？若为，怎能。

新评

"以我观物，物无不着我之色彩"（王国维语）。被再次贬到柳州的柳宗元，十多年来一直生活在被流放、被迫害的抑郁不平中，他虽想借山水来得到暂时的安慰，但事实上，只要逐臣的身份未变，只要没有回到京城，他那痛苦的心，在任何时候、任何情况下都不可能得到解脱。当他陪同远道而来的浩初上人游览柳州山水时，潜意识里仍是那挥之不去的"独在异乡为异客"的惆怅。于是，面对深秋季节自然界所呈现的寂寞荒凉，使他更加愁思难当。在他眼里，海边耸峙的巉削"尖山"，酷似利剑的锋芒，不仅不能消解自己的痛苦，反而在牵愁引恨，甚至感到自己那思乡的"愁肠"仿佛正被这些"尖山"在切割，以至愁肠寸断，痛苦到无以复加之地步。当人痛苦到达极限时，当然希望得到解脱，但柳宗元身为逐臣，归期遥遥，无奈中，他只能选择远望当归，聊解乡愁。或许是因为浩初上人"僧人"身份的启发，他想起了佛经中有"化身"的说法，于是便想入非非地希望自己能"化身千亿"，攀上每座尖山的顶部，全面、细致、尽情地观看故乡的山水、故乡的亲旧、故乡的一切。出人意料的奇思妙想，将柳宗元渴望见到故乡和故乡亲人那迫不及待的心情淋漓尽致地表达出来。

感情的深厚而又急切，想象的丰富而又奇异，比喻的巧妙而又新颖，构成了此诗艺术上最大的特色。宋代大诗人苏轼非常喜欢柳宗元的此首诗，以至使深知创新为文学第一生命的他，在其所写的《白鹤峰新居欲成，夜过西邻翟秀才》一诗中，居然有"割愁还有剑铓山"这样几乎雷同的句子。

◎文

桐叶封弟辩

题解

本文作于长安时期，文章针对《吕氏春秋·重言》和刘向《说苑·君道篇》所载"桐叶封弟"一事进行论辩，尖锐地批判了"天子之言不可变，天子无戏言"的传统观点，大胆地提出"天子"的言行"未得其当，虽十易之不为病"的进步主张。

古之传者有言[1]，成王以桐叶与小弱弟[2]，戏曰："以封汝。"周公入贺。王曰："戏也。"周公曰："天子不可戏！"乃封小弱弟于唐[3]。

吾意不然。王之弟当封耶？周公宜以时言于王，不待其戏而贺以成之也；不当封耶？周公乃成其不中之戏，以地以人与小弱者为之主，其得为圣乎？且周公以王之言不可苟焉而已，必从而成之耶？设有不幸，王以桐叶戏妇寺[4]，亦将举而从之乎？凡王者之德，在行之何若。设未得其当，虽十易之不为病；要于其当，不可使易也，而况以其戏乎？若戏而必行之，是周公教王遂过也[5]。

吾意周公辅成王，宜以道，从容优乐，要归之大中而已，必不逢其失而为之辞。又不当束缚之，驰骤之，使若牛马然，急则败矣。且家人父子，尚不能以此自克，况号为君臣者耶？是直小丈夫鈌鈌者之事[6]，非周公所宜用，故不可信。

或曰："封唐叔，史佚成之[7]。"

注释

〔1〕传(zhuàn)者：编写史书的人。此处指《吕氏春秋》的编写者吕不韦和《说苑》的作者刘向。二书均载有周公促成"桐叶封弟"的故事。

〔2〕成王：即周成王，姓姬名诵，武王的儿子，即位时十三岁。　小弱弟：年龄小的弟弟。指叔虞。

〔3〕唐：西周一诸侯国名，故地在今山西翼城县西。

〔4〕妇寺：古代宫廷内的近侍小臣。寺，即"侍"。

〔5〕遂过：把错误的决定变成事实。遂，助成，迁就。

〔6〕小丈夫：指那些不懂大中之道的庸人。　鈌鈌者：要小聪明的人。《老子》："其政察察，而其民缺缺。"缺缺，小智貌。缺缺，同"鈌鈌"。

〔7〕史佚：周武王时太史尹佚。

新评

“辩”是一种用于辨析事物的是非真伪而加以判断的论说文体，韩愈的《讳辩》和柳宗元的这篇文章，都是这方面的代表性作品。但本文的重点不在于辨伪，而是围绕重臣应如何辅佐君主这一中心发挥议论。君主随便开了一句玩笑的话，臣子却把它当作金科玉律，绝对地予以服从。作者尖锐地批评了这种荒唐现象，指出“凡王者之德，在行之何若”，对统治者的言行，要看它的客观效果如何，不能拘执盲从。这在君主至高无上的封建专制时代，是相当大胆的议论。文章论辩反复曲折，波澜起伏，闪耀着深刻的思想光芒，不愧为辨体文中的力作。

驳复仇议

题解

武则天当政时，同州下邽（今陕西渭南市）人徐元庆之父徐爽，被下邽县吏赵师韫杀害。后赵师韫入朝为御史，徐元庆则更姓易名，在驿站之中充当仆役。过了很久，赵师韫恰好住在这个驿舍中，徐元庆便趁机亲手杀死了他，然后投案自首。对于这个案件，当时朝中有不少人认为徐元庆为父报仇，是孝义刚烈的行为，应赦免他的罪；而陈子昂则认为，按照法律，擅自杀人的要处死。因此，他建议，应当对徐元庆依法论死，然后再对他替父报仇的行为予以表彰，并将此事编入律令。当时大家都赞同陈子昂的主张。柳宗元的这篇文章，作于他在长安任职时。主要是驳斥陈子昂的主张的。

臣伏见天后时[1]，有同州下邽人徐元庆者，父爽为县吏赵师韫所杀，卒能手刃父仇，束身归罪[2]。当时谏臣陈子昂建议诛之而旌其闾[3]，且请编之于令，永为国典。臣窃独过之[4]。

臣闻礼之大本，以防乱也[5]，昔曰无为贼虐，凡为子者杀无赦[6]；刑之大本，亦以防乱也，若曰无为贼虐，凡为理者杀无赦。其本则合，其用则异，旌与诛莫得而并焉[7]。诛其可旌，兹谓滥，黩刑甚矣[8]；旌其可诛，兹谓僭[9]，坏礼甚矣。果以是示于天下，传于后代，趋义者不知所以向，违害者不知所以立，以是为典可乎？

盖圣人之制，穷理以定赏罚，本情以正褒贬，统于一而已矣。向使刺谳其诚伪[10]，考正其曲直，原始而求其端，则刑礼之用，判然离矣。何者？若元庆之父，不陷于公罪，师韫之诛，独以其私怨，奋其吏气[11]，虐于非辜，州牧不知罪，刑官不知问，上下蒙冒，吁号不闻[12]；而元庆能以戴天为大耻，枕戈为得礼[13]，处心积虑，以冲仇人之胸，介然自克[14]，即死无憾，是守礼而行义也。执事者宜有惭色，将谢之不暇，而又何诛焉？其或元庆之父，不免于罪，师韫之诛，不愆于法[15]，是非死于吏也，是死于法也。法其可仇乎？仇天子之法，而戕奉法之吏，是悖骜而凌上也[16]。执而诛之，所以正邦典，而又何旌焉？

且其议曰："人必有子，子必有亲，亲亲相仇，其乱谁救？"是惑于礼也甚矣！礼之所谓仇者，盖以冤抑沉痛，而号无告也；非谓抵罪触法，陷于大戮。而曰"彼杀之，我乃杀之"，不议曲直，暴寡胁弱而已[17]。其非经背圣，不亦甚哉！周礼："调人掌司万人之仇。凡杀人而义者，令勿仇，仇之则死[18]。""有反杀者，邦国交仇之。"又安得亲亲相仇也？《春秋·公羊传》曰："父不受诛，子复仇可也；父受诛，子复仇，此推刃之道，复仇不除害。"今若取此以断两下相杀，则合于礼矣。且夫不忘仇，孝也；不爱死，义也。元庆能不越于礼，服孝死义，是必达理而闻道者也。夫达理闻道之人，岂其以王法为敌仇者哉？议者反以为戮，黩刑坏礼，其不可以为典，明矣。

请下臣议，附于令[19]，有断斯狱者，不宜以前议从事。谨议。

注释

〔1〕伏见：了解到。伏，表示敬畏的词。　天后：指武则天。

〔2〕束身归罪：自己捆绑起来投案自首。

〔3〕陈子昂（661—702）：字伯玉，梓州射洪（今四川射洪县）人，唐初杰出诗人。二十四岁中进士，曾任右拾遗之职。　旌其闾：指在徐元庆的家乡立牌坊或赐匾额予以表彰。

〔4〕臣窃独过之：窃，私下，表自谦的意思。过，认为……是错误的。

〔5〕礼之大本：礼仪的根本作用。

〔6〕无为贼虐：不让逞凶。　凡为子者杀无赦：凡是做儿子的为报亲仇而杀人不能赦免。

〔7〕为理者：治理百姓的官吏。

〔8〕兹谓滥：这就叫作滥杀。　黩刑：滥用刑法。

〔9〕僭（jiàn）：过分。

〔10〕刺谳（yàn）：侦查审判。　诚伪：真假。

〔11〕奋：发作。　吏气：官吏的气焰。

〔12〕蒙冒：蒙蔽，包庇。

〔13〕枕戈为得礼：把时刻不忘报仇看作是合乎礼。枕戈，睡觉时头枕着兵器，意思是一心想要报仇。语出《礼记·檀弓上》："父母之仇……枕戈，不仕，弗与共天下也。"得礼，合乎礼法。

〔14〕介然自克：坚定不移地以礼约束自己。介然，坚定的样子。

〔15〕愆(qiān):过失,过错,这里指违规。

〔16〕戕(qiāng):杀害。　悖:违背。　骜:傲慢。　凌:冒犯。

〔17〕暴寡胁弱:欺凌孤寡,威胁弱者。

〔18〕调人:周代官名。　掌万人之仇:负责调解众人的仇怨。

〔19〕请下臣议:请发下我这篇驳论。　附于令:附在法令之后。

新评

徐元庆一案,已过百年,柳宗元旧案重提,这篇奏议专驳陈子昂对徐元庆"诛之而旌其闾"的错误主张,认为这样做不但刑赏不明,而且自相矛盾,明确指出徐元庆"手刃父仇,束身归罪"的行为既合乎礼义,又合乎法律,应给予充分肯定,从而说明了礼和法的一致性。在论证过程中,作者紧扣对方观点,采用以子之矛,攻子之盾的驳论方法,准确地抓住陈子昂观点中自相矛盾的地方,用极为省净的语言,三言两语便使其错误立现。文章观点鲜明,逻辑严密,说理精辟,辩驳有力。语言精练、准确,充分体现了韩愈所赞美的"峻洁廉悍"的风格。文如其人,由此文可看出作为政治家的柳宗元,办事果断、从不拖泥带水的作风。

种树郭橐驼传

题解

本文约作于贞元二十一年(805)。当时柳宗元任职于朝廷且参加了以王叔文为首的主张革新的政治集团。传,记述人物生平事迹的文体。

郭橐驼[1],不知始何名。病瘘[2],隆然伏行[3],有类橐驼者,故乡人号之"驼"[4]。驼闻之曰:"甚善,名我固当[5]。"因舍其名[6],亦自谓橐驼云[7]。其乡曰丰乐乡,在长安西。驼业种树[8],凡长安豪富人为观游及卖果者[9],皆争迎取养[10]。视驼所种树,或移徙,无不活,且硕茂早实以蕃[11]。他植者虽窥伺效慕[12],莫能如也[13]。

有问之,对曰:"橐驼非能使木寿且孳也[14],能顺木之天[15],以致其性焉尔[16]。凡植木之性,其本欲舒[17],其培欲平[18],其土欲故[19],其筑欲密[20]。既然已[21],勿动勿虑[22],去不复顾。其莳也若子[23],其置也若弃[24],则其天者全而其性得矣。故吾不害其长而已[25],非有能硕茂之也[26];不抑耗其实而已[27],非有能早而蕃之也。他植者则不然,根拳而土易[28],其培之也,若不过焉则不及[29]。苟有能反是者[30],则又爱之太恩[31]，忧之太勤，旦视而暮抚[32]，已去而复顾。甚者爪其肤以验其生枯[33]，摇其本以观其疏密[34]，而木之性日以离矣[35]。虽曰爱之，其实害之；虽曰忧之，其实仇之，故不我若也[36]。吾又何能为哉？”

问者曰：“以子之道，移之官理可乎[37]？”驼曰：“我知种树而已，理，非吾业也。然吾居乡，见长人者好烦其令[38]，若甚怜焉[39]，而卒以祸[40]。旦暮吏来而呼曰：‘官命促尔耕[41]，勖尔植[42]，督尔获[43]。早缫而绪[44]，早织而缕[45]，字而幼孩[46]，遂而鸡豚[47]。’鸣鼓而聚之[48]，击木而召之[49]。吾小人辍飧饔以劳吏者[50]，且不得暇，又何以蕃吾生而安吾性耶？故病且怠[51]。若是，则与吾业者其亦有类乎[52]？”

问者曰：“嘻[53]，不亦善夫[54]！吾问养树，得养人术[55]。”传其事以为官戒也[56]。

注释

〔1〕橐(tuó)驼：骆驼。文中意为驼背。

〔2〕瘘(lòu)：同“偻”，脊背弯曲。

〔3〕隆然：高高突起的样子，这里形容驼背状。　伏行：弯着腰走路。

〔4〕号之：称他。

〔5〕名我固当：这样称呼我本来就恰当。“名”作动词用。固，确实。

〔6〕舍其名：于是放弃他本来的名字。

〔7〕云：句末助词，无义。

〔8〕业：使从事于，以……为职业。

〔9〕为观游：修建供观赏游玩的庭院。

〔10〕争迎取养：争相迎聘，给予报酬。

〔11〕硕茂：高大茂盛。硕，大。　早实：早结果实。　蕃：果实多。

〔12〕窥伺：暗中观察。　效慕：仿效羡慕。

〔13〕莫：没有人。　如：一样，比得上。

〔14〕寿且孳：树龄长且繁殖多。

〔15〕顺木之天：顺应树木的生长规律。天，天性，规律。

〔16〕以致其性：使其按照自己的习性生长。致，尽。性，本性。

〔17〕本：树根。　舒：舒展。

〔18〕培：培土。

〔19〕故：指树根周围原有的陈土。

〔20〕筑：捣土。　密：结实严密。

〔21〕既然已：按上述工序完成后。

〔22〕勿虑：不再担心。

〔23〕莳(shì)：栽种。　若子：像对待儿子一样。

〔24〕置：种完。　弃：扔下不顾。

〔25〕害：妨害。

〔26〕之：代树。

〔27〕抑耗：抑制损伤。

〔28〕拳：拳曲不舒展。　土易：以陈土换新土。

〔29〕若不过焉则不及：培的土不是太多就是太少。

〔30〕苟有能反是者：假如有不是上述错误做法的人。苟，假如。

〔31〕太恩：过分关心。

〔32〕抚：抚摸。形容爱惜过甚。

〔33〕甚者：更过分的一种做法。　爪其肤：以手剥开树皮。　验其生枯：看看树是生是死。

〔34〕观其疏密：观察捣土是否严实。

〔35〕离：丧失。

〔36〕不我若：不若我，比不上我。

〔37〕官理：做官为政的道理。

〔38〕长(zhǎng)人者：指官吏。长，治。　好烦其令：喜欢发布很多命令。烦，多而乱。

〔39〕若：好像。　恤：爱惜。

〔40〕而卒以祸：结果却给百姓带来灾祸。

〔41〕促尔耕：催促你们耕田。

〔42〕勖(xù)尔植：勉励你们种植。

〔43〕督尔获：监督你们收获。

〔44〕早缫(sāo)而绪：趁早把你们的茧煮后抽成丝。而，你的，你们的。绪，丝头。

〔45〕早织而缕(lǚ)：早些把你们纺的线织成布。缕，线。

〔46〕字：养育。

〔47〕遂：成功。这里取引申义养大，喂大。　豚(tún)：小猪。

〔48〕聚之：把村民召集起来。

〔49〕击木：敲木梆。

〔50〕辍飧饔(sūnyōng)：放下饭碗，指差役扰乱之多，百姓连顿饭都吃不安生。飧，晚饭。饔，早饭。　劳吏：侍奉差役。

〔51〕病：困苦。　怠：疲乏。

〔52〕吾业者：我的同行，与“他植者”意同。　其：大概。　类：类似。

〔53〕嘻：叹词。

〔54〕不亦善夫：这不是太好了吗？

〔55〕养人：休养人民。

〔56〕官戒：为官的鉴戒。

新评

本文是一篇兼具寓言和政论色彩的传记文。文章通过对郭橐驼种树之道的记叙，说明“顺木之天，以致其性”是“养树”的法则，并由此推论出“养人”的道理，指出为官治民不能“好烦其令”，这种借传立说、因事出论的写法，别开生面。

纵观全文，作者先以种植的当与不当作对比，继以管理的善与不善作对比，最后以吏治与种树相映照，在反复比照中导出题旨，阐明事理。描写郭橐驼的体貌特征时，寥寥几笔，形象而生动；记述郭橐驼的答话时，庄谐杂出，语精而意丰。全文以记言为主，但记言中穿插着描写，错落有致，引人入胜。

还应注意的是：文章题目是“传”，文中确实也有对郭橐驼的多方面介绍，符合传记文学的基本特点。然本文又不同于一般的传记文学，文中多用对话形式，把许多人的经验和作者对问题的看法集中于郭橐驼一人身上，这是一种虚构和典型化的手法，从而使文章具有了传奇小说的色彩。再看文中以种树为喻，通过小故事来讲大道理的写法，又明显具备了寓言文学的特点。可谓一篇用寓言的立意和小说的手法精心结撰的别开生面的传记散文。

梓人传

题解

本文作于作者任职长安时期。也是一篇论述吏治改革的重要文章。梓，落叶乔木，木质轻而坚，多用于建筑材料或制作器具。梓人，古时泛指木工、建筑工匠。

裴封叔之第，在光德里[1]。有梓人款其门，愿佣隙宇而处焉[2]。所职寻引、规矩、绳墨，家不居砻斫之器[3]。问其能，曰：“吾善度材，视栋宇之制，高深、圆方、短长之宜，吾指使而群工役焉[4]。舍我，众莫能就一宇[5]。故食于官府，吾受禄三倍；作于私家，吾收其直太半焉[6]。”他日，入其室，其床缺足而不能理，曰：“将求他工[7]。”余甚笑之，谓其无能而贪禄嗜货者[8]。

其后京兆尹将饰官署，余往过焉[9]。委群材，会众工[10]。或执斧斤，或执刀锯，皆环立向之[11]。梓人左持引右执杖而中处焉[12]。量栋宇之任，视木之能[13]，举挥其杖曰：“斧！”彼执斧者奔而右；顾而指曰[14]：“锯！”彼执锯者趋而左。俄而斤者斫[15]、刀者削，皆视其色，俟其言[16]，莫敢自断者。其不胜任者，怒而退之，亦莫敢愠焉。画宫于堵[17]，盈尺而曲尽其制，计其毫厘而构大厦，无进退焉[18]。既成，书于上栋，曰“某年某月某日某建”，则其姓字也。凡执用之工不在列。余环视大骇，然后知其术之工大矣[19]。

继而叹曰：彼将舍其手艺，专其心智，而能知体要者欤[20]？吾闻劳心者役人[21]，劳力者役于人，彼其劳心者欤？能者用而智者谋[22]，彼其智者欤？是足为佐天子、相天下法矣[23]！物莫近乎此也[24]。彼为天下者本于人[25]。其执役者[26]，为徒隶[27]，为乡师、里胥[28]；其上为下士；又其上为中士、为上士；又其上为大夫、为卿、为公。离而为六职[29]，判而为百役[30]。外薄四海[31]，有方伯、连率[32]。郡有守，邑有宰，皆有佐政。其下有胥吏[33]，又其下皆有啬夫、版尹[34]，以就役焉[35]，犹众工之各有执伎以食力也[36]。彼佐天子相天下者，举而加焉[37]，指而使焉，条其纲纪而盈缩焉，齐其法制而整顿焉，犹梓人之有规矩、绳墨以定制也[38]。择天下之士，使称其职；居天下之人[39]，使安其业。视都知野，视野知国，视国知天下，其远迩细大，可手据其图而究焉[40]，犹梓人画宫于堵而绩于成也[41]。能者进而由之，使无所德[42]；不能者退而休之，亦莫敢愠。不衒能，不矜名，不亲小劳，不侵众官，日与天下之英才讨论其大经[43]，犹梓人之善运众工而不伐艺也[44]。夫然后相道得而万国理矣[45]。相道既得，万国既理，天下举首而望曰："吾相之功也。"后之人循迹而慕曰[46]："彼相之才也。"士或谈殷、周之理者，曰伊、傅、周、召[47]，其百执事之勤劳而不得纪焉[48]，犹梓人自名其功而执用者不列也。大哉相乎！通是道者，所谓相而已矣。其不知体要者反此[49]：以恪勤为公[50]，以簿书为尊[51]，衒能矜名，亲小劳，侵众官，窃取六职百役之事，听听于府廷[52]，而遗其大者远者焉，所谓不通是道者也。犹梓人而不知绳墨之曲直、规矩之方圆、寻引之短长，姑夺众工之斧斤刀锯以佐其艺[53]，又不能备其工[54]，以至败绩用而无所成也[55]。不亦谬欤？

或曰："彼主为室者[56]，傥或发其私智[57]，牵制梓人之虑，夺其世守而道谋是用[58]，虽不能成功，岂其罪耶？亦在任之而已[59]。"余曰："不然。"夫绳墨诚陈[60]，规矩诚设，高者不可抑而下也，狭者不可张而广也。由我则固，不由我则圮[61]。彼将乐去固而就圮也，则卷其术，默其智，悠尔而去[62]，不屈吾道[63]，是诚良梓人耳！其或嗜其货利，忍而不能舍也，丧其制量，屈而不能守也，栋挠屋坏[64]，则曰："非我罪也。"可乎哉，可乎哉？

余谓梓人之道类于相，故书而藏之[65]。梓人，盖古之审曲面势者[66]，今谓之都料匠云[67]。余所遇者，杨氏，潜其名[68]。

注释

〔1〕裴封叔:名瑾,字封叔,闻喜人。柳宗元的姐夫。曾任万年县令。 第:住宅。 光德里:唐时长安城内街名。

〔2〕款:敲。 隙宇:空闲的房子。

〔3〕职:掌管。这里有随身带着的意思。 寻引:计量长度的两种器具。 规矩:古代木工工具,校正圆形的叫规,校正方形的叫矩。 绳墨:木工画直线的工具。 居:积存。 砻(lóng):磨。

〔4〕制:结构,规模。 度:计量。

〔5〕就:建成。

〔6〕直:同"值"。报酬,工钱。 太:同"大"。

〔7〕理:修理。

〔8〕贪禄嗜货者:贪图财物的人。

〔9〕过:访问。

〔10〕会众工:集合了许多工匠。

〔11〕向之:面向他。

〔12〕杖:丈量用的木尺。 中处:站在中间。

〔13〕能:性能。

〔14〕顾:回过头。

〔15〕趋:快步走。 俄而:一会儿。 斫:砍。

〔16〕俟:等待。

〔17〕画宫于堵:把宫室画在墙上。堵,墙。

〔18〕无进退:没有一点错误。

〔19〕工:工巧,巧妙。 大:高超。

〔20〕体要:全局和要领。指事物的关键。

〔21〕役:役使。

〔22〕能者:体力劳动的人。 用:具体操作。

〔23〕相:治理。

〔24〕"物莫"句:意为没有比这件事和辅佐天子更近似的了。

〔25〕本于人:把管理使用人作为根本。

〔26〕执役者:做具体事情的人。

〔27〕徒隶:差役。

〔28〕乡师:官名,一乡之长。乡,汉以后指县以下行政区划单位。 里胥:里中小吏,此处指一里之长。里,古时乡以下的基层行政单位。

〔29〕离:大致区分。 六职:一般解释为六大职能部门,吏、户、礼、兵、刑、工六部。

〔30〕判:细分。 百役,即百官,各级各类官员。

〔31〕薄:接近。 四海:国家和边境。

〔32〕方伯:殷周时一方诸侯之长。 连率:古时十国诸侯之长。

〔33〕胥吏:古时官府中办理公文的小吏。

〔34〕啬夫:秦汉时小乡设啬夫一人,管理诉讼和赋税。 版尹:乡中掌管户籍的小官。

〔35〕就役:承担各种差事。

〔36〕伎(jì):通“技”。技艺,本领。

〔37〕举而加:举荐人才,加以委任。

〔38〕定制:确定规格。

〔39〕居:安顿,安置。

〔40〕究:推知。

〔41〕绩于成:工作达到成功。

〔42〕使无所德:使他们不要对自己感恩戴德。

〔43〕大经:根本原则,方针。

〔44〕伐:夸耀。

〔45〕相道得:掌握了做宰相的方法。　万国:全国。　理:治也。

〔46〕循迹:追寻他的事迹。

〔47〕伊:伊尹,商汤王的宰相。　傅:傅说,商王武丁的宰相。　周:周公,周文王之子。　召:召公,周武王之弟。以上四人均为古代名相。

〔48〕百执事:百官。　纪:记载。

〔49〕不知体要者:不懂得作宰相要领的人。

〔50〕以恪勤为公:把谨慎地做事当作一心为公。

〔51〕以簿书为尊:把处理公文书牍当作有权力。

〔52〕听听(yín):通“断断”,争辩的样子。

〔53〕佐其艺:帮助他们干活。

〔54〕备其工:掌握各种木工手艺。

〔55〕绩用:犹功用。

〔56〕主为室者:建造房屋的主人。

〔57〕私智:个人的聪明才智。

〔58〕夺其世守:改变他世代相传的规矩。　道谋是用:道谋,道路上的谋划,意为与路人相谋。是,结构助词。用,采用。即“用道谋”的倒装。

〔59〕任:听凭,任凭。意即听凭主人的瞎指挥。

〔60〕诚:实在。　陈:陈设,陈列。

〔61〕圮(pǐ):倒塌。

〔62〕悠尔而去:远远离开。

〔63〕不屈吾道:不改变自己的一贯做法。

〔64〕挠:折断。

〔65〕书而藏之:写了这篇传记保存起来。

〔66〕审曲面势者:审视各种材料的曲直、形状的人。

〔67〕都料匠:总管材料和施工的匠人。

〔68〕潜其名:名字叫潜。

新评

贞元末,朝政积弊很深,亲近奸佞,妒贤害能。德宗李适本人刚愎自用,不任宰相,亲躬琐事,连县令也要自己任命,致使纲纪败坏,法制不行,官乱职废。永贞革新的一个重要方面就是改革吏治,因此在这之前,柳宗元一再探讨吏治改革问题。本文抓住为相之道这个带有症结性的问题，一针见血地指出治理天下的根本任务是“择天下之士，使称其职”；“居天下之人，使安其业”。而宰相就像建造房屋的梓人一样是总设计师，“不矜名，不亲小劳，不侵众官，日与天下之英才讨论其大经……然后相道得而万国理矣”。这些论述很明显是针对德宗皇帝在吏治问题上越俎代庖而发的。

写法上，文章表面是为长安梓人杨潜立传，然而寓意明显，且以议论为重心，已经不是本来意义上的人物传记，而是作者创造的兼具史传、寓言、政论诸因素的特殊文体。文中主旨，作者初不点破，貌似一本正经地为梓人作传，只有读完全文之后，才能体会到柳宗元的良苦用心。

杨评事文集后序

题解

本文约写于柳宗元在长安为官时期。杨评事，即杨淩，字恭履，弘农（今河南灵宝南）人，曾任大理评事，故称杨评事。杨淩和他的两个哥哥杨凭、杨凝均有文名，时号“三杨”。因杨凭是柳宗元的岳父，故柳宗元遵杨凭之嘱编定杨淩的文集，并写此后序。

赞曰[1]：文之用，辞令褒贬[2]，导扬讽谕而已[3]。虽其言鄙野[4]，足以备于用[5]。然而阙其文采[6]，固不足以竦动时听，夸示后学。立言而朽[7]，君子不由也[8]。故作者抱其根源[9]，而必由是假道焉[10]。作于圣[11]，故曰经[12]；述于才[13]，故曰文。文有二道[14]：辞令褒贬，本乎著述者也[15]；导扬讽谕，本乎比兴者也[16]。著述者流，盖出于《书》之谟、训[17]，《易》之象、系[18]，《春秋》之笔削[19]，其要在于高壮广厚[20]，词正而理备[21]，谓宜藏于简册也[22]。比兴者流，盖出于虞、夏之咏歌，殷、周之风雅[23]，其要在于丽则清越[24]，言畅而意美[25]，谓宜流于谣诵也[26]。兹二者，考其旨义，乖离不合[27]。故秉笔之士，恒偏胜独得[28]，而罕有兼者焉。厥有能而专美[29]，命之曰艺成[30]。虽古文雅之盛世，不能并肩而生[31]。

唐兴以来，称是选而不怍者[32]，梓潼陈拾遗[33]。其后燕文贞以著述之馀[34]，攻比兴而莫能极[35]；张曲江以比兴之隙[36]，穷著述而不克备[37]。其馀各探一隅[38]，相与背驰于道者，其去弥远。文之难兼[39]，斯亦甚矣。若杨君者[40]，少以篇什著声于时[41]，其炳耀尤异之词，讽诵于文人[42]，盈满于江湖[43]，达于京师。晚节遍悟文体[44]，尤邃叙述[45]。学富识远，才涌未已[46]，其雄杰老成之风[47]，与时增加。既获是，不数年而夭[48]。其季年所作尤善[49]，其为《鄂州新城颂》、《诸葛武侯传论》、饯送梓潼陈众甫、汝南周愿、河东裴泰、武都符义府、泰山羊士谔、陇西李炼凡六《序》[50]，《庐山禅居记》、《辞李常侍启》、《远游赋》、《七夕赋》[51]，皆人文之选已[52]。用是陪陈君之后，其可谓具体者欤[53]？

呜呼！公既悟文而疾，既即功而废[54]，废不逾年，大病及之，卒不得穷其工、竟其才[55]，遗文未克流于世，休声未克充于时[56]。凡我从事于文者，所宜追惜而悼慕也[57]！宗元以通家修好[58]，幼获省谒[59]，故得奉公元兄命[60]，论次篇简[61]。遂述其制作之所诣[62]，以系于后[63]。

注释

〔1〕赞：文体的一种，一般为附在史传文后面的评语。这里用作动词，是评论之意。

〔2〕辞令褒贬：指文章交流思想，褒贬善恶。辞令，本指在交际场合对答合宜的言辞，这里指作品的言辞。

〔3〕导扬讽谕：启发诱导，讽刺劝诫。

〔4〕鄙野：粗俗。

〔5〕备于用：供社会需用。

〔6〕阙：同"缺"。

〔7〕立言：指写文章，著书立说。　朽：衰朽，腐朽。这里指文章没有生命力。

〔8〕君子不由：有才德的人不这样做。　由：顺从。

〔9〕抱：坚守。　根源：根本，这里指文章的思想内容。

〔10〕必由是假道：必须借助于文采去表达。　是：此，指文采。　假道：借路，这里指借助。

〔11〕作于圣：圣人所写的著作。

〔12〕经：指儒家的经典著作。

〔13〕述于才：有才学的人阐发经义的著作。

〔14〕道：指文章的类别。

〔15〕本：根源，指文章的渊源。　著述：指古代的议论文和记叙文。

〔16〕比兴：我国古代诗歌的两种表现手法。这里代指古代诗歌。

〔17〕《书》：即《尚书》。　谟、训：《尚书》中的两种文体。

〔18〕《易》：《周易》。　象、系：《周易》中的象辞和系辞，都是用来解释卦义的。

〔19〕《春秋》：春秋时期鲁国的编年体史书。　笔削：增删。笔指记载，削指删除。

〔20〕要：要领，这里指主要特点。　高壮：气势雄浑。　广厚：内容丰富。

〔21〕词正：词语严正。　理备：道理充足。

〔22〕简册：书籍。

〔23〕风雅：《诗经》中的两类诗歌。

〔24〕丽则：靡丽而有规则。　清越：声音清亮激越。

〔25〕言畅而意美：语言流畅，意境优美。

〔26〕流于谣诵:在歌唱和吟诵中流传。 谣诵:歌唱,朗诵。

〔27〕乖离:背离。 不合:指著述与比兴互不相同,各有特点。

〔28〕恒:常常。 偏胜独得:只在某一方面有独到之处,即只擅长某一种文体。

〔29〕厥:其中。 专美:专享其美。

〔30〕艺成:艺术上有成就。

〔31〕并肩而生:同时涌现出两个这样的人。

〔32〕称是选而不怍者:称得上两方面都兼备而没有愧色的人。 称:符合。 怍:愧。

〔33〕梓潼陈拾遗:指初唐著名诗人陈子昂。陈子昂是梓潼郡射洪(今四川射洪)人,曾任右拾遗,故世称陈拾遗。

〔34〕燕文贞:张说,字道齐,唐代洛阳人,封燕国公,谥号文贞。

〔35〕极:最高成就。

〔36〕张曲江:张九龄,字子寿,唐代韶州曲江(今广东曲江)人。

〔37〕穷:指尽力钻研。 不克备:不能达到完美的程度。

〔38〕一隅:一个角落。指一个方面。

〔39〕文:这里指文学创作。 难兼:难以兼善著述和比兴两个方面。

〔40〕若:至于。 杨君:指杨凌。

〔41〕篇什:《诗经》中的雅和颂以十篇为一什,后世以"篇什"代称诗歌。

〔42〕讽诵:背诵,朗读。

〔43〕江湖:泛指各地。

〔44〕晚节:晚年。 悟:理解。

〔45〕邃:深远,引申为精通,精深。

〔46〕已:停止。

〔47〕是:此,指上述成就。

〔48〕夭:短命早死。

〔49〕季年:末年,指杨凌去世的前几年。

〔50〕诸葛武侯:指三国时著名的政治家和军事家诸葛亮。他曾被封为武乡侯,故称诸葛武侯。陈众甫、周愿、裴泰、符义府、羊士谔、李炼凡、李常侍(名兼,常侍是官名):均为杨凌的好友。

〔51〕颂、论、序、记、启、赋:古代的六种文体。

〔52〕人文:人类社会的各种文化现象。这里指文学。 已:语气词,表示对所述事实确信不疑。

〔53〕具体:具备整体的各部分。指兼备著述和诗歌两种才能。 欤:语气词,表示推测。

〔54〕即功:接近取得成功。 废:废止,停止。这里指中断了写作。

〔55〕穷其工:极尽他的艺术造诣。 竟其才:完全发挥他的文学才能。

〔56〕休声:美好的名声。

〔57〕宜:应该。 追惜:追忆,痛惜。 悼慕:悼念,敬仰。

〔58〕以:因为。 通家:世代有交谊之家,或姻亲之家,这里二者兼有。因柳宗元的父亲柳镇和杨凭是好朋友,而柳宗元又娶杨凭之女为妻。 修好:亲善友好。

〔59〕省(xǐng)谒:拜见。

〔60〕元兄:长兄。这里指杨凭。

〔61〕论次篇简:按次序将文稿编排成册。

〔62〕制作:创作。

〔63〕系：附。

新评

《杨评事文集后序》是柳宗元的一篇重要文论。

文章开宗明义，强调写作诗文要承担起“辞令褒贬，导扬讽谕”的社会功用，并明确指出文章的内容与文采——即文章形式的关系，认为写文章既要有正确的思想内容，又必须借助完美的艺术形式去表现，“阙其文采，固不足以竦动时听，夸示后学”。这观点，前人虽也有论述，并非由柳宗元第一个提出，但在文学散文正从哲学、历史等应用散文中逐渐分离而独立成类的时候，作者多次在他的文章中刻意强调，足见他对文学认识、把握的程度。文中还探讨了诗、文各自的特点、源流，以及兼工二者之不易的原因，附带表示了自己对陈子昂、张说、张九龄的看法和评价，以一篇短文而涉及这样丰富的内容，实为不易。

为杨浚这个特色并不突出的作者写序，实际上是有一定的难度的。柳宗元巧妙地选择了从远处、大处着笔，大谈特谈文章的功用、源流、诗文二者的区别和难以兼工的原因，然后再称颂杨浚的文才，并对其未能“穷其工、竟其才”表示了深挚的追惜悼慕之意。尽管在评论杨浚时，作者不得不说点言过其实的话，但这样迂回的笔法，我们还是能够看出作者力求实事求是、不愿过分溢美的态度。

吊屈原文

题解

本文作于永贞元年（805）。柳宗元因参加王叔文为首的革新集团被贬为永州司马，赴任途中，于汨罗江凭吊了古代诗人屈原，写下此文。

后先生盖千祀兮〔1〕，余再逐而浮湘〔2〕。求先生之汨罗兮〔3〕，揽蘅若以荐芳〔4〕。愿荒忽之顾怀兮〔5〕，冀陈辞而有光〔6〕。

先生之不从世兮〔7〕，惟道是就〔8〕。支离抢攘兮〔9〕，遭世孔疚〔10〕。华虫荐壤兮〔11〕，进御羔褎〔12〕。牝鸡咿嗄兮〔13〕，孤雄束咮〔14〕。哇咬环观兮〔15〕，蒙耳大吕〔16〕。堇喙以为羞兮〔17〕，焚弃稷黍〔18〕。犴狱之不知避兮〔19〕，宫庭之不处〔20〕。陷涂藉秽兮〔21〕，荣若绣黼〔22〕。榱折火烈兮〔23〕，娱娱笑舞〔24〕。谗巧之哓哓兮〔25〕，惑以为《咸池》〔26〕。便媚鞠恧兮〔27〕，美逾西施〔28〕。谓谟言之怪诞兮〔29〕，反置瑱而远违〔30〕。匿重痼以讳避兮〔31〕，进俞、缓之不可为〔32〕。

何先生之凛凛兮〔33〕，厉针石而从之〔34〕。但仲尼之去鲁兮〔35〕，曰吾行之迟迟[36]。柳下惠之直道兮[37]，又焉往而可施[38]？今夫世之议夫子兮[39]，曰胡隐忍而怀斯[40]？惟达人之卓轨兮[41]，固僻陋之所疑[42]。委故都以从利兮[43]，吾知先生之不忍[44]；立而视其覆坠兮[45]，又非先生之所志[46]。穷与达固不渝兮[47]，夫唯服道以守义[48]。矧先生之悃愊兮[49]，蹈大故而不贰[50]。沉璜瘗佩兮[51]，孰幽而不光[52]？荃蕙蔽匿兮[53]，胡久而不芳[54]？

先生之貌不可得兮[55]，犹仿佛其文章[56]。托遗编而叹喟兮[57]，涣余涕之盈眶[58]。呵星辰而驱诡怪兮[59]，夫孰救于崩亡[60]？何挥霍夫雷电兮[61]，苟为是之荒茫[62]。耀姱辞之曭朗兮[63]，世果以是之为狂[64]。哀余衷之坎坎兮[65]，独蕴愤而增伤[66]。谅先生之不言兮[67]，后之人又何望[68]。忠诚之既内激兮[69]，抑衔忍而不长[70]。芈为屈之几何兮[71]，胡独焚其中肠[72]。

吾哀今之为仕兮，庸有虑时之否臧[73]！食君之禄畏不厚兮，悼得位之不昌[74]。退自服以默默兮[75]，曰吾言之不行[76]。既媮风之不可去兮[77]，怀先生之可忘[78]！

注释

〔1〕盖：大概，大约。　千祀：千年。

〔2〕逐：放逐，贬逐。　湘：指湘江。

〔3〕求：访求，寻求。

〔4〕揽：采摘的意思。　蘅若：香草名，指杜蘅和杜若。　荐：进献，祭献。

〔5〕荒忽：同"恍惚"，形象暗淡模糊，在此指幽冥之中。　顾：顾念，顾及。这句的意思是：但愿你在冥冥之中顾念我啊。

〔6〕冀：希望。　陈：陈述。　光：明白。这句的意思是：希望你能听明白我对你的倾诉。

〔7〕从世：屈从世俗。

〔8〕道：指屈原进步的政治主张。　就：归附，屈服。

〔9〕支离抢攘(rǎng)：混乱纷争。攘，扰乱，纷乱。

〔10〕孔疚：严重的疾病。

〔11〕华虫：古代礼服上绣的野鸡等图案，在此指代华贵的服装，荐：垫，抛弃的意思。

〔12〕进御：进用。　羔褏(xiù)：用羊羔皮做的衣服，在此指代普通粗糙的衣服。褏，同"袖"。

〔13〕牝(pìn)鸡：母鸡。　咿嚘(yīyōu)：象声词，鸡鸣声。

〔14〕孤雄：孤单的公鸡。　束咮(zhòu)：闭住嘴巴，不能鸣叫。咮，禽鸟嘴。

〔15〕哇咬：俚俗的音乐，民歌。在此指代低级粗俗的曲调。　环观：围绕着欣赏。

〔16〕大吕：古代乐律名。古乐分十二律，阴阳各六，六阴皆称吕，其四为大吕。在此指代高尚的音乐。

〔17〕堇喙(jǐnhuì)：又名乌喙，一种药用的植物。有剧毒。　羞：同"馐"，美好的食物。

〔18〕稷黍：泛指五谷。

〔19〕犴(àn)狱:牢狱。

〔20〕处:居住。

〔21〕涂:污泥。　藉:垫着。　秽:脏东西。

〔22〕黼(fǔ):古代礼服上绣的黑白相间的花纹。

〔23〕榱(cuī):椽子,在此代指房屋。

〔24〕娭娭:得意快乐的样子。

〔25〕谗:说别人的坏话,说陷害人的话。　哓(xiāo)哓:吵嚷。

〔26〕《咸池》:古乐名,相传为黄帝所作。

〔27〕便(pián)媚:阿谀谄媚。　鞠恧(nǜ):弯腰弓背,低声下气的样子。

〔28〕逾:超过。

〔29〕谟(mó):计谋,谋略。

〔30〕瑱(tiàn):古人垂在冠冕两侧用以塞耳的玉坠。　违:避开。

〔31〕匿:隐藏,隐瞒。　痼(gù):积久难治的病。

〔32〕俞、缓:俞跗和秦缓,相传为古代的两位名医。

〔33〕凛凛:威严而使人敬畏的样子。

〔34〕厉:同"砺",作动词,磨砺的意思。

〔35〕去:离开。

〔36〕曰吾行之迟迟:据《孟子·万章下》载,孔子离开鲁国的时候,说:"迟迟吾行也,去父母国之道也。"迟迟,慢慢地。

〔37〕柳下惠:姓展,名获,字季,又字禽,死后谥惠。春秋时鲁国的大夫,当过掌管刑罚的官吏,他受封的地方在柳下,所以叫柳下惠。

〔38〕施:实施,实现。

〔39〕夫子:古代对先生、长者的尊称,在此指屈原。

〔40〕胡:为什么。

〔41〕达人:通情达理的人。　卓轨:高尚的行为。

〔42〕僻陋:见识短浅。

〔43〕委:丢弃,抛弃。　从利:追求私利。

〔44〕忍:忍心。

〔45〕覆坠:覆灭,灭亡。

〔46〕志:志向。

〔47〕穷:不得志。　达:得志。这二者相对。　渝:变。

〔48〕服道:坚持自己的政治理想。　守义:信守大义,保持气节。

〔49〕矧(shěn):况且,何况。　悃愊(kǔnbì):至诚。

〔50〕大故:大的变故,指死亡。　不贰:没有二心。

〔51〕瘗(yì):埋。　璜:玉石做的装饰品。　佩:古代系于衣带用作装饰的玉。

〔52〕孰:疑问代词,怎么。　光:动词,发光。

〔53〕荃蕙(quánhuì):两种香草的名字。

〔54〕胡:怎么,哪能。

〔55〕得:得到,引申为看见。

〔56〕文章:在此指屈原的著作。

〔57〕托:以手掌或其他东西向上承受物体,在此指手捧。 叹喟(kuì):叹息感慨。

〔58〕涣:流。

〔59〕呵星辰而驱诡怪:指屈原在《天问》等作品中对神怪的质问。 驱:追逐。在此指追问,驳斥的意思。

〔60〕孰:怎么能,哪能。 救:挽救。

〔61〕挥霍:驱使,指挥。何挥霍夫雷电兮,该句是指屈原《离骚》中曾写自己指挥雷电,上下求索。

〔62〕苟:只是。 荒茫:渺茫无际,指宇宙。

〔63〕娉(kuā)辞:美好。 曭(tǎng)朗:日光暗淡不明的样子。

〔64〕狂:发狂。

〔65〕衷:内心。 坎坎:不平。

〔66〕蕴:蕴藏。

〔67〕谅:料想。

〔68〕何:什么。 望:希望。

〔69〕既:已经。 激:激荡。

〔70〕抑:连词,即使,表示让步。 衔忍:隐忍,忍耐。

〔71〕芈(mǐ):春秋时楚国祖先的族姓,在此指代楚。 屈:楚国同宗族贵族的一支,楚武王的后代,受封于屈,遂以屈为氏。 几何:多少。

〔72〕焚:烧,焚烧。 中肠:内心。

〔73〕庸:副词,岂,难道。 否臧(pǐzāng):成败,善恶,优劣。否,恶,坏;臧,善,美好。

〔74〕悼:害怕,担心。 昌:昌盛。

〔75〕退:退身,在此指遭到贬谪。 自服:自守。

〔76〕言:主张。 行:实施,实行。

〔77〕既:连词,既然。 媮(tōu)风:苟且偷安的风气。媮,同"偷"。

〔78〕可:不可,怎么能。

新评

柳宗元的性格和屈原异常相似,为坚持自己的政治理想,顽强执着,虽"九死"而不悔。屈原的不幸遭遇,也最能引起柳宗元的共鸣,因而于贬谪途中,特意在汨罗江凭吊了当年投江自尽的屈原。文中,柳宗元对楚国黑暗腐朽的政治给予了强烈的批判,赞美了屈原坚持理想、宁死不屈的精神。很明显,作者是通过凭吊屈原来发泄自己对当时政治现实的不满,以表达像屈原那样无论受到多么大的迫害,决不与恶势力同流合污的决心。

文章充分发挥了骚体赋的长处,语言上众多"兮"字的运用,形成了一唱三叹、抑扬顿挫的节奏感,形式上的这种特点与所要表达的沉痛哀婉、悲愤真挚的感情相结合,进一步加强了文章的感染力。

永州龙兴寺息壤记

题解

本文作于元和元年(806)。龙兴寺,在今永州市零陵区东南。作者被贬到永州时曾寄居在这里。息,滋生,生长。古代传说认为,有一种能自己生长而永不减损的土壤,叫“息壤”。其实这是地球内部运动引起的局部地壳变化现象。限于当时科学发展的水平,柳宗元当然不能对此作出正确的解释,但他破除迷信传说,用更为合理的方法解释“凡持锸者尽死”的现象,其识见远远高出时人。

永州龙兴寺东北陬有堂〔1〕,堂之地隆然负砖甓而起者〔2〕,广四步〔3〕,高一尺五寸。始之为堂也〔4〕,夷之而又高〔5〕,凡持锸者尽死〔6〕。永州居楚越间,其人鬼且禨〔7〕。由是寺之人皆神之〔8〕,人莫敢夷。

《史记·天官书》及《汉志》有地长之占〔9〕,而亡其说〔10〕。甘茂盟息壤〔11〕,盖其地有是类也〔12〕。昔之异书〔13〕,有记洪水滔天,鲧窃帝之息壤〔14〕,以湮洪水〔15〕,帝乃令祝融杀鲧于羽郊〔16〕。其言不经见〔17〕。今是土也,夷之者不幸而死,岂帝之所爱耶?南方多疫〔18〕,劳者先死。则彼持锸者,其死于劳且疫也,土乌能神〔19〕?

余恐学者之至于斯〔20〕,征是言〔21〕,而唯异书之信〔22〕,故记于堂上。

注释

〔1〕陬(zōu):隅,角落。　堂:殿堂。

〔2〕隆然:凸起的样子。　负:背,顶起。　甓(pì):砖。

〔3〕广:宽,此指方圆。　步:古时长度单位,五尺为一步。

〔4〕始:当初。

〔5〕夷:铲平。

〔6〕持锸(chā)者:拿锹挖土的人。锸,铁锹。

〔7〕鬼:用作动词,迷信鬼神。　禨(jī):迷信而向鬼神求福。

〔8〕神:意动用法,即以之为神。

〔9〕《汉志》:即班固《汉书》中的《天文志》。　地长:土地长高。

〔10〕亡(wú)其说:没有具体的解说。亡,通“无”;说,解释,说明。

〔11〕甘茂:战国时秦武王的丞相。　息壤:战国时秦地名,其址已不可考。《史记·樗里子甘茂列传》载:“王迎甘茂于息壤。”并且,周天子与甘茂还在息壤订立了盟约。

〔12〕盖:大概,大约。　是类:指地长这一类的情况。

〔13〕异书:记载奇闻怪异的书。

〔14〕鲧(gǔn):传说中夏禹的父亲。　帝:神话传说中能主宰宇宙万物的天帝。

〔15〕湮(yīn):填,堵塞。

〔16〕祝融:传说为尧臣,主管火。后来就成了火神。　羽郊:指羽山,在今山东省。以上这段记载见《山海经·海内经》,文字略有出入。

〔17〕不经见:不见于儒家经典。

〔18〕疫:瘟疫。

〔19〕乌:哪里,怎么。

〔20〕学者:读书人。　斯:这里。

〔21〕征:验证。

〔22〕唯异书之信:即"唯信异书"。

新评

本文通过对龙兴寺"息壤"传说的辨析,否定了天人感应的迷信内容。柳宗元明确指出在修建龙兴寺时,"持锸者尽死"是劳累过度和受瘟疫传染的缘故,而不是因为挖平"息壤"触怒上帝所遭受的惩罚。这对于今天的人来说,已经不成为问题,但在当时的情况下,敢于说出这个事实,需要多大的勇气和多么惊人的识见!写文章,尤其是写议论散文,必须有超越常人的真知灼见。缺少了深思熟虑而后得的高人一筹的见解,这种散文还有哪些东西能吸引住人呢?正是基于此,我们在读这篇文章时,对千年前的作者所表现出的无神论思想没有办法不佩服。文章观点明确,行文虽旁征博引,但不枝不蔓。在表现手法上是据事发议,欲抑先扬,论证简洁明快而有说服力。

贺进士王参元失火书

题解

本文作于元和三年(808)。柳宗元从杨敬之的信中,得知王参元家失火,且损失惨重,家中财物焚毁殆尽,故作此文。王参元,濮州濮阳(今河南濮阳西)人,鄜坊节度使王栖曜的少子,唐宪宗元和二年进士。

得杨八书[1],知足下遇火灾,家无馀储[2]。仆始闻而骇,中而疑,终乃大喜,盖将吊而更以贺也[3]。道远言略,犹未能究知其状,若果荡焉泯焉而悉无有[4],乃吾所以尤贺者也。

足下勤奉养[5],宁朝夕[6],唯恬安无事是望也[7]。乃今有焚炀赫烈之虞[8],以震骇左右,而脂膏滫瀡之具[9],或以不给[10],吾是以始而骇也。凡人之言，皆曰盈虚倚伏[11]，去来之不可常。或将大有为也，乃始厄困震悸[12]，于是有水火之孽[13]，有群小之愠[14]，劳苦变动[15]，而后能光明，古之人皆然。斯道辽阔诞漫[16]，虽圣人不能以是必信，是故中而疑也。以足下读古人书，为文章，善小学[17]，其为多能若是[18]，而进不能出群士之上，以取显贵者，无他故焉。京城人多言足下家有积货[19]，士之好廉名者，皆畏忌，不敢道足下之善，独自得之，心蓄之，衔忍而不出诸口[20]，以公道之难明，而世之多嫌也[21]。一出口，则嗤嗤者以得重赂[22]。仆自贞元十五年见足下之文章，蓄之者盖六七年未尝言。是仆私一身而负公道久矣[23]，非特负足下也[24]。及为御史尚书郎，自以幸为天子近臣，得奋其舌，思以发明足下之郁塞[25]。然时称道于行列[26]，犹有顾视而窃笑者，仆良恨修己之不亮[27]，素誉之不立[28]，而为世嫌之所加，常与孟几道言而痛之[29]。乃今幸为天火之所涤荡，凡众之疑虑，举为灰埃。黔其庐[30]，赭其垣[31]，以示其无有，而足下之才能乃可显白而不污。其实出矣[32]，是祝融、回禄之相吾子也[33]。则仆与几道十年之相知，不若兹火一夕之为足下誉也。宥而彰之[34]，使夫蓄于心者，咸得开其喙[35]，发策决科者[36]，授子而不栗[37]，虽欲如向之蓄缩受侮[38]，其可得乎？于兹吾有望乎耳[39]！是以终乃大喜也。古者列国有灾，同位者皆相吊[40]，许不吊灾[41]，君子恶之。今吾之所陈若是，有以异乎古，故将吊而更以贺也。颜、曾之养[42]，其为乐也大矣，又何缺焉？

足下前要仆文章古书[43]，极不忘，候得数十幅乃并往耳。吴二十一武陵来[44]，言足下为《醉赋》及《对问》，大善，可寄一本。仆近亦好作文，与在京城时颇异。思与足下辈言之，桎梏甚固[45]，未可得也。因人南来，致书访死生[46]。不悉[47]。宗元白。

注释

〔1〕杨八：名敬之，字茂先。柳宗元的亲戚。杨敬之在兄弟里排行第八，故称“杨八”。

〔2〕馀储：此指灾后剩馀的财物。

〔3〕盖：于是。　吊：对遭遇不幸的人表示慰问。　更：更改。

〔4〕荡：毁坏，破坏。　泯：丧失。　悉：全。

〔5〕勤奉养：指尽心侍奉父母。

〔6〕宁朝夕：早晚省视父母。宁，在外子女回家省视父母叫宁。

〔7〕恬安：心神安适。

〔8〕焚炀(yáng)：焚烧。炀，炽热。　赫烈：火势猛烈。　虞：灾难。

〔9〕脂膏滫瀡(xiǔsuǐ)之具:指日常生活用品。脂膏,油脂;滫瀡,指柔滑爽口的食物;具,器物。

〔10〕给(jǐ):供应。

〔11〕盈虚:充满和空虚。　倚伏:化用《老子》的"祸兮福之所倚,福兮祸之所伏"句意。倚,依赖,依托;伏,隐藏。

〔12〕厄困:艰难困窘。　震悸:惊恐。

〔13〕孽:灾祸。

〔14〕愠(yùn):怨恨。

〔15〕劳苦变动:劳作困苦而后有所变化。

〔16〕斯道:指上句所说的各种考验方法。　诞漫:虚妄。

〔17〕善:擅长。　小学:古时对文字学、训诂学、音韵学的总称。

〔18〕多能:多种才能。

〔19〕积货:很多钱财。

〔20〕衔忍:藏在心里忍耐不言。

〔21〕嫌:猜疑。

〔22〕嗤嗤者:指讥笑人的人。　以:以为,认为。　赂(lù):赠送的财物。

〔23〕私:偏爱。　一身:这儿指自己的名誉。

〔24〕非特:不仅仅。

〔25〕郁塞:压抑阻塞。此指王参元怀才而不遇。

〔26〕行列:指朝廷中同时为官的人,即同僚。

〔27〕良:很,表程度之深。　修己之不亮:指自己的品德修养还不够高,不能取信于人。

〔28〕素誉:清白的声誉。

〔29〕孟几道:名简,字几道,唐代平昌(今属四川)人。作者的好友。

〔30〕黔:黑色。此作动词用,熏黑,烧黑。　庐:房舍。

〔31〕赭(zhě):红褐色。此亦为动词。　垣(yuán):墙。

〔32〕其实:此指王参元具备"多能",并非纨绔子弟的真相。

〔33〕祝融:传说中的火神。　回禄:亦为火神名,详见《左传·昭公十八年》中记载。　相:帮助。

〔34〕宥(yòu):通"祐",保佑。

〔35〕咸:全。　开其喙(huì):指开口替王参元说话。喙,嘴。

〔36〕发策决科者:指主持科举考试的官员。

〔37〕授:此处指授予功名。　栗:因害怕而发抖。

〔38〕向之:从前。　蓄缩:指前文所说的怕人猜疑而把话藏在心里。　受侮:指话说出后受到的嘲笑。

〔39〕于兹:从此。

〔40〕同位者:指有同等地位的诸侯国。

〔41〕许不吊灾:《左传·昭公十八年》载,五月宋、卫、陈、郑均遭火灾,"陈不救火,许不吊灾,君子是以知陈、许之先亡也"。许,春秋时的国名,在河南许昌一带,后为楚国所灭。

〔42〕颜、曾:颜回、曾参。二人同为孔门弟子,且均能安贫乐道。　养:奉养。这句的大意是:像颜回、曾参那样,生活虽然贫困,但精神充实。

〔43〕古书:古体书法。

〔44〕吴二十一武陵:即吴武陵,二十一是他在兄弟里的排行。吴武陵,唐信州人,元和二年进士,因事流永州,与柳宗元交往甚多。

〔45〕桎梏(zhìgù):本指脚镣和手铐。这里指束缚,压制。　甚固:很厉害。

〔46〕致书访死生:直译是“写信来问问我是死是活”。实际上,这是祈望对方多通音信。

〔47〕不悉:信末的客气语,意思为:不再详细写了。

新评

这是一篇立论奇特、分析奇妙、论事取径的角度异常奇异的好文章。之所以这样说,其原因有三。王参元家不幸遭火灾,以至于烧得“家无馀储”,而作为朋友的柳宗元不但不表示同情和安慰,反而写信庆贺,这实在违背常情,实在有点匪夷所思。但当你读完全文时,又不得不被作者的观点所折服。除了无条件地赞成柳宗元对朋友的相庆相贺外,你真的别无选择。此其一。一个家庭若不幸将所有财产都付之一炬,无论你多么巧舌如簧,也无论你从哪个角度来巧辩,其为灾难的性质都永远无法改变,从这个角度来说,庆贺朋友家失火是不可思议的。但柳宗元同时又深知,即便你把好话说上一大箩子,对于火灾已经造成的损失仍然无法补救,与其说一些廉价的、不知多少亲朋厚友都已经说过的安慰话,不如从更为通达的角度,变易视点,以“旁观者清”的理智,告诉遭受巨创的朋友应该从灾难中找出“祸福倚伏”的另一面——火灾造成的巨大损失,确能从读书人更关心的仕途功名上补回来,以此易彼,孰轻孰重,王参元一定能掂量出来。这其实是另一种安慰,一种既出人意外又在情理之中的更巧妙、更高明的安慰。此其二。明眼人都可以看出,柳宗元写此文,言在此而意在彼,所谓醉翁之意不在酒也!柳宗元和王参元,不仅是挚友,且同是怀抱利器而无用武之地的人。与损失了的财产相比较,仕途的坎坷、不能实现兼济大志的痛苦,更容易引起这对同病相怜者的心灵共鸣。因此,柳宗元借火灾之“端”,发表为朋友打抱不平的议论,把自己连同王参元心中的块垒,一股脑地发泄出来,针对富易招忌、穷能避嫌的社会陋习,用“始而惊,中而疑,终乃贺”的狡黠之笔,诉说了像王参元、作者自己以及当时的许多才识之士都曾经有过的可悲遭遇。此其三。

仅凭此三点,本文便具有了不朽的魅力,其他就不用再饶舌了!

始得西山宴游记

题解

《永州八记》是作者被贬永州时所写的一组游记散文,此文为此组散文的第一篇。据文后所记,文章写于唐宪宗元和四年(809)。当时的柳宗元,身处荒僻的永州且整天无事可干,这对于胸怀大志的柳宗元来说,无疑是人生最大的痛苦。为了排遣被贬谪、被迫害的抑郁和苦闷,柳宗元只好寄情于永州的山水,用游山玩水来打发时光，并试图在大自然中寻觅人世间无法找到的精神慰藉。因此，作者依据自己游览的顺序依次写来，在这八篇先后相接的优美散文中，既写出了永州山水的动人之处，也写出自己发现山水美的喜悦，同时，还含蓄地折射出在大有作为之年却不得不在山水中消磨时日的无奈和悲愤。

自余为僇人[1]，居是州[2]，恒惴栗[3]。其隙也[4]，则施施而行[5]，漫漫而游[6]。日与其徒上高山[7]，入深林，穷回溪[8]，幽泉怪石，无远不到。到则披草而坐，倾壶而醉；醉则更相枕以卧，卧而梦。意有所极[9]，梦亦同趣[10]。觉而起[11]，起而归。以为凡是州之山水有异态者[12]，皆我有也[13]，而未始知西山之怪特[14]。

今年九月二十八日，因坐法华西亭[15]，望西山，始指异之[16]。遂命仆人过湘江，缘染溪[17]，斫榛莽[18]，焚茅茷[19]，穷山之高而止。攀援而登，箕踞而遨[20]，则凡数州之土壤，皆在衽席之下[21]。其高下之势，岈然洼然[22]，若垤若穴[23]，尺寸千里[24]，攒蹙累积[25]，莫得遁隐[26]。萦青缭白[27]，外与天际[28]，四望如一。然后知是山之特立[29]，不与培塿为类[30]。悠悠乎与颢气俱[31]，而莫得其涯[32]；洋洋乎与造物者游[33]，而不知其穷。引觞满酌[34]，颓然就醉[35]，不知日之入。苍然暮色，自远而至，至无所见，而犹不欲归。心凝形释[36]，与万化冥合[37]。然后知吾向之未始游[38]，游于是乎始，故为之文以志[39]。是岁，元和四年也。

注释

〔1〕僇(lù)人：刑戮之人。僇，通“戮”。

〔2〕是州：此州，即作者当时被贬谪的永州。

〔3〕恒惴栗：经常恐惧不安。

〔4〕隙：空隙，这里是空闲之意。

〔5〕施施(yí)：缓慢行走的样子。

〔6〕漫漫：指随意而行，没有目的。

〔7〕其徒：与我同游的人。　日：每日，日日。

〔8〕穷：尽，走到尽头。　回溪：萦回曲折的溪水。　披：拨开。

〔9〕极：至。

〔10〕趣：同“趋”，往也。

〔11〕觉：睡醒，醒来。

〔12〕异态：奇异的形态。

〔13〕皆我有也：大意为都被我游览过了。

〔14〕未始：未尝，不曾。　怪特：指怪异奇特的景致。

〔15〕法华：寺名，在零陵城内西山上。　西亭：法华寺内的小亭，系柳宗元自己所建。详见作者《永州法华寺新作西亭记》。

〔16〕指异：指点称异。

〔17〕缘：沿着。　染溪：又作冉溪，柳宗元改其名为愚溪。

〔18〕斫（zhuó）：砍伐。　榛莽：丛生的荆棘杂草。

〔19〕焚：焚烧。　茅茷（fá）：茂盛的茅草。茷，茅草茂盛的样子。

〔20〕箕踞：席地而坐时岔开双腿，是古时一种不拘礼节的坐相。　遨：游，此指用眼睛到处览赏。

〔21〕衽（rèn）席：古时睡觉用的席子。

〔22〕岈（xiā）：山谷空阔的样子。　洼：山谷低洼的样子。

〔23〕垤（dié）：蚂蚁做窝时堆在洞外的土堆。

〔24〕尺寸千里：指登高后所见的景物虽只有尺寸大小，但实际上有千里之遥。

〔25〕攒蹙（cuáncù）：聚集收拢。

〔26〕莫得遁隐：没有能隐藏的。

〔27〕萦青缭（liáo）白：形容山和水互相缭绕的样子。

〔28〕际：交接。

〔29〕特立：独立出众，高于一般。

〔30〕培塿（péilǒu）：小土堆。　类：相同。

〔31〕颢气：即浩气，天地自然之气。

〔32〕涯（yá）：边际。

〔33〕造物者：指天地，自然。

〔34〕引觞（shāng）：拿过酒杯。

〔35〕颓然：醉倒的样子。

〔36〕心凝形释：形容精神专一，忘掉自我。释，消散。

〔37〕万化：万物。　冥合：混合成一体。

〔38〕向：从前。

〔39〕志：记录。

新评

作为《永州八记》的首篇，柳宗元紧紧扣住“始”字来展开全文，先说“未始知西山之怪特”，后再用“然后知吾向之未始游”，“游于是乎始”加以呼应，把往日那些“日与其徒上高山，入深林，穷回溪，幽泉怪石，无远不到”的游览，一概排除在外，以此可见作者对游西山的印象之好、之深刻。如果再仔细体会，作者写他往日游览时，几乎总是“到则披草而坐，倾壶而醉；醉则更相枕以卧”，“觉而起，起而归”，而这次游西山，却是“苍然暮色，自远而至，至无所见，而犹不欲归”，在对比中，用自己对西山的激赏、留恋把文中没有写出的西山的美衬托出来。

还应留意的是，柳宗元写西山，不是直接从西山的高峻、怪异、奇特着笔，而是从自己登山后的鸟瞰、眺望，通过写眼前所见到的尺寸千里的景物，表达自己与天地自然的契合、神会的感受，从侧面烘托出西山的高险和邈远，这比从正面落笔要巧妙得多。

钴鉧潭记

题解

《钴鉧潭记》为《永州八记》中的第二篇。据《钴鉧潭西小丘记》开头所说："得西山后八日，寻山口西北道二百步，又得钴鉧潭"，可知是柳宗元游西山后第八天，即元和四年(809)十月六日，和朋友李深源、元克己同游钴鉧潭后所作。钴鉧潭，形状像熨斗的水潭。宋人范成大曾访其旧迹，其《骖鸾录》中记载说："渡潇水即至愚溪……溪上愚亭，以祠子厚。路旁有钴鉧潭。钴鉧，熨斗也，潭状似之。"

钴鉧潭在西山西[1]，其始盖冉水自南奔注[2]，抵山石，屈折东流[3]；其颠委势峻[4]，荡激益暴，啮其涯[5]，故旁广而中深，毕至石乃止[6]。流沫成轮[7]，然后徐行。其清而平者且十亩馀[8]，有树环焉[9]，有泉悬焉。

其上有居者[10]，以予之亟游也[11]，一旦款门来告曰[12]："不胜官租私券之委积[13]，既芟山而更居[14]，愿以潭上田贸财以缓祸[15]！"予乐而如其言[16]。则崇其台[17]，延其槛[18]。行其泉于高者坠之潭[19]，有声潨然[20]。尤以中秋观月为宜。于以见天之高[21]，气之迥[22]。

孰使予乐居夷而忘故土者[23]，非兹潭也欤[24]？

注释

〔1〕西山：即前篇《始得西山宴游记》中的西山。

〔2〕盖：连词。承接上文，表示原因或理由。　冉水：即染溪，详见《始得西山宴游记》中注。　注：流入。

〔3〕屈折：即曲折。

〔4〕颠委：首尾，此处指水的上游和下游。　势峻：水势峻急。

〔5〕啮(niè)：咬，这里作"侵蚀"讲。　涯：岸边。

〔6〕毕：最终。

〔7〕沫：泡沫。　成轮：比喻旋涡形的流水像车轮一样飞快旋转。

〔8〕且：将近。

〔9〕环：此作动词，即环绕。

〔10〕其上：指钴鉧潭边上。

〔11〕以：因。　亟(qì)游：一再来游览。亟，屡次。

〔12〕款门：敲门，叩门。

〔13〕不胜：受不了。　官租：官府的租税。　私券：借私人债务的借据。　委积：积压，聚积。

〔14〕既：已经。　芟(shān)：铲除杂草。　更居：换住处，即搬家。

〔15〕贸财：买成钱财。　缓祸：避免灾祸的委婉说法。缓，延缓。

〔16〕如其言：照他说的办。
〔17〕崇：高，这里指加高。
〔18〕延：延长。
〔19〕行其泉：即引泉水。　之：于。
〔20〕潀（cōng）然：水声。
〔21〕于以：于此可以。
〔22〕迥（jiǒng）：渺远，辽远。
〔23〕孰：谁。　予：我。　夷：古代对少数民族的称呼。
〔24〕兹：此。

新评

作者开篇便以生动、简洁的语言，仅用数语，便交代清楚了钴鉧潭的位置、形状，潭水的来源和流动的状态，以及悬泉的声音、周围的景物等，意境清新秀丽而富有诗情画意。后半篇通过叙述购得这一胜景的由来，深刻地反映了“官租私券”给当时民众带来的苦难，并表达了作者自己在贬谪生活中不能忘怀“故土”的抑郁心情。柳宗元写自己寄情山水的游乐，表面虽似冲淡，实际却蕴蓄着无比激愤的情感。他巧妙地把写景和抒情融合为一，在山水之乐中蕴涵着作者对现实的强烈关注，文章看似简单明了，实则寓意极为深刻。

钴鉧潭西小丘记

题解

此篇为《永州八记》的第三篇。本文短小精悍，含意深远，作者以形象的语言描绘了小丘的奇异风光，着力于群石奇形异态的描写和游历时自己感受的抒发，并深为其价廉、景胜但“连岁不能售”的境遇感叹不已，表达了作者怀才受谤，久贬不迁的悲愤。

得西山后八日，寻山口西北道二百步〔1〕，又得钴鉧潭。潭西二十五步，当湍而浚者〔2〕，为鱼梁〔3〕。梁之上有丘焉，生竹树。其石之突怒偃蹇〔4〕，负土而出〔5〕，争为奇状者，殆不可数〔6〕。其嵚然相累而下者〔7〕，若牛马之饮于溪；其冲然角列而上者〔8〕，若熊罴之登于山。

丘之小不能一亩〔9〕，可以笼而有之〔10〕。问其主，曰：“唐氏之弃地，货而不售〔11〕。”问其价，曰：“止四百。”余怜而售之〔12〕。李深源、元克己时同游〔13〕，皆大喜，出自意外。即更取器用〔14〕，铲刈秽草〔15〕，伐去恶木〔16〕，烈火而焚之[17]。嘉木立,美竹露,奇石显。由其中以望,则山之高,云之浮,溪之流,鸟兽之遨游[18],举熙熙然回巧献技[19],以效兹丘之下[20]。枕席而卧,则清泠之状与目谋[21],瀯瀯之声与耳谋[22],悠然而虚者与神谋[23],渊然而静者与心谋[24]。不匝旬而得异地者二[25],虽古好事之士[26],或未能至焉。

噫!以兹丘之胜,致之沣、镐、鄠、杜[27],则贵游之士争买者[28],日增千金而愈不可得。今弃是州也,农夫渔父过而陋之[29],贾四百[30],连岁不能售。而我与深源、克己独喜得之,是其果有遭乎[31]!书于石,所以贺兹丘之遭也。

注释

〔1〕寻:探,寻找。

〔2〕湍:急流。　浚:深也。

〔3〕鱼梁:用石头垒成的拦水堰,在中间的缺口处安放口大颈窄、腹大而长、鱼能入而不能出的竹笱以捕鱼。

〔4〕突怒:突起挺立的样子。　偃蹇(yǎnjiǎn):高耸的样子。

〔5〕负土而出:指石头冲开泥土冒出地面。

〔6〕殆:几乎。

〔7〕嶔(qīn)然:倾斜的样子。　相累:层层相叠。

〔8〕冲然:形容猛劲很足。　角列:卓然特立的样子。

〔9〕不能:不足。

〔10〕笼而有之:可以装在竹笼里面,此极力形容其小。

〔11〕货而不售:想卖卖不出去。货,卖。售,古代买、卖都称售,这里指卖出。

〔12〕怜:爱。

〔13〕李深源、元克己:两人都是柳宗元的朋友,此时同贬居永州。

〔14〕更:轮流。　器用:器具,指割草伐木的工具。

〔15〕刈:割。　秽草:杂草。

〔16〕恶木:不成材的杂树。

〔17〕烈火:纵火。烈,在此作动词用。

〔18〕遨游:自由自在地飞翔走动。

〔19〕举:都,全都。　熙熙然:和乐的样子。　回巧献技:呈现出各种各样的技巧。回,运,在这里与“献”意同。

〔20〕效:呈现。

〔21〕清泠:明净清凉。　谋:协,合。这里有“和谐”的意思。

〔22〕瀯(yíng)瀯:形容泉水流动的声音。

〔23〕虚:指开阔空灵的境界。　神:精神。

〔24〕渊然:形容深沉宁静的样子。

〔25〕不匝旬:不满十天。匝,周,满。　异地:风景优异的胜地。　二:两处,此指钴鉧潭和小丘。

〔26〕古好事之士：这里指酷爱山水的古人。

〔27〕致：送到，搬到。 沣(fēng)：地名，在今陕西鄠邑区。 镐(gǎo)：在西安市东南。 鄠(hù)：即今陕西鄠邑区。 杜：杜陵，在今西安市东南。以上四地都在长安附近，是当时贵族居住游乐的地方。

〔28〕贵游之士：富贵有闲的人。

〔29〕陋之：瞧不起它，因其狭小而看不上眼。

〔30〕贾：同“价”。

〔31〕其：难道。 遭：遭遇，得到赏识。

新评

山水景物在柳宗元笔下，不再是纯客观的描写，而是倾注了作者的主观感受，使描写的对象成为作者的知己或者作者的化身。柳宗元此文，化静为动，着力描绘小山上千姿百态的群石：似牛马饮溪，如熊罴登山。

本文运用借景抒情、融情于景的笔法，描写小丘的奇美，同情它被人弃置的不幸遭遇，寄托自己怀才不遇的感慨。善用多种修辞技巧，是本篇的特点，拟人、譬喻、夸饰、排比、双关，柳宗元运用各种巧妙的手法，塑造丰富生动的艺术形象，有声有色，有动有静，既深入幽壤胜境，又能鸟瞰全景，达到“文中有画”的境域。此外，篇中写景之语，句法长短错综，短句精简明洁，长句疏宕流畅，文章抑扬顿挫，节奏明显，给人“锵鸣金石”之感。

至小丘西小石潭记

题解

本文为《永州八记》中的第四篇。文章依次描写了小石潭的潭水清冽，潭石形异，潭鱼可人，潭流隐约，潭境凄丽，可谓在在处处皆为奇景。纵观全文，呈现出的是一种清丽幽冷的美，这无疑是被贬谪的作者那孤寂苦闷心情的折射。

从小丘西行百二十步，隔篁竹[1]，闻水声，如鸣珮环[2]，心乐之。伐竹取道，下见小潭，水尤清冽。全石以为底[3]，近岸卷石底以出，为坻为屿[4]，为嵁为岩[5]。青树翠蔓，蒙络摇缀[6]，参差披拂。潭中鱼可百许头[7]，皆若空游无所依。日光下澈[8]，影布石上，佁然不动[9]。俶尔远逝[10]，往来翕忽[11]，似与游者相乐。

潭西南而望，斗折蛇行[12]，明灭可见。其岸势犬牙差互[13]，不可知其源。坐潭上，四面竹树环合[14]，寂寥无人，凄神寒骨[15]，悄怆幽邃[16]。以其境过清，不可久居，乃记之而去[17]。

同游者吴武陵、龚古[18]，余弟宗玄。隶而从者[19]，崔氏二小生[20]，曰恕己，曰奉壹。

注释

〔1〕篁(huáng)竹：竹名。晋代戴凯之《竹谱》曰：“篁竹坚而促节，体圆而质坚，皮白如霜粉，大者宜行船，细者为笛。”此处指竹林。

〔2〕珮、环：古时两种系在衣带上的玉制装饰品。这里形容水声清脆圆润，如玉器碰撞发出的声音。

〔3〕全石以为底：整块石头作潭底。

〔4〕坻(chí)：水中的小块高地。此指露出水面的石头。　屿(yǔ)：小岛。比坻大。

〔5〕嵁(kān)：高出水面小而不平的石头。　岩：高大的石头。

〔6〕蒙络：蒙盖连接，笼罩。形容藤蔓覆盖缠绕。

〔7〕可：大约。　许：约数，左右、上下的意思。

〔8〕日光下澈：阳光直射潭底。

〔9〕怡(yí)然：呆立不动的样子。

〔10〕俶(chù)尔：忽然。　远逝：向远处游去。

〔11〕翕(xī)忽：迅速。

〔12〕斗折蛇行：形容溪流像北斗星那样曲折，像蛇爬行那样蜿蜒。斗，北斗。

〔13〕岸势：两岸的形势。　差互：交错，错杂。

〔14〕环合：环绕。

〔15〕凄神寒骨：使人感到心神凄凉，肌骨寒彻。

〔16〕悄怆幽邃(suì)：形容环境幽深寂寥，使人感到悲伤。

〔17〕清：清冷。　记：记载其地的形势、景物。

〔18〕吴武陵：唐时信州(今江西上饶)人，元和进士，此时流放于永州。　龚古：人名，生平不详。

〔19〕隶而从者：跟随我们来的。隶，附属。

〔20〕崔氏二小生：崔家的两个年轻人。崔氏，指崔简，柳宗元的姐夫。

新评

在柳宗元笔下，山有山的个性，水有水的特征，随物赋形，各尽其妙。即使是写相同的对象，也绝不雷同。比如《钴鉧潭记》与此篇，均以山潭为描写对象，前者用冉水曲折奔注的壮观来衬托钴鉧潭水的“清而平”，生动形象地描写了潭边的胜景。此篇则集中刻画小石潭本身，作者先抓住此潭不同于它潭的奇特之处，从“石”上落墨，描绘小石潭的“全石以为底”，揭示出潭水清澈的原因；接下来用烘云托月的手法，通过刻画“皆若空游无所依”的游鱼，进一步反衬出潭水的清冽。这样有侧重地描写，突出了描写对象各自的个性，从而使每篇作品都那么引人入胜。

柳宗元一生好佛，佛理为柳宗元的诗文提供了宁静、淡远的意境，而执着的入世思想又使他对社会表现出比对自然更多的关心，因而其笔下的山水诗文中总是暗含着诗人难以排遣的寂寞。在这篇文章中，他尽情地赞美了小石潭的清澈和潭旁环境的清丽，似乎为自己痛苦无告的心灵找到了一块永久的栖息地，但他又忍受不了"其境过清,不可久居"的幽冷环境,不得不怏怏地离去。可以说,此文在一定程度上表现了他始终徘徊于自然与社会之间、出世与入世的愿望异常矛盾的心理。

袁家渴记

题解

这是《永州八记》中的第五篇。前人考证此篇以及以下的《石渠记》、《石涧记》、《小石城山记》,"皆同时作也"。《舆地记胜》载,袁家渴是永州城南十里的一条小河。渴(hé),据作者文中介绍,南方方言中,谓水反流者,即从东向西流的水称"渴"。

由冉溪西南水行十里,山水之可取者五,莫若钴鉧潭[1];由溪口而西,陆行可取者八九,莫若西山;由朝阳岩东南[2],水行至芜江[3],可取者三,莫若袁家渴。皆永中幽丽奇处也。

楚、越之间方言,谓水之反流者为"渴"[4],音若"衣褐"之"褐"。渴上与南馆高嶂合[5],下与百家濑合[6]。其中重洲小溪[7],澄潭浅渚[8],间厕曲折[9],平者深黑,峻者沸白[10]。舟行若穷,忽又无际。有小山出水中,皆美石,上生青丛[11],冬夏常蔚然。其旁多岩洞,其下多白砾[12];其树多枫柟石楠[13]、楩槠樟柚[14],草则兰芷。又有异卉[15],类合欢而蔓生,轇轕水石[16]。每风自四山而下,振动大木,掩苒众草[17],纷红骇绿[18],蓊葧香气[19],冲涛旋濑[20],退贮溪谷,摇飏葳蕤[21],与时推移。其大都如此,余无以穷其状。

永之人未尝游焉,余得之不敢专也[22],出而传于世。其地主袁氏,故以名焉。

注释

〔1〕莫若:没有比得上。

〔2〕朝阳岩:地名,在永州西南潇江西岸。因其高大的岩石朝东,唐代大诗人元结为其取名"朝阳岩"。

〔3〕芜江:潇水支流,位于零陵县城东。

〔4〕反流:我国境内的水,大都由西向东流,向西流的水称反流。原本作"支",据《文苑英华》改。

〔5〕南馆:不详,有注家以为是指唐代建于嶂上之馆舍,聊备一说。　高嶂:形容高险像屏障的山。

〔6〕百家濑(lài):水名,在零陵县南。濑,流得很急的水。

〔7〕重洲:面积较大的水中高地,两个以上相连在一起。

〔8〕浅渚：面积很小的水中高地。小洲曰渚。

〔9〕间厕：夹杂。

〔10〕峻者：高处。此形容地势很高，水流特急。　沸白：急流溅起的白色浪花，像沸水一样翻腾。

〔11〕青丛：丛生的绿树。

〔12〕白砾(lì)：白色的小石子。

〔13〕枏：同"楠"。　石楠：植物名。《太平御览》卷九六一引南朝梁任昉《述异记》："曲阜古城有颜回墓，墓上石楠二株，可三四十围，土人云颜回手植之木。"

〔14〕楩(pián)：一种质地坚密的树，亦称"黄楩木"。　槠(zhū)：常绿乔木，木材坚硬，可制器具。

〔15〕异卉：奇异的花卉。

〔16〕轇轕(jiāogé)：纵横交结。

〔17〕掩苒：草随风倾倒的样子。

〔18〕纷红骇绿：花叶被风吹得乱纷纷的。

〔19〕蓊葧(wěngbó)：浓郁。

〔20〕旋濑：回旋的溪水。

〔21〕摇飏(yáng)：形容花草随风纷披。　葳蕤(wēiruí)：草木茂盛、枝叶下垂的样子。

〔22〕专：据为己有。

新评

柳宗元在此文中，写水、写山、写石，更写了风中披拂的树木和花草，无论写什么，都可谓涉笔成趣，妙不可言。前人多夸赞柳宗元的文章善于遣词造句，此话不错。如文中"每风自四山而下"几句，可谓字字精妙，耐人琢磨：因风从四面山上吹来，摇动树木，故选"振动"一词形容之；众草柔弱，随风披靡，特拈"掩苒"二字状其貌；红花绿叶，在风中不由自主地颤动，舍去"纷红骇绿"四字，无以传其神。仔细体会，"纷"、"骇"二字，不仅写出风中花朵、草叶的状态，还赋予其人格化的情绪。

纵观全文，作者巧妙地借风将山、树、花、草，一并收在水上，或远或近，或动或静，写得有声有色，甚至还写出了花草浓郁的香味。而"舟行若穷，忽又无际"二句，写行船过程中貌似绝望之际，突然又峰回路转的感受，一定程度上启发了大诗人陆游的"山重水复疑无路，柳暗花明又一村"。

石渠记

题解

《石渠记》为《永州八记》中的第六篇。作于元和七年(812)十月。石渠，因渠由石头构成而得名。

自渴西南行不能百步〔1〕，得石渠〔2〕，民桥其上〔3〕。有泉幽幽然〔4〕，其鸣乍大乍细。渠之广，或咫尺[5]，或倍尺[6]，其长可十许步。其流抵大石，伏出其下[7]。逾石而往[8]，有石泓[9]，昌蒲被之[10]，青鲜环周[11]。又折西行，旁陷岩石下[12]，北堕小潭。潭幅员减百尺[13]，清深多鯈鱼[14]。又北曲行纡馀[15]，睨若无穷[16]，然卒入于渴[17]。其侧皆诡石怪木[18]，奇卉美箭[19]，可列坐而庥焉[20]。风摇其巅，韵动崖谷[21]。视之既静，其听始远[22]。

予从州牧得之[23]。揽去翳朽[24]，决疏土石[25]，既崇而焚[26]，既酾而盈[27]。惜其未始有传焉者[28]，故累记其所属[29]，遗之其人[30]，书之其阳[31]，俾后好事者求之得以易[32]。元和七年正月八日，蠲渠至大石[33]。十月十九日，逾石得石泓小潭。渠之美于是始穷也[34]。

注释

〔1〕不能：不及，不足。

〔2〕得：发现。

〔3〕民桥其上：当地百姓在上面架了一座桥。桥，用作动词，架桥，建桥。

〔4〕幽幽然：幽深细微的样子。

〔5〕咫尺：八寸。此处意为不足一尺。

〔6〕倍尺：两尺以上，成倍增加。

〔7〕伏出其下：指泉水从石底流出。

〔8〕逾石：越过大石。

〔9〕石泓(hóng)：聚水的石洼。

〔10〕昌蒲：即菖蒲。　被之：覆盖在石洼上。

〔11〕青鲜：绿色的苔藓。

〔12〕旁陷：(泉水)从旁边陷落在岩石下面。

〔13〕幅员：广狭叫幅，周围叫员。疆域有广狭及四至，所以称疆域为幅员。这里指潭水的面积。减：不足。

〔14〕鯈(tiáo)鱼：一种鱼名。其形状体长、侧扁，银白色，性活泼，善跳跃，常在水面结群往来。

〔15〕纡(yū)馀：迂回曲折的样子。

〔16〕睨(nì)：本义为“斜视”，这里作“看，看上去”讲。

〔17〕卒入：最终流入。

〔18〕诡石：奇突的石头。

〔19〕美箭：美好的竹子。

〔20〕列：陈列，摆出。　坐：同“座”。　庥：同“休”，休息。

〔21〕“风摇其巅”二句：风吹动树木、花草、竹子的梢头，声音在崖谷中振荡共鸣。巅，指树木、竹子的梢头。韵，和谐动听的声音。

〔22〕“视之既静”二句：看看那些被风吹动的竹、树已经静静地不再摆动，而它们被风吹动时所发出的声音还在远处回响。

〔23〕予：我。　州牧：即永州刺史。其时柳宗元任永州司马，为刺史属下。

〔24〕揽去：除去。　翳(yì)朽：起障蔽作用的朽物。此指遮蔽泉水的杂草腐枝。

〔25〕决疏：去掉阻塞，疏通水道。

〔26〕既崇而焚（fén）：既然把杂叶腐枝堆积起来了，就烧掉它。崇，高也。此作动词，即堆积。焚，烧。

〔27〕既酾（shī）而盈：溪水既已疏通，石渠之水就满了。酾，疏通。

〔28〕未始：还没有。　传焉者：写石渠的人。焉，代词，此指石渠。

〔29〕累记：详细完备地记下。　所属：指石渠和石渠旁边的景物。

〔30〕遗：留给，传给。　其人：指那些爱好山水的人。

〔31〕阳：古时称山之南、水之北为阳，反之为阴。此处指山石朝南的一面。

〔32〕俾：使。　好事者：指热心山水的人。

〔33〕蠲（juān）：清除。

〔34〕于是：到此，于此。　穷：终极，终端。

新评

在此文中，作者着重描写了石渠和石渠周围的景物。其中有“其鸣乍大乍细”的泉水，有“或咫尺，或倍尺”的石渠，有忽隐忽现的溪流，有面积虽小却不乏情趣的潭水，更有“诡石怪木，奇卉美箭”聚集的幽美环境。仔细品味，文中写泉时，用“幽幽然”突出泉水的细约；写水时，用“伏出其下”形容溪水碰到石头的变化；写石泓时，用“昌蒲被之，青鲜环周”，衬托出其地的幽静。石写其“诡”，木写其“怪”，花卉突出其“奇”，箭竹突出其“美”……最令人印象深刻的是，在此文中，作者仍然写了树，写了花，写了竹，但为了避免与前面几篇文章中描写的雷同，侧重点不再停留在树木、花草、修竹那随风披拂、摇曳多姿的视觉形象上，而是用“风摇其巅，韵动崖谷。视之既静，其听始远”的天籁之音，把视觉和听觉结合起来，突出了这些山中景物所具有的形神兼备的美。

将笔下各种景物既能写得传神入微而又互不雷同，是柳宗元山水游记的特点之一。孙琮评此文时说：“《石渠记》接《袁家渴记》读去，便见妙境无穷。篇中第一段写石渠幽然有声，确是写出石渠，不是第二段石泓。第二段写石泓澄然以清，确是写出石泓，不是第三段石潭。第三段写石潭，亦不是第一段、第二段石渠、石泓，洵是化工肖物之笔。”

石涧记

题解

《石涧记》是《永州八记》中的第七篇。据文中记载可知，此篇与上篇《石渠记》同作于元和七年（812）秋天。涧者，夹在两山之间的水沟之谓也。

石渠之事既穷[1]，上由桥西北，下土山之阴，民又桥焉。其水之大，倍石渠三之一。亘石为底[2]，达于两涯[3]。若床若堂[4]，若陈筵席，若限阃奥[5]。水平布其上，流若织文，响若操琴。揭跣而往[6]，折箭竹，扫陈叶，排腐木[7]，可罗胡床十八九居之[8]。交络之流[9]，触激之音，皆在床下；翠羽之木[10]，龙鳞之石[11]，均荫其上[12]。古之人其有乐乎此耶？后之来者，有能追予之践履耶[13]？得意之日，与石渠同。

由渴而来者，先石渠，后石涧；由百家濑上而来者，先石涧，后石渠。涧之可穷者[14]，皆出石城村东南，其间可乐者数焉[15]。其上深山幽林，逾峭险[16]，道狭不可穷也。

注释

〔1〕石渠之事：指前文《石渠记》中所记游玩、整治石渠的事。　穷：完成，完结。

〔2〕亘（gèn）：连绵不断，伸展开去。

〔3〕涯：岸，水边。

〔4〕堂：正屋。此处仅指堂屋的地基。

〔5〕限：门槛。这里作动词用，指分隔。　阃（kǔn）奥：内屋。阃，门槛。奥，指房屋深处。“若限阃奥”大意是说：好像用门槛分隔出内外。

〔6〕揭（qì）：提起衣服。　跣（xiǎn）：光着脚，不穿鞋袜。

〔7〕排：除去，消除。

〔8〕罗：排列。

〔9〕交络：交织，这里指水的波纹像交织的纹理，即上文的“流若织文”。

〔10〕翠羽之木：长满像翠鸟羽毛般叶子的树。

〔11〕龙鳞之石：形容石头奇形怪状，花纹酷似龙的鳞甲。

〔12〕荫：庇荫，遮荫。

〔13〕践履：足迹。这儿指得到石涧之后的欢乐。

〔14〕涧之可穷者：指石涧中水流的源头。

〔15〕数：几，几个。

〔16〕逾：更加。　峭险：陡峭艰险。

新评

在《石涧记》中，柳宗元用极为省俭而又十分传神的语言，刻画了涧中的潺潺流水，涧底铺展开来，达于两岸的石头以及形态多变、怪怪奇奇的山涧，而着笔的重点，是描写一处“可罗胡床十八九居之”的涧石。文中运用浸透感情的句子，通过极富想象力的描写，再巧妙地借涧旁的“翠羽之木，龙鳞之石”加以衬托，硬是将一条位于山之北、幽暗背阴且极为平常的山涧，渲染得令人心驰神往。据说，柳宗元《永州八记》所写的当地的八处胜景，尽管今天的好事者“踏破铁鞋”，仍然无法将其全部找到复原。可知这八处胜景并无多少过人之处，只是由于柳宗元被贬后的特定心态、审美情趣与其中某些山水的特点、遭遇不谋而合,才使他用如椽之笔,饱蘸感情写出了这些脍炙人口的佳作。永州的山水,因为柳宗元而名噪神州,这正应了那句“江山还得伟人扶”的老话。

文中在描写山涧时,用了许多比喻:对水中之石,用“若床若堂,若陈筵席,若限阃奥”作比;对泉水,用“流若织文,响若操琴”作比;对泉上的树和石,用翠羽、龙鳞作比。这就抓住了描写对象的特征,因而尽管柳宗元的语言极为廉悍,但刻画事物时却仍然生动传神。

小石城山记

题解

此文为《永州八记》的最后一篇。小石城山,据文中记载,在今湖南零陵城西北面,但现已无法找到。柳宗元在这篇文章中,借小石城山被埋没于“夷狄”,含蓄地表达了他遭贬之后,其才能不得施展的愤慨之情。

自西山道口径北[1],逾黄茅岭而下[2],有二道:其一西出,寻之无所得;其一少北而东[3],不过四十丈,土断而川分,有积石横挡其垠[4]。其上为睥睨梁欐之形[5],其旁出堡坞[6],有若门焉。窥之正黑[7],投以小石,洞然有水声[8],其响之激越[9],良久乃已[10]。环之可上[11]。望甚远,无土壤而生嘉树美箭,益奇而坚,其疏数偃仰[12],类智者所施设也[13]。

噫!吾疑造物者之有无久矣[14]。及是,愈以为诚有。又怪其不为之中州[15],而列是夷狄[16],更千百年不得一售其伎[17],是故劳而无用,神者傥不宜如是[18],则其果无乎?或曰:“以慰夫贤而辱于此者[19]。”或曰:“其气之灵不为伟人,而独为是物[20],故楚之南少人而多石。”是二者,余未信之。

注释

〔1〕径:径直,一直。

〔2〕黄茅岭:地名,在今湖南零陵城西面。

〔3〕少:通“稍”。

〔4〕垠(yín):边际,界限。

〔5〕睥睨(pìnì):城墙上锯齿形的短墙,即女墙。　梁欐(lì):亦作“梁丽”,房屋的栋梁。这里指地势。

〔6〕堡坞:古代指土筑的小城。

〔7〕窥:观看。

〔8〕洞然：这儿形容从洞中传出的水声瓮声瓮气。

〔9〕激越：声音响亮。

〔10〕良久：很久。　已：停止。

〔11〕环：围绕。

〔12〕疏数（cù）：稀疏和密集。　偃仰：俯卧和挺立。

〔13〕类：像。　施设：设置，布置。

〔14〕造物者：指创造万物的神。

〔15〕中州：中原，指现在的黄河中下游一带。

〔16〕列：陈列，安放。　夷狄：古时对少数民族的蔑称。这里指偏远地区。

〔17〕更：经过。　售：本义为卖出去，这里有显现的意思。　伎：同“技”，技巧。此处指小石城山的美景。

〔18〕傥（tǎng）：同“倘”，假如，或许。

〔19〕夫：那，那些。指代下面所说的“贤而辱于此者”。

〔20〕是物：指以上所写的包括小石城山在内的山水景物之美。

新评

清代储欣评价此篇说：“总束永州诸山水，千古绝调。”（《唐宋文举要》申编卷四引）的确，作为《永州八记》的最后一篇，此篇文章的确有其独到的地方。

文章的前半部分描写小石城山的奇异景色，文字不多，但作者选用的却是“移步换形”的写法：先从“西山道口”开始，沿途一路写来。翻山越岭，歧途回返；探胜寻幽，登高望远。百馀字的篇幅中，有叙述，有描写，有说明。段末，用“无土壤而生嘉树美箭，益奇而坚，其疏数偃仰，类智者所施设也”，既把读者的思维定式引导在进一步丰富、补充竹、树之美上，又自然而然地过渡到后半部分。后半部分借端说理。先从“造物者”之有无的疑惑说起，顺势引出对佳胜之地被遗弃埋没的不平，再拈出两种流行的说法：一说这些山水是用来安慰那些“贤而辱于此者”，再说此处之灵气独钟情于山水，不聚集于人，换言之，此地不会出贤人、伟人。那么，“贤而辱于此者”究竟指何人，已不言而喻了。虽然在文章的末尾，作者声称自己对这两种说法并不相信，而实际上，他已经一步一步地把永州山水的见弃和自己徒有经邦济世之才却横遭斥逐、蛰居蛮荒的遭遇绾接在一起了。

乾隆年间的朱宗洛评价《小石城山记》时说：“此篇……由山出石，由石写城，由城及旁，由旁及门，由门而上，既上而望，因望而异境。其写景处，所谓以虚作实之法也。”接下去他评论后半部分说：“至其满腔郁结，俱于后半发抒。……文于写景处，轻轻着‘类智者所施设’一句，连用‘疑’字、‘以为’字、‘又怪’字、‘傥’字、‘则其’字，先言有无之难定，次言无者未必不有，次又言有者未必不无，次又借他人口中言无者毕竟或有，又从自己臆断，见有无毕竟未可定，以见己之贤，不应置于此意，所谓实者翻虚之法也。”（见《古文一隅》评语卷中）

晋文公问守原议

题解

本文作于元和四年(809),作者借着对晋文公向寺人问守原一事的非议,借古讽今,旨在揭露当时朝政腐败、宦官专权的社会问题。唐朝自德宗之后,就委任宦官统领左右神策军、天威军等,又设置护军中尉、中护军,使得宦官军权在握,干预朝政,此后成为一个严重的社会问题。作者表面上说的是春秋时期晋文公的过失,实际上体现了他对当时朝政的忧虑和对宦官专权的抨击。原,地名,在今河南济源。

晋文公既受原于王,难其守[1]。问寺人勃鞮[2],以畀赵衰[3]。余谓守原,政之大者也,所以承天子,树霸功,致命诸侯,不宜谋及媟近[4],以忝王命[5]。而晋君择大任,不公议于朝,而私议于宫;不博谋于卿相,而独谋于寺人。虽或衰之贤足以守,国之政不为败,而贼贤失政之端[6],由是滋矣。况当其时不乏言议之臣乎?狐偃为谋臣,先轸将中军[7],晋君疏而不咨,外而不求,乃卒定于内竖[8],其可以为法乎?且晋君将袭齐桓之业[9],以翼天子[10],乃大志也。然而齐桓任管仲以兴,进竖刁以败[11]。则获原启疆[12],适其始政,所以观示诸侯也,而乃背其所以兴[13],迹其所以败。然而能霸诸侯者,以土则大,以力则强,以义则天子之册也。诚畏之矣,乌能得其心服哉!其后景监得以相卫鞅[14],弘、石得以杀望之[15],误之者晋文公也。

呜呼!得贤臣以守大邑,则问非失举也[16],盖失问也。然犹羞当时陷后代若此[17],况于问与举又两失者,其何以救之哉?余故著晋君之罪,以附《春秋》许世子止、赵盾之义[18]。

注释

〔1〕难其守:为选择谁当原地的长官感到为难。难,为难。

〔2〕勃鞮(bódī):人名,《史记》或作“履鞮”,或作勃鞮。　寺人:宦官。

〔3〕畀:给予。　赵衰:晋大夫。

〔4〕媟(xiè):亲昵而不庄重。　媟近:宦官。

〔5〕忝:辱。

〔6〕贼:残害,伤害。

〔7〕将:统率、率领。

〔8〕竖:对宦官的蔑称。

〔9〕袭:继承。

〔10〕翼:辅助。

〔11〕竖刁:齐桓公的宦官,当时很受宠信,桓公死后与易牙、开方三人专权,滥杀大臣,引发齐国内乱。

〔12〕启:开拓、开创。

〔13〕而:表示转折语气,反而。

〔14〕景监:战国时秦孝公的宦官。 卫鞅:即商鞅,卫国人,经景监推荐得到秦孝公的重用。

〔15〕弘:弘恭。 石:石显。两人都是西汉元帝的宦官。 望之:萧望之,汉宣帝时的太子太傅,因与弘恭、石显对立,被诬陷而自杀。

〔16〕失举:推荐的对象不合适。举,推荐,选用。

〔17〕羞当时:被当代的人耻笑。羞,羞耻,惭愧。 陷后代:使后代遭受危机。陷,落在不利的境地。

〔18〕许世子止:春秋时许悼公的嫡子,名止。许悼公患疟疾,吃了止的药就死了,止于是逃走。 赵盾:晋大夫,晋灵公荒淫无道,赵盾无力匡正而出走,赵穿杀死灵公,未出晋境的赵盾听说之后又返回,春秋记载"赵盾弑其君"。作者根据《春秋》的评价标准,认为晋文公负有开启后世宦官干预朝政的历史罪责。

新评

作者以独特的历史眼光看到了宦官专政的危害,同时通过巧妙的比喻予以批判,表现了极大的坚持真理的勇气以及关心时政,希望朝政有所振兴的爱国热情。文章层次异常分明,首先评论晋文公的失误,其次阐明对后世的遗患,最终通过《春秋》"大义"予以总结,全文始终围绕"守原,政之大者"来评议,虽然没有直接涉及当世的情况,但作者抨击宦官制度的态度已经跃然纸上,而且"字字经思,句句有法",堪称议论文的楷模。

六逆论

题解

本文作于唐宪宗元和四年(809),是柳宗元关于任用人才问题的一篇论文。在文章中作者围绕如何"择君置臣"的问题展开议论,列举了大量的历史事实作为例证,重点论述贵者未必贤,贱者未必愚,亲者未必值得信任,旧者未必值得依靠的道理,主张无论选择国君还是任命大臣,都应该任人唯贤,而反对任人唯亲。"六逆"指的是在《春秋左传·隐公三年》中记载的卫国大夫石碏所提的六种大逆不道的说法,是贵族奴隶主保持世袭特权的理论根据。

《春秋左氏》言卫州吁之事〔1〕,因载六逆之说曰:贱妨贵〔2〕、少陵长〔3〕、远间亲〔4〕、新间旧、小加大〔5〕、淫破义〔6〕,六者,乱之本也。余谓"少陵长、小加大、淫破义",是三者,固诚为乱矣。然其所谓"贱妨贵、远间亲、新间旧",虽为理之本可也〔7〕,何必曰乱?

夫所谓“贱妨贵”者，盖斥言择嗣之道[8]，子以母贵者也。若贵而愚，贱而圣且贤，以是而妨之，其为理本大矣，而可舍之以从斯言乎[9]？此其不可固也[10]。夫所谓“远间亲、新间旧”者，盖言任用之道也。使亲而旧者愚，远而新者圣且贤，以是而间之，其为理本亦大矣，又可舍之以从斯言乎？必从斯言而乱天下，谓之师古训可乎[11]？此又不可者也。

呜呼！是三者，择君置臣之道，天下理乱之大本也。为书者，执斯言，著一定之论，以遗后代，上智之人固不惑于是矣[12]；自中人而降，守是为大据[13]，而以致败乱者，固不乏焉。晋厉死而悼公入[14]，乃理；宋襄嗣而子鱼退[15]，乃乱；贵不足尚也[16]。秦用张禄而黜穰侯[17]，乃安；魏相成璜而疏吴起[18]，乃危；亲不足与也[19]。苻氏进王猛而杀樊世[20]，乃兴；胡亥任赵高而族李斯[21]，乃灭；旧不足恃也。顾所信何如耳[22]！然则斯言殆可以废矣。

噫！古之言理者，罕能尽其说[23]。建一言，立一辞，则𩨨𩨩而不安[24]，谓之是可也，谓之非亦可也，混然而已。教于后世，莫知其所以去就[25]。明者慨然将定其是非[26]，则拘儒瞽生相与群而咻之[27]，以为狂为怪，而欲世之多有知者可乎[28]？夫中人可以及化者[29]，天下为不少矣，然而罕有知圣人之道，则固为书者之罪也[30]。

注释

〔1〕《春秋左氏》：即《左传》，全名《春秋左氏传》。　卫州吁：卫庄公宠妾所生的儿子州吁，大夫石碏（què）怕卫庄公废嫡立庶，极力谏阻，提出“六逆”之说。

〔2〕妨：妨害。这里的“贵”、“贱”指嫡子和庶子的身份地位。

〔3〕陵：超越，逾越。

〔4〕远间亲：指关系疏远的人地位高于关系亲近的人。间，隔开。

〔5〕小：奴仆或平民。　加：凌驾，侵凌。　大：主人或贵族。

〔6〕淫：邪恶。　义：正义。

〔7〕理之本：治理国家的根本原则。理，治理，管理。

〔8〕斥言：言之所斥。斥，指出。

〔9〕斯言：指石碏的言论。

〔10〕固：当然。在句中做后置状语。“不可固也”即“固不可也”。

〔11〕师：效法，学习。

〔12〕上智：智慧超群的人。古代根据孔子的说法把人分为三等：上智，中人，下愚。

〔13〕是：石碏的言论。　据：根据。这句话意思是坚守石碏的观点，并奉之为最高准则。

〔14〕晋厉：晋厉公，名寿曼，昏庸暴虐，公元前572年，晋国大夫栾书、中行偃等人不满其统治，发动政变，杀了厉公，把悼公从周国接回来即位。悼公任用贤臣，使晋国复兴。

〔15〕宋襄：宋襄公。　子鱼：襄公庶兄。据《左传》记载，宋襄公的父亲宋桓公本想把王位传给子鱼，但被子鱼推辞，襄公即位后，不听子鱼劝谏，欲伐郑，最后连续被楚国打败，自己也因伤死去。

〔16〕尚：推崇。

〔17〕张禄：即范雎。　穰侯：即秦昭王时太后的弟弟魏冉。当时范雎得罪于魏，更名张禄逃到秦国，被昭王重用，他说服昭王罢黜把持朝政的穰侯，秦王室才转危为安。

〔18〕相：任命谁为丞相。　成：魏成，文侯之弟。　璜：翟璜。意思是魏文侯在其弟魏成和翟璜之间选择丞相，疏远了吴起，导致吴起被人陷害逃到楚国，最后吴起在楚国受到重用，对魏国构成了威胁。

〔19〕亲：亲信。　与：这里指信任，重用。

〔20〕苻氏：苻坚。苻坚听说王猛有才能，力排众议重用他，并杀了反对重用王猛的贵族老臣樊世，最后王猛辅佐苻坚，使得前秦日渐兴盛。

〔21〕胡亥：秦二世。胡亥依靠旧臣赵高伪造秦始皇遗诏登基，赵高陷害李斯，将李斯腰斩并灭族，自己独掌朝政，最后倒行逆施，导致秦朝灭亡。

〔22〕顾：看。

〔23〕尽其说：把道理讲全面。

〔24〕臲卼（nièwù）：不安定，动摇不稳的样子，这里指含义不明确。

〔25〕去：离开，引申为抛弃。　就：靠近，引申为采纳。

〔26〕明者：懂道理有见解的人。　慨然：愤激慷慨的样子。　定：判断。

〔27〕拘儒：拘泥于教条的儒生。　瞽生：盲目跟从古书的儒生。　相与：聚集在一起。　咻：喧哗，指责。

〔28〕有：出现，产生。　知者：懂道理的人，有智慧的人。

〔29〕及：达到。　化：教化。

〔30〕固：当然。　为书者：写书的人，这里指左丘明等古书作者。

新评

这篇文章因实立名，循名责实，见解深刻，分析透彻，充分体现了作者清晰缜密的思维逻辑和敢于突破传统的创新精神。虽然是翻案文章，但论证严谨，具有较强的说服力。特别是“任人唯贤”的观点，虽不是作者首次提出，但在当时还是具有进步意义的。文中大量使用典故和对称的句式，使得论证非常有力度，读来跌宕起伏，朗朗上口，通篇都显示出一种雄辩滔滔的逼人气势。

答吴武陵论《非国语》书

题解

这是柳宗元在永州写给朋友吴武陵的一封讨论《非国语》的信。吴武陵，信州人。元和初年中进士，元和三年因事流放永州，与柳宗元过从甚密。

濮阳吴君足下〔1〕：仆之为文久矣，然心少之〔2〕，不务也，以为是特博弈之雄耳〔3〕。故在长安时，不以是取名誉，意欲施之事实，以辅时及物为道[4]。自为罪人，舍恐惧则闲无事，故聊复为之。然而辅时及物之道，不可陈于今[5]，则宜垂于后[6]。言而不文则泥[7]，然则文者固不可少耶！

拘囚以来[8]，无所发明[9]，蒙覆幽独[10]，会足下至，然后有助我之道。一观其文，心朗目舒，炯若深井之下仰视白日之正中也[11]。足下以超轶如此之才[12]，每以师道命仆[13]，仆滋不敢。每为一书，足下必大光耀以明之，固又非仆之所安处也。若《非国语》之说，仆病之久[14]，尝难言于世俗。今因其闲也而书之，恒恐后世之知言者用是诟病[15]，狐疑犹豫，伏而不出累月方示足下[16]。足下乃以为当，仆然后敢自是也。吕道州善言道，亦若吾子之言，意者斯文殆可取乎[17]？夫为一书，务富文采，不顾事实，而益之以诬怪[18]，张之以阔诞[19]，以炳然诱后生[20]，而终之以僻，是犹用文锦覆陷井也。不明而出之[21]，则颠者众矣。仆故为之标表[22]，以告夫游乎中道者焉[23]。

仆无闻而甚陋，又在黜辱，居泥涂若螾蛭然[24]，虽鸣其音声，谁为听之？独赖世之知言者为准；其不知言而罪我者，吾不有也[25]。仆又安敢期如汉时列官以立学[26]，故为天下笑耶？是足下之爱我厚，始言之也。前一通如来言以污箧椟[27]，此在明圣人之道，微足下仆又何托焉[28]？不悉[29]。宗元顿首。

注释

〔1〕濮阳：河南地名，吴武陵的祖籍所在。

〔2〕少：轻视。

〔3〕特：只是。　博弈：六博与围棋，古代游戏。

〔4〕辅时：辅佐时政。　及物：惠及万物，使各得其所。

〔5〕陈：陈述，这里指实现。

〔6〕垂：流传。

〔7〕泥(nì)：拘泥。这句的意思是说，不写文章就传播不下去。

〔8〕拘囚：指被贬谪。

〔9〕发明：阐发。

〔10〕蒙覆：遮盖，这里指与世隔绝。　幽独：孤独。

〔11〕炯：明亮。

〔12〕超轶(yì)：超群出众。

〔13〕每以师道命仆：常常把我当老师看待。

〔14〕病：不满意。

〔15〕诟病：辱骂，指摘。　知言者：有深刻见解的人。

〔16〕伏：藏匿。

〔17〕殆(dài):大概。

〔18〕诬怪:虚妄神怪。

〔19〕阔诞:荒诞无稽。

〔20〕炳然:明亮的样子,这里指辞藻华丽。

〔21〕明而出之:把它的真相公开揭明。

〔22〕标表:树立标记,指对《国语》不足之处的揭露。

〔23〕游:寻求。

〔24〕螾(yǐn):同"蚓",蚯蚓。　蛭(zhì):蚂蟥。

〔25〕吾不有也:不予理睬。

〔26〕列官以立学:列为官学。汉代设五经博士之官,专门讲授儒家经典。

〔27〕箧椟(qièdú):古时存放书信的一种小箱子。

〔28〕微:无,没有。

〔29〕不悉:不详细说了。

新评

柳宗元在这篇文章中,着重阐释了他文道并重的文学观。他首先明确指出自己"以辅时及物为道",这就与韩愈所说的、主要以儒家伦理思想为内容的"道"有了区别。他同时又强调"言而不文则泥,然则文者固不可少耶",即在重"道"的同时又非常重视"文",力求把文章所要表达的正确主张和尽可能完美的艺术形式结合起来。基于此观点,他批评《国语》一书"务富文采,不顾事实,而益之以诬怪,张之以阔诞,以炳然诱后生,而终之以僻,是犹用文锦覆陷阱也"。如果"不明而出之,则颠者众矣"。因此,他以极大的热情和勇气,主动承担起发明其不足,指出其缺陷的重任。

写法上,谨小慎微、动辄得咎的"拘囚"处境和知其不可而为之的执着精神奇妙地结合在一起,表现了作者虽身处逆境而仍不放弃对真理的坚持和追求。行文过程中,针对内容的不同时时转换不同的语气:在向对方解释或诉说时,极度的谦恭表现了作者对朋友的尊重;而论文或阐释道理时,斩钉截铁的语气又显示了作者极度的自信。

晋　问

题解

本文作于永州司马任上。作者在此文中仿西汉枚乘《七发》的体制,与吴武陵设为问答,极力夸赞晋地(今山西一带)的山川险要,物产丰富,最终归结到矿藏物产,均为"利民";施政治国,"民利"为本的思想上。

吴子问于柳先生曰[1]："先生晋人也，晋之故宜知之。"曰："然。""然则吾愿闻之，可乎？"

曰："可。晋之故封[2]，太行掎之[3]，首阳起之[4]，黄河迤之[5]，大陆靡之[6]。或巍而高，或呀而渊[7]。景霍汾浍[8]，以经其堧[9]。若化若迁，钩婴蝉联[10]，然后融为平川，而侯之都居[11]，大夫之邑建焉[12]。其高壮，则腾突撑拒，聱岈郁怒[13]，若熊罴之咆、虎豹之嗥，终古而不去；攫秦搏齐[14]，当者失据，燕狄惴怯[15]，若卵就压，振振业业[16]，觑关蹀户[17]，惕若仆妾。其按衍[18]，则平盈旋缘[19]，纡徐夷延[20]，若飞鸢之翔舞[21]，洄水之容与[22]；以稼则硕，以植则茂，以牧则蕃，以畜则庶[23]，而人用是富，而邦以之阜[24]。其河，则濬源昆仑[25]，入于天渊[26]，出乎无门，行乎无垠，自匈奴而南，以界西鄙，冲奔太华[27]，运肘东指；混溃后土[28]，濆浊糜沸[29]，鼋鼍诡怪[30]，于于汩汩[31]，腾倒骇越[32]，委泊涯涘[33]，呀呷钦纳[34]，摧杂失坠[35]。其所荡激，则连山参差，广野坏裂，轰雷努风，撼鹄于嶾[36]；崩石之所转跃，大木之所擢拔，湍泙洞踏者[37]，弥数千里，若万夫之斩伐。而其轴轳之所负[38]，橦樯之所御[39]，鳞川林壑，隳云遁雨[40]，瞬目而下者，榛榛沄沄[41]，百舍一赴[42]，若是何如？"

注释

〔1〕吴子：吴武陵，信州人，元和三年被贬永州，此后与柳宗元交往甚密。

〔2〕故封：旧日的封地。

〔3〕太行：太行山，在山西东南部。 掎（jǐ）：支持。

〔4〕首阳：首阳山，在山西西南部。

〔5〕迤（yǐ）：指河道弯曲而长。

〔6〕大陆：大陆泽，在今河北巨鹿县北。 靡：浸润，漫延。

〔7〕呀：张口的样子，形容空洞的谷地。

〔8〕景霍：指霍山，在今山西霍县。 汾：汾水。 浍：浍水。

〔9〕堧（ruán）：城郭旁的空地。

〔10〕钩：勾连。 婴：回绕。 蝉联：连接。

〔11〕侯：晋侯，晋国国君。 都居：都城。

〔12〕大夫：晋国大臣。 邑：封邑，采地。

〔13〕聱岈（áoyá）：山势崎岖不平而又幽深。

〔14〕攫：抓取。 搏：打击，捕捉。

〔15〕燕：燕国，在晋国北面。 狄：北方少数民族。 惴怯：恐惧。

〔16〕振振业业：战战兢兢。

〔17〕觑：窥视。 蹀：踩踏。

〔18〕按衍：低平而舒缓的地势。

〔19〕盈：肥沃。　缘：连绵。

〔20〕纡徐：曲折徐缓。　夷延：平坦舒展。

〔21〕鸢（yuān）：老鹰。

〔22〕容与：迟缓不前的样子。

〔23〕庶：富足。

〔24〕阜：丰富，富强。

〔25〕濬（jùn）：同“浚”，深。　昆仑：昆仑山。

〔26〕天渊：黄河。

〔27〕太华：华山。

〔28〕后土：土地神，这里指大地。

〔29〕渍（fén）：水边；涯岸。

〔30〕鼋（yuán）：似鳖而大。　鼍（tuó）：扬子鳄。

〔31〕于于：舒缓自得。　汩汩：河水急流的样子。

〔32〕腾倒轶（yí）越：形容波浪翻滚。

〔33〕委：弃置。　泊：停泊。　涯涘（sì）：水边。

〔34〕呀呷欱（hē）纳：张嘴尽情吸吮。欱，吸。

〔35〕摧杂：杂乱。　失坠：掉队。

〔36〕撼鹄（hàn）：山崖突出而下垂的样子。　于嶀（gá）：象声词，嘎嘎作响。

〔37〕溯泙洞踏：形容水流激荡的声音。

〔38〕轴轳：泛指大木船。轴，船后施舵的地方。轳，船前刺棹的地方。

〔39〕橦樯：泛指帆船。橦（chuáng），旗杆。樯，桅杆。

〔40〕隳：破坏，这里指消散。　遁：逃跑，这里指停歇。

〔41〕榛榛：草木丛杂。　沄沄：水流汹涌。

〔42〕舍：古时三十里为一舍。

吴子曰：“先生之言丰厚险固，诚晋之美矣。然晋人之言表里山河者，备败而已，非以为荣观显大也。吴起所谓‘在德不在险’[1]，此晋人之藉也。愿闻其他。”

先生曰：“太卤之金[2]，棠谿之工[3]，火化水淬，器备以充。为棘为矛[4]，为鋉为钩[5]，为镝为鏃[6]，为鍭[7]。出太白[8]，征蓐收[9]，召招摇[10]，伏蚩尤[11]，肃肃褷褷[12]，合众灵而成之。博者狭者，曲者直者，歧者劲者，长者短者，攒之如星，奋之如霆，运之如萦[13]。浩浩弈弈[14]，淋淋涤涤，荧荧的的[15]，若雪山冰谷之积。观者胆掉，目出寒液。当空发耀，英精互绕，晃荡洞射，天气尽白，日规为小[16]，铄云破霄[17]，跕坠飞鸟[18]。弓人之弓，函人之甲，胶角百选[19]，犀兕七属[20]。乃使跟超、掖夹之伦[21]，服而持之，南瞰诸华[22]，北詟群夷[23]，技击节制[24]，闻于天下，是为善师。

延目而望之[25],固以拳拘喘汗,免胄肉袒[26],进不敢降,退不敢窜。若是何如?"

吴子曰:"夫兵之用,由德则吉,由暴则凶,是又不可为美观也。先轸曰[27]:'师直为壮,曲为老[28]。'况徒以坚甲利刃之为上哉!"

先生曰:"晋国多马,屈焉是产[29]。土寒气劲,崖坼谷裂,草木短缩,鸟兽坠匿,而马蕃焉。师师甡甡[30],溶溶纭纭[31],輼輼䗲䗲[32],或赤或黄,或玄或苍,或醇或駹[33],黤然而阴[34],炳然而阳[35],若旌旃旗帜之煌煌[36]。乍进乍止,乍伏乍起,乍奔乍蹶[37],若江、汉之水,疾风驱涛,击山荡壑,云沸而不止。群饮源槁,回食野赭[38],浴川蹙浪,喷震播洒,溃溃焉若海神驾雪而来下。观其四散惝恍[39],开合万状,喜者鹊厉[40],怒者人搏,决然坌跃[41],千里相角[42]。风鬃雾鬣[43],劚山抉壑[44],耳摇层云,腹捎众木,寂寥远游,不夕而复。攫地跳梁[45],坚骨兰筋,交颈互啮[46],斗目相駉[47],聚溲更嘘,昂首张龂[48]。其小者则连牵缴绕[49],仰乳俯龁[50],蚁杂螽集[51],啾啾濈濈[52],旅走丛立[53]。其材之可者,收敛攻教[54],掉手飞縻[55],指毛命物[56],百步就羁[57]。牵以荀息[58],御以王良[59],超以范鞅[60],轩以栾铖[61]。以佃以戎[62],兽获敌摧。若是何如?"

吴子曰:"'恃险与马'者[63],子不闻乎?故曰'冀之北土,马之所生','是不一姓[64]'。请置此而新其说。"

注释

〔1〕吴起:战国时著名军事家。

〔2〕太卤:太原晋阳县。

〔3〕棠谿:在今河南,以善于铸剑闻名。

〔4〕棘:古兵器名,通"戟"。

〔5〕鍦(shā):古兵器,长矛,大矛。

〔6〕镝(dí):箭头。 镞(zú):箭头。

〔7〕鍭(hóu):矛一类的兵器。

〔8〕太白:星象,主兵象。

〔9〕蓐(rù)收:古代传说中的西方之神。

〔10〕招摇:北斗七星。主胡兵。

〔11〕蚩尤:彗星,主灾祸。

〔12〕肃肃:兵器射出寒光。 褷褷(shī):众多的样子。

〔13〕萦:缠绕。这里指光带萦回。

〔14〕弈弈：通“奕奕”，光彩闪动的样子。

〔15〕荧荧：明光闪闪。　的的(dì)：明亮的样子。

〔16〕日规：古代一种测时间的仪器。

〔17〕铄(shuò)：溶化。

〔18〕跕(diē)：坠落。

〔19〕胶角：造弓的材料。

〔20〕兕(sì)：犀牛。　属：连缀。

〔21〕跟超、掖夹之伦：指脚步飞快、臂力过人的人。

〔22〕瞰(kàn)：俯视。　诸华：中原各国。

〔23〕詟(zhé)：震慑。

〔24〕技击：武艺。　节制：约束，控制。

〔25〕延目：纵目。

〔26〕胄(zhòu)：铠甲。　肉袒：古代投降或请罪，要脱去上衣。

〔27〕先轸(zhěn)：春秋时晋国的大臣。

〔28〕曲：理曲。　老：士气低落。

〔29〕屈：古地名，在今山西吉县北。盛产良马。

〔30〕师师：众多。　甡甡(shēn)：争先奔进的样子。

〔31〕溶溶：水势盛大的样子，比喻马群众多。　纭纭：纷乱，拥挤。

〔32〕儡儡(léi)：互相碰撞的情形。　辚辚：车行声。

〔33〕醇：纯一不杂。　駹(máng)：杂色动物。

〔34〕黭(yǎn)：黑色。

〔35〕炳：鲜亮，这里指浅色马群。

〔36〕旌：古代旗的一种，竿头缀牦牛尾，下有五彩羽毛，用以指挥或开道。　旃(zhān)：古代旗的一种，赤红色的曲柄旗。

〔37〕蹶：被东西绊倒。

〔38〕野赭：草地被马啃光，露出了红色的地皮。

〔39〕惝恍：迷迷糊糊，不清楚。

〔40〕厉：疾飞。

〔41〕决然：突然。　坌(bèn)跃：尘土飞扬的样子。

〔42〕角：角逐，比赛。

〔43〕鬣(liè)：马鬃，指马颈上的长毛。

〔44〕劚(zhú)：大锄，引申为掘，这里指踏破。　抉：穿过。

〔45〕跳梁：腾跃跳动。

〔46〕啮(niè)：啃咬。

〔47〕斗目：瞪目相视。　驯：温存亲热。

〔48〕龂(yín)：同“龈”，齿根肉。

〔49〕连牵：连接。　缴绕：围绕。

〔50〕龁(hé)：咬。

〔51〕螽(zhōng)：蝗虫。

〔52〕啾啾濈濈：马群发出的琐碎的声音。

〔53〕旅走:一同奔驰。 丛立:成群在一起。

〔54〕攻教:训练。

〔55〕掉手:撒手。 縻:缰绳,这里指套马索。

〔56〕命物:确定目标,指要捕捉的马。

〔57〕就羁:被套住。

〔58〕荀息:春秋时晋国大臣。

〔59〕王良:春秋时晋国的驾车能手。

〔60〕超:跳上车。 范鞅:春秋时晋国大臣。

〔61〕轩:抬起。 栾鍼:春秋时晋国臣子。

〔62〕佃:同"畋",打猎。 戎:征伐。

〔63〕恃险与马:《左传·昭公四年》:"司马侯曰:'恃险与马而虞邻国之难,是三殆也。九州之险,是不一姓。冀之北土,马之所生,无兴国焉。恃险与马,不可以为固也。'"

〔64〕不一姓:不是一家一户所独占。

先生曰:"晋之北山有异材,梓匠工师之为宫室求大木者[1],天下皆归焉。仲冬既至[2],寒气凝成,外凋内贞[3],沈液不行[4],乃坚乃良。万工举斧以入,必求诸岩崖之欹倾[5],涧壑之纡萦,凌巑岏之杪颠[6],漱泉源之淦濙[7]。根绞怪石,不土而植,千寻百围[8],与石同色。罗列而伐者,头抗河汉[9],刃披虹霓,声振连峦,柿填层谿[10]。丁丁登登,硠硠稜稜[11],若兵车之乘凌[12]。其响之所应,则溃溃濊濊[13],汹汹薨薨[14],若骞若崩[15],若蝺龙之斗[16],风霆相腾。其殊而下者[17],圠墺捎杀[18],摧崒坱圠[19]。霞披电裂,又似共工触不周而天柱折[20]。鹍鹳鹙鸧[21],号鸣飞翔,貙豻虎兕[22],奔触讋栗[23],伏无所入,遁无所脱。然后断度收罗[24],削危颠[25],芟繁柯[26],乘水潦之波[27],以入于河而流焉。荡突硉兀[28],转腾冒没,类秦神驱石以梁大海[29];抵曲鳞蹙[30],汇流雷解,前者汩越[31],后者迫隘[32],乃下龙门之悬水[33]。折拉颓踏[34],捽首轩尾[35]。顽入重渊[36],不知其几百里也。涛波之旋,滔山触天,既渟既平[37],弥望悠焉[38]。良久,乃始昂屹涌溢,挺拔而出,林立峰崪,穿云蔽日,涣然自挠[39],复就行列,浑浑而去,以至其所。唯良工之指顾,丛台[40]、阿房[41],长乐[42]、未央,建章、昭阳之隆丽诡特,皆是之自出,若是何如?"

吴子曰:"吾闻君子患无德,不患无土;患无土,不患无人;患无人,不患无宫室;患无宫室,不患材之不己有。先生之所陈,四累之下也[43]。且虒祁既成[44],诸侯叛之。"

注释

〔1〕梓匠：木匠。　工师：技师。

〔2〕仲冬：农历十一月。

〔3〕贞：坚强，坚硬。

〔4〕沈液：树干内的汁液。

〔5〕攲（qī）：倾斜。

〔6〕巑岏（cuánwán）：山高而尖的样子。　杪（miǎo）颠：山顶。

〔7〕漱：淌水。　淦濙（gànyíng）：水流回旋。

〔8〕寻：一寻等于八尺。

〔9〕河汉：银河，这里指天空。

〔10〕柿（fèi）：砍削下来的木片。

〔11〕硠硠稜稜：木材滚动声。

〔12〕乘凌：在冰凌上碾过。

〔13〕溃溃：大水冲破堤岸声。　澎湃（pēng）：水流冲击声。

〔14〕汹汹：波涛声。　薨薨：群虫飞鸣声，这里指水声。

〔15〕骞：亏损，陷裂。

〔16〕螭（chī）：传说中的一种无角龙。

〔17〕殊：断绝，指被砍倒的树木。

〔18〕圠坱：树木断裂倒伏声。　捎杀：砸断树木。

〔19〕崒（zú）：险峰。　坱圠（yǎngyà）：尘土弥漫的样子。

〔20〕共工：传说中的部族首领。　不周山：传说在昆仑山西北。

〔21〕鹍鹳鹙鸧：均为鸟名。

〔22〕貙（chū）：似狸，能捕兽祭天。　犴（àn）：产于中国北方的一种野狗，似狐而小，黑喙。

〔23〕詟（zhé）栗：恐惧战栗。

〔24〕断度：按一定尺寸截断。

〔25〕削危颠：削掉高树梢。

〔26〕芟（shān）：削割。　柯：树枝。

〔27〕潦：雨后积水，这里指山洪。

〔28〕硉（lù）兀：岩石嶙峋峻峭。

〔29〕秦神驱石以梁大海：《三齐略记》记载："秦始皇作石梁（桥），欲过海观日出处。于时有神人能驱石下海，城阳一山石尽起立，嶷嶷东倾，状似相随而去。石去不速，神人辄鞭之，尽流血，石莫不悉赤，至今犹尔。"

〔30〕抵：通"坻"，浅滩。　曲：河湾。　蹙：聚集。

〔31〕汩越：急速越过。

〔32〕迫隘：狭窄，挤成一团。

〔33〕龙门：又名禹门口，在山西河津西北。

〔34〕折拉颓踏：一道道水流往下倾泻的样子。

〔35〕捽（zuó）首轩尾：首尾相撞，挤挤碰碰。

〔36〕澒（hòng）：淹没，弥漫。　重渊：深渊。

〔37〕渟：水流平静。

〔38〕弥望：满眼，远望。　悠焉：遥远的样子。

〔39〕涣然：分散的样子。　挠：搅动。

〔40〕丛台：战国时赵武灵王所建，在河北邯郸。

〔41〕阿房（ēpáng）：秦始皇三十五年建，在陕西西安市三桥镇。

〔42〕长乐：遗址在今陕西西安，与未央、建章、昭阳同为汉代宫殿名。

〔43〕四累：指上文所讲的四患。

〔44〕虒（sī）祁：春秋时晋国宫殿名。《左传》记载：昭公十三年，晋昭公建成此宫，因其侈丽，“诸侯朝而归者皆有二心”。

先生曰：“河鱼之大，上迎涛波，罗蕹津涯〔1〕，千里雷驰，重马轻车〔2〕，遂以君命，矢而纵观焉。大罟断流〔3〕，修网亘川〔4〕。罩罶罜罳〔5〕，织纴其间〔6〕。巨舟轩昂，仡仡回环〔7〕，水师更呼，声裂商颜〔8〕。于是鼓噪，沓集而从之，扼龙吭，拔鲸鳍，戮白鼋，逐毒螭，叱冯夷〔9〕，立水湄〔10〕。搜搅流离〔11〕，搁缩推移〔12〕，梁会网蹙〔13〕，腾天弥围〔14〕，掉躄拥踊〔15〕，以登夫历山之垂〔16〕。如川之归，如山之摧，如云之披。其有乘化会神〔17〕，振拔涟沦〔18〕，摛奇文〔19〕，出怪鳞，腾飞涛而上逸〔20〕，生电雷于龙门者，犹仰纶飞缴〔21〕，顿踣而取之〔22〕，莫不脱角裂翼，呀吓匍匐〔23〕，复就脔切〔24〕，莫保龙籍，具粿五味〔25〕，布列雕俎〔26〕，风云失势，沮散远去〔27〕。若夫鲂〔28〕、鲙、鲔、鲤、鳂、鳢、鲂、鲄之琐屑蔑裂者〔29〕，夫固不足悉数，漏脱纮目〔30〕，养之水府，而三河之人〔31〕，则已填溢餍饫〔32〕，腥膏舄卤〔33〕，闻脍炙之美〔34〕，则掩鼻颇〔35〕，贱甚粪土而莫愿者也。若是何如？”

吴子曰：“一时之观，不足以夸后世；口舌之味，不足以利百姓。姑欲闻其上者。”

先生曰：“猗氏之盐〔36〕，晋宝之大者也，人之赖之与谷同，化若神造，非人力之功也。但至其所，则见沟塍畦畹之交错轮囷〔37〕，若稼若圃，敞兮匀匀〔38〕，涣兮鳞鳞〔39〕，逦弥纷属〔40〕，不知其垠。俄然决源酾流〔41〕，交灌互澍〔42〕，若枝若股，委屈延布，脉写膏浸，潗湿滑汩〔43〕，弥高掩庳〔44〕，漫垅冒块，决决没没〔45〕，远近混会，抵值堤防，瀴瀛霈涉〔46〕，偃然成渊〔47〕，漭然成川〔48〕。观之者徒见浩浩之水，而莫知其以及。神液阴漉〔49〕，甘卤密起〔50〕，孕灵富媪，不爱其美〔51〕。无声无形，熛结迅诡〔52〕，回眸一瞬，积雪百里。皛皛幂幂〔53〕。奋偾离析〔54〕，锻圭椎璧〔55〕，眩转的皪〔56〕，乍似殒星及地，明灭相射，冰裂雹碎，巃嵸增益〔57〕。大者印累，小者珠剖，涌者如坻〔58〕，坳者如岳〔59〕，日晶熠煜〔60〕，萤骇电走，亘步盈车，方尺数斗。于是裒敛合集〔61〕,举而堆之,皓皓乎县圃之巍巍〔62〕,皦乎溔乎〔63〕,狂山太白之淋漓。骇化变之神奇,卒不可推也。然后驴骡牛马之运,西出秦〔64〕、陇〔65〕,南过樊〔66〕、邓〔67〕,北极燕〔68〕、代〔69〕,东逾周〔70〕、宋〔71〕。家获作碱之利,人被六气之用〔72〕,和钧兵食〔73〕,以征以贡〔74〕。其赉天下也〔75〕,与海分功〔76〕,可谓有济矣〔77〕。若是何如?”

吴子曰:“魏绛之言曰‘近宝则公室乃贫’〔78〕,岂谓是耶?虽然,此可以利民矣,而未为民利也。”

先生曰:“愿闻民利。”

吴子曰:“安其常而得所欲,服其教而便于己,百货通行而不知所自来,老幼亲戚相保而无德之者,不苦兵刑,不疾赋力〔79〕。所谓民利,民自利者是也。”

注释

〔1〕罗壅:罗列堵塞。　津涯:渡口岸边。

〔2〕重马:双套马。

〔3〕罟:网。

〔4〕修网:长网。　亘:横贯。

〔5〕罩罶(liǔ)罣(guà)罯(lù):都是捕鱼的工具。

〔6〕织:纺织。　纴(rèn):丝缕。

〔7〕仡仡:同“屹屹”,山峰高耸的样子。

〔8〕商颜:山名,在陕西大荔县北。

〔9〕冯夷:传说中的水神。

〔10〕湄(méi):水边。

〔11〕流离:逃散。

〔12〕掬缩:四面收缩。

〔13〕梁会网蹙:在有梁的地方把渔网撒开。梁,阻挡鱼的堤堰。

〔14〕围:捕鱼的包围圈。

〔15〕掉躄(bì):摆动瘸腿。这里指鱼不能游动,仍在挣扎。躄,瘸腿。　踊:往上跳。

〔16〕历山:在山西垣曲县,传说虞舜曾耕耘于此。　垂:山脚。

〔17〕乘化:顺应自然的变化。　会神:依附神怪的精灵。

〔18〕涟沦:水面的微波,这里指水面。

〔19〕摛(chī):铺陈,展现。

〔20〕上逸:向上游飞驰。

〔21〕仰:依仗,使用。　纶:钓鱼的丝线。　飞:射出。　缴(zhuó):系在箭上的生丝线。

〔22〕顿踣:摔倒。

〔23〕呀吓(hè):张开嘴。

〔24〕脔切:切成肉块。

〔25〕糅：混合，调和。　五味：酸、甜、苦、辣、咸。

〔26〕雕俎：雕花木盘。

〔27〕沮散：灰溜溜地飘散了。

〔28〕鲂：与“鲙”、“鲔”、“鲤”、“鳢”、“鲂”、“鲄”都是鱼的名称。

〔29〕琐屑蔑裂：细小低劣。

〔30〕纮目：渔网的网眼。

〔31〕三河：河东、河内、河南三郡，泛指山西、陕西、河南一带。

〔32〕餍饫（yànyù）：吃饱。

〔33〕腥：烂鱼。　膏：肥沃。　舄（xì）卤：盐碱地。

〔34〕脍：切细的鱼肉。　炙：烤肉。

〔35〕頞（è）：鼻梁。

〔36〕猗（yī）氏：在今山西临猗县，有盐池。

〔37〕沟：水渠。　塍（chéng）：田埂。　畦（qí）：田畦。　畹（wǎn）：古代地积单位。十二亩为一畹。轮囷（qūn）：屈曲回旋的样子。

〔38〕匀匀：平平展展。

〔39〕涣：水面广阔的样子。

〔40〕逦（lǐ）弥：连绵不断。　属：连接。

〔41〕酾（shī）：分流，疏导。

〔42〕澍（zhù）：灌注。

〔43〕濈（jí）湿：水流开合貌。　滑汩：水涌流的样子。

〔44〕弥：弥漫。　庳（bì）：低洼的土地。

〔45〕决决：水流动的样子。　没没：水弥漫的样子。

〔46〕瀴瀛霈涉（huì）：形容大水浩荡的样子。瀴，水面广远的样子。瀛，大海。霈，大雨。涉，水面深广的样子。

〔47〕偃然：仰卧的样子，形容水面平静。

〔48〕漭然：形容水面广远的样子。

〔49〕神液阴漉：盐田水逐渐干涸。漉，使干涸。

〔50〕甘卤：盐的晶体。

〔51〕“孕灵”两句：意为孕育大地英灵的神明，从不吝惜她的宝物。富媪，传说中掌管土地的神，是个富有的老妇人。

〔52〕熛（biāo）：飞迸的火焰，此处指极快的速度。

〔53〕皛皛（xiǎo）：洁白。　幂幂（mì）：覆盖着。

〔54〕偾（fèn）：板结，僵硬。

〔55〕锻、椎：敲击。　圭：古玉器名。长条形，上端作三角形，下端正方。　璧：圆形玉器，中有空。这里圭、璧皆指盐的结晶体。

〔56〕的皪（lì）：洁白鲜明的样子。

〔57〕巃嵸（lóngzǒng）：山势高耸的样子。　增益：堆积。

〔58〕坻（chí）：水中的小洲或高地。

〔59〕坳：低洼地。　缶：瓦罐。

〔60〕熠煜：光明的样子。

〔61〕裒（póu）敛：收集。

〔62〕县圃：传说中神仙居住的昆仑山顶，可与天通。县，通“悬”。

〔63〕溔（yǎo）：水无边无际的样子。

〔64〕秦：陕西。

〔65〕陇：甘肃。

〔66〕樊：即樊城县，今襄州临汉县。

〔67〕邓：即邓州，今河南南阳市。

〔68〕燕：燕国，在今河北北部和辽宁西端。

〔69〕代：古国名，在今河北境内。

〔70〕周：这里指东周首都洛邑。

〔71〕宋：宋国，在今河南东部和山东、江苏、安徽之间的地区。

〔72〕六气：阴、阳、风、雨、晦、明。

〔73〕和钧：调剂。钧，通“均”。

〔74〕征：征税。　贡：纳贡。

〔75〕赉（lài）：赏赐。

〔76〕与海分功：与海盐分功。

〔77〕有济：有利，有益处。

〔78〕魏绛：春秋时晋国大臣。此处有误，应为韩献子。　近宝则公室乃贫：语出《左传》，意思是国家富饶了，人民就骄奢淫逸，国都靠近盐池宝地，人民就会弃农经商，国家的赋税就会减少。

〔79〕疾：痛苦。　赋力：赋税劳役。

先生曰：“文公之霸也，援秦破楚〔1〕，囊括齐、宋。曹、卫解裂，鲁、郑震恐。定周于温〔2〕，奉册受锡〔3〕。夹辅纠逖〔4〕，以为侯伯〔5〕。齐盟践土〔6〕，低昂玉帛〔7〕。天子恃焉，以有诸侯；诸侯恃焉，以有其国；百姓恃焉，以有其妻子而食其力。叛者力取，附者仁抚；推德义，立信让；示必行，明所向；达禁止，一好尚。春秋之事〔8〕，公侯大夫，策文马，驰轩车〔9〕，出入环连，贯于国都，则有五筵之堂〔10〕，九几之室〔11〕，大小定位，左右有秩，禽牢饩馈〔12〕，交错文质，飨有嘉乐〔13〕，宴有庭实〔14〕。登降好赋〔15〕，牺象毕出〔16〕，犒劳赠贿〔17〕，率礼无失〔18〕。六卿理兵〔19〕，大戎小戎〔20〕，钟鼓丁宁〔21〕，以讨不恭。车埒万乘〔22〕，卒半天下，鼓之则震，旆之则畏〔23〕。其号令之动，若水之源，若轮之旋，莫不如志。当此之时，咸能欢娱以奉其上〔24〕，故其民至于今，好义而任力。此以民力自固，假仁义而用天下〔25〕，其遗风尚有存者。若是可以为民利也乎？”

吴子曰：“近之矣，然犹未也。彼霸者之为心也，引大利以自向，而搂他人之力以自为固，而民乃后焉。非不知而化，不令而一，异乎吾向之陈者〔26〕，故曰近之矣，犹未也。”

先生曰："三河[27]，古帝王之更都焉[28]，而平阳[29]，尧之所理也[30]，有茅茨[31]、采椽[32]、土型之度[33]，故其人至于今俭啬；有温恭、克让之德，故其人至于今善让；有师锡[34]、佥曰[35]、畴咨之道[36]，故其人至于今好谋而深；有百兽率舞、凤凰来仪、于变时雍之美[37]，故其人至于今和而不怒；有昌言[38]、儆戒之训[39]，故其人至于今忧思而畏祸；有无为[40]、不言、垂衣裳之化[41]，故其人至于今恬以愉，此尧之遗风也。愿以闻于子何如？"

吴子离席而立，拱而言曰："美矣善矣，其蔑有加矣[42]。此固吾之所欲闻也[43]。夫俭则人用足而不淫，让则遵分而进善，其道不斗，谋则通于远而周于事，和则仁之质，戒则义之实，恬以愉则安而久于其道也。至乎哉！今主上方致太平，动以尧为准，先生之言，道之奥者，若果有贡于上，则吾知其易易焉也[44]。举晋国之风以一诸天下，如斯而已矣。"敬再拜受赐。

注释

〔1〕援秦：借助秦国的力量。

〔2〕定周于温：指晋文公平定周室内乱，迎接周襄王复位。温，河南温县。

〔3〕册：皇帝封爵的诏书。　锡：通"赐"。

〔4〕夹辅：在左右辅佐。　纠：督察，维持秩序。　逖（tì）：远，引申为四方。

〔5〕侯伯：各诸侯国的盟主。

〔6〕齐盟：会盟。　践土：郑地，在今河南原阳县西南。

〔7〕低昂：高低俯仰，这里指互相奉献礼品的动作。　玉帛：玉圭和绢帛，诸侯会盟时所带的礼品。

〔8〕春秋：诸侯春天朝见天子叫朝，秋天朝见天子叫请，春秋即朝请。

〔9〕轩车：古代一种前顶较高而有帷幕的车子，供大夫以上乘坐。

〔10〕筵：竹席，长八尺。

〔11〕几：古人席地而坐时有靠背的坐具，长三尺。

〔12〕禽：古代用以进宴的飞禽。　牢：古代用以进宴的牛、羊、猪三牲。　饩（xì）：赠送。　馈：食物。

〔13〕飨（xiǎng）：宴饮，宴会。

〔14〕庭实：诸侯朝见天子或相互访问时，把礼物和贡品陈列在中庭，叫庭实。

〔15〕好赋：爱好写诗。

〔16〕牺、象：酒杯名。

〔17〕赠：赠送。　贿：财物。

〔18〕率：大率，通常。

〔19〕六卿：春秋时晋国的范、中行、知、赵、韩、魏六大家族，或泛指晋国的军队统帅。

〔20〕戎：兵车。

〔21〕丁宁：古代乐器名，似钟而小。

〔22〕埒(liè):相当于。　万乘(shèng):指天子。乘,古时战车,一车四马为乘。

〔23〕旆(pèi):古代军旗上的飘带,用兵则系,罢兵则解。

〔24〕咸:全,都。

〔25〕假:借助。　用:治理。

〔26〕向:以往,从前。

〔27〕三河:河东、河南、河北。

〔28〕更都:交替建立都城。

〔29〕平阳:古地名,在今山西临汾西南。相传尧建都于此。

〔30〕理:治理。

〔31〕茅茨:茅草屋。

〔32〕采椽(chuán):栎木椽,木质低劣。

〔33〕土型:盛菜用的陶器。　度:制度。据记载,尧帝时代,草房屋顶的茅草不剪修,屋椽的木料不刮削,用土瓦罐烧饭。

〔34〕师:众人。　锡:通"赐",这里指提意见。

〔35〕佥(qiān)曰:众人都说话。佥,都。

〔36〕畴:谁。　咨:咨询。这里指皇帝向众臣咨询、讨论治国的方法。

〔37〕于变:随尧的教化而变。　时:是。　雍:和睦。

〔38〕昌言:明言得失。

〔39〕儆戒:让人自己觉悟而不犯错误。

〔40〕无为:无为而治,这里指以德政感化人民,不实行刑治。

〔41〕垂衣裳:指尧帝穿着长大的衣裳,安坐无为,顺应自然,而天下治。

〔42〕蔑有加:好得不能再好了。蔑,没有。

〔43〕闻:使动用法,意为报告,告诉。

〔44〕易易:很容易。

新评

这是一篇政论性的赋体散文。表面看,作者以晋人的身份,出于对家乡的热爱,向世人炫耀自己故乡的山川险固、矿藏丰富、物产富庶、历史悠久、民风淳厚,实际上,文中针对中唐时期战乱频仍、赋税苛重的社会现实,提出了自己治国施政的理想方略:"利民"和"民利"的思想。前者指治国必须的客观物质条件,后者指治国过程中的主观指导思想。他认为"所谓民利,民自利是也",即由人民依靠自己的力量,为自己谋求利益。山川、矿藏、名马、木材、河鱼、池盐,固然是有利于改善人民生活的物质条件,但如果没有开明的政治,没有以民为本的思想,再多的财富也只能被统治者攫取干净,而丝毫不会"利民"。

全文规模宏大,气势磅礴,热情洋溢。文中采用一问一答的形式,层层说理,步步深入,最终揭示命题。其间对晋地山川、物产的描绘,极尽铺陈夸张之能事。这虽然是继承了汉赋的写作特点,但与汉赋相比,柳宗元此文仍有自己独到的地方:汉赋往往突出的是皇家的猎苑、园林、宫殿,肯定的是一族一姓的享受和奢侈，而柳宗元着眼的是一地乃至一国百姓的民生问题，这就从根本上避免了汉赋“劝百讽一”的缺陷，且充分发挥了赋体文的表现功能，从而在思想和艺术上都超过了汉代的大赋。（此文参考了陈霞村、阎凤梧先生的大作《唐宋八大家文选译注》，特作说明且致谢意）

与李翰林建书

题解

本文作于元和四年(809)。李建(？—822)，字杓直，赵郡(今河北赵县)人。翰林，即翰林学士。李建在贞元末、元和初曾任翰林学士。

杓直足下：州传遽至[1]，得足下书，又于梦得处得足下前次一书，意皆勤厚。庄周言，逃蓬藋者[2]，闻人足音，则跫然喜[3]。仆在蛮夷中，比得足下二书，及致药饵[4]，喜复何言！仆自去年八月来，痞疾稍已[5]。往时间一二日作，今一月乃二三作。用南人槟榔馀甘[6]，破决壅隔大过[7]，阴邪虽败，已伤正气。行则膝颤，坐则髀痹[8]。所欲者补气丰血，强筋骨，辅心力，有与此宜者，更致数物。忽得良方偕至，益善。

永州于楚为最南，状与越相类。仆闷即出游，游复多恐。涉野有蝮虺大蜂[9]，仰空视地，寸步劳倦；近水即畏射工沙虱[10]，含怒窃发，中人形影，动成疮痏[11]。时到幽树好石，暂得一笑，已复不乐。何者？譬如囚拘圜土[12]，一遇和景出，负墙搔摩[13]，伸展支体[14]，当此之时，亦以为适，然顾地窥天，不过寻丈[15]，终不得出，岂复能久为舒畅哉？明时百姓，皆获欢乐；仆士人，颇识古今理道，独怆怆如此[16]。诚不足为理世下执事[17]，至比愚夫愚妇又不可得，窃自悼也。

仆曩时所犯[18]，足下适在禁中[19]，备观本末，不复一一言之。今仆癃残顽鄙[20]，不死幸甚。苟为尧人[21]，不必立事程功[22]，唯欲为量移官[23]，差轻罪累[24]，即便耕田艺麻[25]，取老农女为妻，生男育孙，以供力役，时时作文，以咏太平。摧伤之馀，气力可想。假令病尽已[26]，身复壮，悠悠人世，越不过为三十年客耳[27]。前过三十七年，与瞬息无异。复所得者，其不足把玩[28]，亦已审矣[29]。杓直以为诚然乎？

仆近求得经史诸子数百卷，常候战悸稍定[30]，时即伏读，颇见圣人用心、贤士君子立志之分[31]。著书亦数十篇，心病，言少次第[32]，不足远寄，但用自释[33]。贫者士之常，今仆虽羸馁[34]，亦甘如饴矣[35]。

足下言已白常州煦仆[36]，仆岂敢众人待常州耶[37]！若众人，即不复煦仆矣。然常州未尝有书遗仆[38]，仆安敢先焉？裴应叔、萧思谦仆各有书[39]，足下求取观之，相戒勿示人。敦诗在近地[40]，简人事[41]，今不能致书，足下默以此书见之。勉尽志虑[42]，辅成一王之法[43]，以宥罪戾[44]。不悉。宗元白。

注释

〔1〕传遽（chuànjù）：古时乘驿站车马传达公文的使者。

〔2〕藋（diào）：藜类植物。

〔3〕跫（qióng）然：脚步声。

〔4〕药饵：药物。

〔5〕痞(pǐ)疾：中医指胸腹间气机阻塞不舒的一种自觉症状。

〔6〕馀甘：即橄榄。

〔7〕壅隔：指腹中胀满的感觉。　大过：太过。

〔8〕髀（bì）痹：股部或大腿上的肉感到疼痛。

〔9〕蝮：即蝮蛇。一种体色灰褐，有斑纹，头部略呈三角形的毒蛇。　虺（huǐ）：古书上所说的一种毒蛇。

〔10〕射工：又名蜮，或叫射影。古书上记载的一种能致人毙命的水虫。　沙虱：一种传说中的沙中小虫，能钻入人的肌肤，若不及时治疗，可置人死地。

〔11〕疮痏（wěi）：疮疡。

〔12〕圜（yuán）土：牢狱。

〔13〕负墙搔摩：背靠着墙抓挠磨蹭。

〔14〕支体：即肢体。

〔15〕寻：六尺。

〔16〕怆怆：悲痛哀伤。

〔17〕理世：治世，唐时避高宗李治讳，改“治”为“理”。　执事：有职守的人，即官员。

〔18〕曩（nǎng）时：昔时，以前。

〔19〕适在禁中：恰好在皇宫里。

〔20〕癃（lóng）残：指身体衰老病弱。　顽鄙：指思想顽固、识见鄙下。

〔21〕尧人：唐尧时的人民。

〔22〕立事：指建功立业。　程功：建功。

〔23〕量移：指官吏因罪远谪，遇赦酌情调迁近处任职。

〔24〕差：略微。　罪累：罪过。

〔25〕艺麻：种植桑麻。

〔26〕病尽已：病都全部痊愈。已，治好。

〔27〕越不过：当时口语，只不过。

〔28〕把玩：指握在或置在手中赏玩。这儿形容时间过得很快。

〔29〕审：知悉，明白。

〔30〕候:等待。 战悸:颤抖,战栗。

〔31〕分:分际;合适的界限。指圣人在用心做、贤士君子立志去做的那部分事。从上下文看,应指儒家的“立德、立功、立言”的“三不朽”思想。

〔32〕次第:顺序,条理。

〔33〕自释:自我消遣解闷。

〔34〕羸馁(léiněi):瘦弱饥饿。

〔35〕饴(yí):用麦芽制成的糖。

〔36〕白:说也。 常州:地名,这儿指常州刺史李逊,即李建之兄。 煦(xù):温暖,暖和。这里有关照的意思。

〔37〕仆岂敢众人待常州:我哪敢把常州刺史李逊当作一般人来对待。

〔38〕遗(wèi):给予。

〔39〕裴应叔:即裴埙,生平不详。柳宗元集中有《与裴埙书》。 萧思谦:即萧俛,德宗贞元年间进士,曾为翰林学士。柳宗元集中有《与萧翰林俛书》。

〔40〕敦诗:崔群,字敦诗。 近地:指在宫中接近皇帝。当时崔群任翰林学士。

〔41〕简人事:少与人交往。

〔42〕勉尽志虑:形容尽心竭力。

〔43〕一王之法:指一代王朝的法制政令。

〔44〕宥(yòu):赦免。 罪戾:罪过。

新评

这是一封写给老朋友的回信,目的是想通过朋友的努力,让自己早一天离开贬所,回到朝廷,因此,与作者集中回复他人的信,多少有点差异。文章先详细向朋友诉说了自己近期病况的严重,以见贬谪以来处境之艰难;接下去再写永州野外环境的险恶不可游,倾诉自己忧愁虽多但却无以排遣;最后,写自己壮心已逝、万念俱灰,进一步强化居永州期间的心境之苍凉、辛酸。全文基调悲怆呜咽,读之令人泪下,与他文相较,虽不乏瑰诡跌宕之辞气,但风格迥异。为此,前人曾批评本文琐屑细碎(见何焯《义门读书记》),其实,这正是此文不同于他文之处。因为是给最亲近的朋友写信,所谈的又不是有关国家、天下的大事,只是压在心底最深层的肺腑之言,这类书信,无论谁写都会给人以“琐小”的感觉。但这些无法为外人道、只能向挚友诉说的心里话,最能体现一个人的真性情,把处于人生低谷中的作者平时不易表露、或不便表露的细微之情和盘托出,很大程度上成就了这篇文章情思委婉、抒情细腻的特点。即便在千百年后,读此文,仍如与作者对面晤语,只听见饱受疾病、痛苦折磨的柳宗元,不加掩饰地款款道来、娓娓而谈,真诚之至、恳切之至,因而也就感人之至了。

读韩愈所著毛颖传后题

题解

本文作于元和五年(810)在永州司马任上。韩愈曾为毛笔作传,题为《毛颖传》(《韩昌黎集》卷三十六)。柳宗元的妻弟杨诲之在元和五年十一月往临贺省父,途经永州,带给柳宗元这篇文章,作者读后写了下文。

自吾居夷,不与中州人通书[1]。有来南者,时言韩愈为《毛颖传》,不能举其辞,而独大笑以为怪,而吾久不克见[2]。杨子诲之来[3],始持其书,索而读之,若捕龙蛇,搏虎豹,急与之角而力不敢暇[4],信韩子之怪于文也[5]。世之模拟窜窃[6],取青媲白[7],肥皮厚肉,柔筋脆骨,而以为辞者之读之也,其大笑固宜[8]。

且世人笑之也,不以其俳乎[9]?而俳又非圣人之所弃者。《诗》曰:"善戏谑兮,不为虐兮"[10]。《太史公书》有《滑稽列传》[11],皆取乎有益于世者也。故学者终日讨说答问,呻吟习复,应对进退,掬溜播洒[12],则罷惫而废乱,固有"息焉游焉"之说。不学操缦[13],不能安弦。有所拘者,有所纵也。大羹玄酒[14],体节之荐[15],味之至者。而又设以奇异小虫、水草、楂梨、橘柚,苦咸酸辛,虽蜇吻裂鼻[16],缩舌涩齿,而咸有笃好之者[17]。文王之昌蒲菹[18],屈到之芰[19],曾皙之羊枣[20],然后尽天下之奇味以足于口。独文异乎[21]?韩子之为也,亦将弛焉而不为虐欤[22]!息焉游焉而有所纵欤[23]!尽六艺之奇味以足其口欤[24]!而不若是,则韩子之辞,若壅大川焉,其必决而放诸陆[25],不可以不陈也[26]。

且凡古今是非六艺百家,大细穿穴用而不遗者[27],毛颖之功也。韩子穷古书,好斯文[28],嘉颖之能尽其意[29],故奋而为之传,以发其郁积[30],而学者得之励[31],其有益于世欤!是其言也,固与异世者语[32],而贪常嗜琐者[33],犹呫呫然动其喙[34]。彼亦甚劳矣乎[35]!

注释

〔1〕中州:此处泛指中原地区,与四方相对。　书:信。

〔2〕久不克见:很长时间不能看到《毛颖传》。克,能。

〔3〕杨子诲:杨凭之子,柳宗元的妻弟。

〔4〕角:较量,争斗。　暇:空闲,引申为松动,懈怠。

〔5〕信:诚,确实。　怪:新奇。

〔6〕模拟:模仿。　窜窃:窜改剽窃。

〔7〕取青媲白:比喻对偶工整。媲,匹配。这一句批评写作时不注重思想内容而只在词句的对偶华丽上下功夫的缺点。

〔8〕固:本来。　宜:适合,适当。

〔9〕不以其俳乎:不就因为它是游戏取笑的文章吗?俳,诙谐,滑稽。

〔10〕诗:指《诗经》。作者根据“善戏谑兮,不为虐兮”的句子,得出圣人不弃俳文的结论。　善戏谑(xuè):善于开玩笑而不伤害别人。谑,开玩笑。　虐:残暴,引申为伤害。

〔11〕《滑稽列传》:《史记》七十列传中的一篇。

〔12〕掬(jū)溜播洒:指各种应酬的礼节套语。

〔13〕操缦:调弦。

〔14〕大羹:古代祭祀用的肉汁。　玄酒:祭祀用的水。玄,黑色。水本无色,古人习以为黑色。

〔15〕体节:祭祀用的全牲和牺牲的部分肢体。

〔16〕螫吻:刺痛嘴唇。　裂鼻:刺鼻,形容气味强烈。

〔17〕笃:真诚。

〔18〕“文王”句:意为周文王喜欢吃用菖蒲腌的菜。文王,指周文王,武王之父。

〔19〕“屈到”句:意为屈到喜欢吃荠菜。

〔20〕“曾皙”句:意为曾皙喜欢吃羊枣。曾皙,名点,孔子的弟子。以上三句言个人的口味不同,不能强求一律。

〔21〕独文异乎:偏偏文章就不同了吗?

〔22〕弛:放松弓弦,引申为缓和。此言韩愈之文可以娱乐读者而无害处。

〔23〕纵:放纵,指行为自由。

〔24〕六艺:指《诗》、《书》、《礼》、《易》、《乐》、《春秋》。　足其口:满足各种人对文章的不同爱好。

〔25〕决:堤防崩溃。　放诸陆:河水暴发漫溢在地上。

〔26〕陈:陈述。

〔27〕穿穴:犹穿凿。牵强附会的意思。

〔28〕好斯文:喜欢写文章。斯,此。

〔29〕嘉:赞美,表彰。

〔30〕发其郁积:用取笑滑稽的方式抒发蕴积心中的不平之气。

〔31〕得之励:读了这样的文章会受到激励。

〔32〕异世者:不同于流俗的人。

〔33〕贪常嗜琐:贪恋常规和琐细。嗜,贪。

〔34〕呫(chè)呫:多言貌,即喋喋不休。　动其喙:张嘴说话。喙,口也。

〔35〕彼:指讥笑《毛颖传》的人。　甚劳:十分劳苦。

新评

韩愈的《毛颖传》是一篇传奇文,他用艺术虚构的方法创造了毛颖君——毛笔的拟人形象,幽默诙谐,很有艺术感染力。但世人多笑其不合作文常规。作为古文运动的倡导者,柳宗元读了《毛颖传》后,用“若捕龙蛇,搏虎豹,急与之角而力不敢暇”来形容自己的感受，提出了“俳又非圣人之所弃”的文学主张，肯定了传奇文学“学者得之励，其有益于世”的社会作用，文章虽短，却从理论、圣人的言论以及前人对食物口味的不同等方面，说明韩愈这篇文章的合理性。幽默风趣却又很有见地，表现了柳宗元在文学上的开拓创新精神。

愚溪诗序

题解

本文作于元和五年(810)的永州，是柳宗元为他的《八愚诗》写的序。

灌水之阳[1]，有溪焉，东流入于潇水。或曰：“冉氏尝居也，故姓是溪为冉溪。”[2]或曰：“可以染也，名之以其能，故谓之染溪。”余以愚触罪，谪潇水上。爱是溪，入二三里[3]，得其尤绝者家焉[4]。古有愚公谷，今予家是溪，而名莫定，土之居者犹龂龂然[5]，不可以不更也，故更之为愚溪。

愚溪之上，买小丘为愚丘。自愚丘东北行六十步，得泉焉，又买居之，为愚泉。愚泉凡六穴，皆出山下平地，盖上出也。合流屈曲而南，为愚沟。遂负土累石，塞其隘为愚池[6]。愚池之东为愚堂。其南为愚亭。池之中为愚岛。嘉木异石错置，皆山水之奇者，以余故，咸以愚辱焉。

夫水，智者乐也[7]。今是溪独见辱于愚，何哉？盖其流甚下，不可以溉灌；又峻急，多坻石，大舟不可入也；幽邃浅狭，蛟龙不屑，不能兴云雨。无以利世，而适类于余，然则虽辱而愚之，可也。宁武子“邦无道则愚”，智而为愚者也；颜子“终日不违如愚”，睿而为愚者也[8]，皆不得为真愚。今余遭有道，而违于理，悖于事，故凡为愚者莫我若也。夫然，则天下莫能争是溪，余得专而名焉。

溪虽莫利于世，而善鉴万类[9]，清莹秀澈，锵鸣金石，能使愚者喜笑眷慕，乐而不能去也。余虽不合于俗，亦颇以文墨自慰，漱涤万物，牢笼百态，而无所避之。以愚辞歌愚溪，则茫然而不违，昏然而同归，超鸿蒙，混希夷，寂寥而莫我知也。于是作《八愚诗》，纪于溪石上[10]。

注释

〔1〕阳：水北为阳。

〔2〕或曰：有人说。

〔3〕入：指沿溪上行。

〔4〕家：做动词用，居住。
〔5〕龂龂（yǎn）：嘻笑貌。
〔6〕隘：狭隘处。
〔7〕乐：喜好。
〔8〕睿：明智，通达。
〔9〕善鉴万类：擅长照清楚各种事物的美丑好坏。善，擅长。鉴，反映，鉴别。万类，万物，各种事物。
〔10〕纪：同“记”。

新评

本篇是作者为其《八愚诗》（已佚）所作的一篇序文。序中说明了把溪、丘、泉、沟、池、堂、亭、岛八物一概以“愚”题名的缘由。柳宗元虽有才能，且有报国之志，但因不满现实，不愿投机逢迎，最终遭到贬黜，因而是很“愚”的；溪水虽然景色秀美，但地处荒远，于世无用，同样也很“愚”。作者以“愚”自称，以“愚”称溪，在自嘲中反映了自己被排挤、抱负不能施展的愤激之情。

序中首段叙述愚溪得名的由来，顺笔交代“余以愚触罪，谪潇水上”的经历。第二段紧扣诗题“八愚”叙述愚溪八景的方位和其他特征，点明八景称愚乃“以余故，咸以愚辱焉”。第三段进一步说明何以“是溪独见辱于愚”的原因，引出“凡为愚者莫我若也”的一番议论。作者自言“无以利世”，又引宁武子、颜子作陪，一味责己之愚，反话正说，沉痛至极。最后一段由溪虽“无利于世”却自有清溪本色转入“余虽不合于俗，亦颇以文墨自慰”，继而写到作者创作“八愚诗”时，精神意趣与大自然融为一体的境界，使结语落在“八愚诗”上。通篇文章以“愚”字贯穿始终，时写愚溪，时写“愚”人；写“愚”溪之景，抒“愚”人之情。文中愚溪的形象正是作者的化身。人们由愚溪的“见辱于愚”，自然会想到作者故作旷达而以“愚”人自居的义愤，可以看出他对贤愚颠倒的现实是多么地愤恨。作者把牢骚不平隐含在写景叙事之中，词语用意虽十分怨愤、不隐锋芒，但却没有显露太多的痕迹。

愚溪对

题解

本文作于元和五年（810）永州司马任上。愚溪对，回答关于愚溪的问题。

柳子名愚溪而居〔1〕。五日，溪之神夜见梦曰：“子何辱予，使予为愚耶？有其实者，名固从之，今予固若是耶？予闻闽有水，生毒雾厉气，中之者，温屯呕泄〔2〕；藏石走濑，连舻糜解〔3〕；有鱼焉，锯齿锋尾而兽蹄，是食人，必断而跃之，乃仰噬焉。故其名曰恶溪。西海有水，散涣而无力，不能负芥，投之则委靡垫没，及底而后止，故其名曰弱水。秦有水，掎汩泥淖[4]，挠混沙砾，视之分寸[5]，眙若睨壁[6]，浅深险易，昧昧不觌[7]，乃合清渭[8]，以自彰秽迹，故其名曰浊泾。雍之西有水[9]，幽险若漆，不知其所出，故其名曰黑水。夫恶弱，六极也[10]；浊黑，贱名也。彼得之而不辞，穷万世而不变者，有其实也。今予甚清与美，为子所喜，而又功可以及圃畦，力可以载方舟，朝夕者济焉[11]。子幸择而居予，而辱以无实之名以为愚，卒不见德而肆其诬，岂终不可革耶？”

柳子对曰：“汝诚无其实。然以吾之愚而独好汝，汝恶避是名耶？且汝不见贪泉乎？有饮而南者，见交趾宝货之多，光溢于目，思以两手左右攫而怀之，岂泉之实耶？过而往贪焉犹以为名，今汝独招愚者居焉，久留而不去，虽欲革其名不可得矣。夫明王之时，智者用，愚者伏。用者宜迩，伏者宜远。今汝之托也，远王都三千馀里，侧僻回隐，蒸郁之与曹[12]，螺蚌之与居，唯触罪摈辱愚陋黜伏者，日侵侵以游汝[13]，阒阒以守汝[14]。汝欲为智乎？胡不呼今之聪明皎厉握天子有司之柄以生育天下者，使一经于汝，而唯我独处？汝既不能得彼而见获于我[15]，是则汝之实也。当汝为愚而犹以为诬，宁有说耶？”

曰：“是则然矣，敢问子之愚何如而可以及我？”柳子曰：“汝欲穷我之愚说耶？虽极汝之所往，不足以申吾喙[16]；涸汝之所流，不足以濡吾翰。姑示子其略：吾茫洋乎无知，冰雪之交，众裘我絺[17]；溽暑之铄，众从之风，而我从之火。吾荡而趋，不知太行之异乎九衢，以败吾车；吾放而游，不知吕梁之异乎安流[18]，以没吾舟。吾足蹈坎井，头抵木石，冲冒榛棘，僵仆虺蜴[19]，而不知怵惕。何丧何得，进不为盈，退不为抑，荒凉昏默，卒不自克。此其大凡者也。愿以是污汝可乎？”

于是溪神深思而叹曰：“嘻！有馀矣，其及我也。”因俯而羞，仰而吁，涕泣交流，举手而辞。一晦一明，觉而莫知所之。遂书其对。

注释

〔1〕名愚溪而居：把一条溪水取名为愚溪，并在那里居住下来。

〔2〕温屯：发烧不退。屯，积聚。

〔3〕舻：大船。　縻：烂。　解：散。

〔4〕掎：牵引，夹带。

〔5〕视之分寸：靠得很近去看。

〔6〕眙：正面看。　睨：斜视。

〔7〕昧昧：不清楚的样子。

〔8〕清渭：泾渭，即泾水和渭水。清，疑为泾。泾水发源于甘肃笄头山，渭水发源于甘肃乌鼠山。泾水流至陕西高陵内入渭水。泾浊渭清，即泾渭分明。

〔9〕雍：古州名，包括今陕西中部和西部、甘肃、宁夏、青海一带。

〔10〕六极：古称"疾，忧，贫，恶，弱，凶"这六种不好的事情为六极。

〔11〕济：渡河。

〔12〕蒸郁：闷热的雾气。　曹：同伴。

〔13〕侵侵：频繁的意思。

〔14〕闯闯：毫无拘束的样子。

〔15〕见获于我：被我获得，这里是得到我的喜爱的意思。

〔16〕喙：嘴巴。这里指言论。

〔17〕絺(chī)：细葛布，这里指单衣。

〔18〕吕梁：水名，在今江苏铜山县东南，亦称吕梁洪。

〔19〕虺(huǐ)：毒蛇。　蜴：蜥蜴。

新评

本篇与《愚溪诗序》一样，亦借溪名为题，假托自述己愚以发泄政治上遭受打击后的愤懑，对当时善恶颠倒、愚智莫辨的社会现实进行了辛辣的讽刺和猛烈的抨击。文章采用灵动变化的对问形式，通过一连串生动的比喻，淋漓尽致地写出了作者的种种"愚相"，表达了自己虽面对黑暗现实而坚持"不知怵惕"的决心，文中称赞愚溪之辞实际上也都是"柳子自嘲，并以自矜"的反话。文章中反语和双关语的成功运用，使全文语言冷峻犀利，很大程度上增强了艺术表达效果。

送元十八山人南游序

题解

此文作于永州司马任上。元十八山人，即河南人元集虚。从作者称他为山人，可看出这是一位隐居山林的高士，柳宗元因十分钦佩他的学问、道德，因而与他甚为相得，并写此文为他南游送行。

太史公尝言〔1〕：世之学孔氏者〔2〕，则黜老子〔3〕，学老子者，则黜孔氏，道不同不相为谋。余观老子，亦孔氏之异流也，不得以相抗〔4〕，又况杨、墨、申、商〔5〕，刑名纵横之说〔6〕，其迭相訾毁、抵捂而不合者〔7〕，可胜言耶？然皆有以佐世〔8〕。太史公没〔9〕，其后有释氏〔10〕，固学者之所怪骇舛逆其尤者也〔11〕。

今有河南元生者〔12〕，其人闳旷而质直〔13〕，物无以挫其志〔14〕；其为学恢博而贯统[15]，数无以踬其道[16]。悉取向之所以异者[17]，通而同之[18]，搜择融液[19]，与道大适，咸伸其所长，而黜其奇衺[20]，要之与孔子同道[21]，皆有以会其趣[22]，而其器足以守之[23]，其气足以行之[24]。不以其道求合于世[25]，常有意乎古之"守雌"者[26]。

及至是邦[27]，以余道穷多忧[28]，而尝好斯文，留三旬有六日，陈其大方[29]，勤以为谕[30]，余始得其为人[31]。今又将去余而南，历营道[32]，观九疑[33]，下漓水[34]，穷南越[35]，以临大海[36]，则吾未知其还也。黄鹄一去[37]，青冥无极[38]，安得不冯丰隆、诉蜚廉[39]，以寄声于寥廓耶[40]！

注释

〔1〕太史公：指《史记》作者司马迁，他曾任太史令。

〔2〕孔氏：即孔子，他是儒家学派的创始人。

〔3〕老子：即李耳，又叫老聃，他是道家学派的创始人。

〔4〕相抗：指相互抵抗。

〔5〕杨、墨、申、商：杨，指杨朱，稍晚于墨子的学者，反对墨子的"尚贤"、"兼爱"而提出"重己"、"贵生"，不以物累，拔一毛利天下而不为，著作已失传。墨，指墨翟，战国前期宋国人，墨家学派的创始人。申，指申不害。商，指商鞅，均为法家的代表。

〔6〕刑名：即形名，原指事物形体和名称的关系，在此指研究形名关系的名家学派。 纵横：指纵横家。

〔7〕訾(zī)毁：诋毁。 抵捂：冲突。

〔8〕佐世：佐，辅佐，辅助。佐世是指对治理社会有辅助作用。

〔9〕没：通"殁"，逝世。

〔10〕释氏：佛教始祖为释迦牟尼，因而后世称佛教为释氏。

〔11〕怪骇舛(chuǎn)逆：怪骇，惊奇，惊恐。舛逆，违背常规常理。

〔12〕元生：即元十八。

〔13〕其人闳旷而质直：指他为人心境阔大旷达并且品德诚朴正直。

〔14〕物：外物，在此指一些身外之物。

〔15〕其为学恢博而贯统：这句是说他研究佛学视野恢宏广博并能融会贯通。

〔16〕数：指儒家的礼乐制度。 踬：在此是妨碍的意思。

〔17〕悉：尽，全。

〔18〕同：统一。

〔19〕搜择：探求选择。 融液：融合的意思。

〔20〕奇衺(xié)：不正的意思。衺，同"斜"。

〔21〕要之：总之。

〔22〕趣：宗旨，旨趣。

〔23〕器：器量，气度。

〔24〕气：精神，气质。

〔25〕求合：寻求一致相同。

〔26〕守雌：语出《老子》："知其雄，守其雌，为天下溪；知其荣，守其辱，为天下谷。"所以后称内刚

外柔，不与人争名利的人为守雌者。

〔27〕是邦：在此指永州。

〔28〕道穷多忧：作者是说自己遭到贬谪到永州。

〔29〕陈：陈述，讲解。　大方：重要的道理。

〔30〕谕：晓谕，教导。

〔31〕余始得其为人：这句的意思是我才了解元十八的人品。

〔32〕营道：地名，在今湖南道县。

〔33〕九疑：即九疑山，在今湖南宁远县南。

〔34〕漓水：即漓江，在今广西境内。

〔35〕南越：古代称今广东、广西一带。

〔36〕大海：指南海。

〔37〕黄鹄：天鹅。在此指元十八。

〔38〕青冥：幽远的苍天。

〔39〕丰隆：古代神话中的云神名字，在此代指云。　蜚廉：又作“飞廉”，古代神话中的风神，在此代指风。

〔40〕寥廓：广阔的天空。

新评

本文借送别而论学术，在论学的同时自然而然地赞扬了元十八的学问与人品，充分表现了作者自己对为人、为学的态度。文章本着“佐世”的目的，期望能把儒、释、道统合起来，韩愈读过此文之后，曾写信批评柳宗元“不斥浮图”，但这的确是柳宗元的一贯观点。文末流露出作者贬谪永州时的寂寞情怀，以及客中送友的惆怅之情，感情真挚、意味悠长；语言廉悍，行文简洁。不仅具有很强的可读性，而且是研究柳宗元的难得资料。

送僧浩初序

题解

本文作于元和六年(811)，时柳宗元为柳州刺史。浩初是龙安海禅师的弟子。当时浩初要离开柳州，柳宗元写此文相送。

儒者韩退之与余善[1]，常病余嗜浮图言[2]，訾余与浮图游[3]。近陇西李生础自东都来[4]，退之又寓书罪余[5]，且曰：“见《送元生序》，不斥浮图[6]。”浮图诚有不可斥者，往往与《易》、《论语》合，诚乐之，其于性情奭然[7]，不与孔子异道。退之好儒未能过扬子[8]，扬子之书于庄、墨、申、韩皆有取焉[9]。浮图者，反不及庄、墨、申、韩之怪僻险贼耶[10]？曰：

"以其夷也[11]。"果不信道而斥焉以夷,则将友恶来、盗跖[12],而贱季札、由余乎[13]?非所谓去名求实者矣。吾之所取者与《易》、《论语》合,虽圣人复生不可得而斥也。

退之所罪者其迹也[14],曰:"髡而缁[15],无夫妇父子,不为耕农蚕桑而活乎人。"若是,虽吾亦不乐也。退之忿其外而遗其中[16],是知石而不知韫玉也[17]。吾之所以嗜浮图之言以此。与其人游者,未必能通其言也。且凡为其道者,不爱官,不争能,乐山水而嗜闲安者为多[18]。吾病世之逐逐然唯印组为务以相轧也[19],则舍是其焉从? 吾之好与浮图游以此。

今浩初闲其性,安其情,读其书,通《易》、《论语》,唯山水之乐,有文而文之;又父子咸为其道,以养而居,泊焉而无求[20],则其贤于为庄、墨、申、韩之言,而逐逐然唯印组为务以相轧者,其亦远矣。

李生础与浩初又善。今之往也,以吾言示之。因北人寓退之[21],视何如也。

注释

〔1〕韩退之:韩愈字退之。

〔2〕浮图:也作浮屠。梵语 Buddha 的音译。指佛教或佛教徒。

〔3〕訾(zī):诋毁。　游:交往。

〔4〕陇西:地名,今甘肃陇西县一带。　李生础:即李础,贞元十九年进士,时为湖南从事。　东都:唐时东都为洛阳。

〔5〕寓:寄,寄托。

〔6〕《送元生序》:即柳宗元的《送元十八山人序》。

〔7〕奭(shì)然:旷达开阔。奭,消散,消释。

〔8〕扬子:即扬雄,西汉文学家、哲学家、语言学家。

〔9〕庄:庄子,名庄周,先秦道家代表人物之一。　墨:墨翟,墨家学派的创始人。　申:申不害,战国中期法家人物。　韩:韩非,战国末期法家代表人物,也是法家学说的集大成者。

〔10〕怪僻:奇特乖邪,违反常理。　险贼:邪恶有害。

〔11〕夷:古代对异族的贬称。这里指外国或外国人。

〔12〕恶来:风神飞廉的儿子,力气很大。　盗跖:即柳下跖,春秋时的大盗。这里用来借指作乱反叛者。

〔13〕季札:吴王寿梦的少子,贤明博学,屡辞君位,是历史上有名的贤人。　由余:晋人,曾流亡西戎,后奔秦,为秦穆公时著名的贤大夫。

〔14〕迹:脚印,行踪。这里引申为外部行为,外表。

〔15〕髡:削发。　缁:黑衣,这里指僧尼所穿的青黑色的衣服。

〔16〕忿(fèn):愤怒,怨恨。

〔17〕韫(yùn)玉:石头里面包藏着玉石。

〔18〕嗜闲安者：喜欢闲适安逸的人。

〔19〕逐逐然：极力追求，一定要得到的样子。　印组：古代佩印用组（丝带），这里为做官的代称。　相轧：互相排挤、倾轧。

〔20〕泊焉：淡泊的样子，指不追求功名利禄。

〔21〕因：趁着。　北人：此指去北边的人。

新评

韩愈曾批评柳宗元"嗜浮图言"，读《送元十八山人序》后，特意托李础带书信到永州，责难柳宗元"不斥浮图"。正值僧人浩初要离开柳州，柳宗元借此文加以辩解。在文中，柳宗元提出了佛理往往和儒家的经典——《易》、《论语》中的观点相和，可谓"不与孔子异道"，因而他认为不能"忿其外而遗其中"，而应"去名求实"。韩愈不遗余力地排佛，自有他不得不为之的道理，但他对佛学并不是很了解，正如柳宗元所说，他是"知石而不知韫玉也"。柳宗元濡染佛学颇深，他虽然也不满意佛教徒"髡而缁，无夫妇父子，不为耕农蚕桑而活乎人"，但他能平心静气地对待佛学理论，且喜欢僧人们往往"不爱官、不争能，乐山水而嗜闲安者为多"。"吾病世之逐逐然唯印组为务以相轧也，则舍是其焉从？"他的态度也不是完全不可取，尤其是他表现出的统合儒释的观点，深深地影响到其后的宋朝人。

这篇序文的结构十分独特。送别僧人浩初，却从自己与韩愈的思想分歧写起，文章用了大量的篇幅，紧紧围绕韩愈"病余嗜浮图言，訾余与浮图游"两个方面来写，耐心答辩，详加解释。初看上去，似乎离题万里，但在说明自己为何喜与浮屠"言"与"游"的原因之后，自然而然地将话题转到浩初便是佛教人士中的代表人物上，自己所不乐浮屠者，浩初身上一点也没有沾染；自己所喜欢的浮屠的优点，则在他身上表现得十分明显。这样写，既巧妙地辩解了韩愈的指责，又非常自然地关合了题目，可谓一举两得。孙琮在《山晓阁选唐大家柳柳州全集》卷二中说："只是欲说自己喜与浩初游，乐与浩初言，先说出两大段浮屠之言可嗜，浮屠之人可游，为一篇断案。欲写此两段断案，先借退之病馀与浮屠言，与浮屠游二段，为一篇翻案。于是翻案在前，断案在中，定案在后，便将自己出豁得干干净净，真是绝不费力文字。"

祭吕衡州温文

题解

本文作于元和六年（811）永州司马任上。吕衡州温，即衡州刺史吕温。吕温和柳宗元志同道合，思想上都服膺陆贽，政治上与王叔文厚善，并且两人都爱好古文写作。

维元和六年[1]，岁次辛卯[2]，九月癸巳朔某日[3]，友人守永州司马员外置同正员柳宗元[4]，谨遣书吏同曹、家人襄儿[5]，奉清酌庶羞之奠[6]，敬祭于吕八兄化光之灵[7]。

呜呼天乎！君子何厉[8]？天实仇之[9]；生人何罪[10]？天实雠之[11]。聪明正直，行为君子，天则必速其死。道德仁义，志存生人，天则必夭其身[12]。吾固知苍苍之无信[13]，莫莫之无神[14]，今于化光之殁[15]，怨逾深而毒逾甚[16]，故复呼天以云云。

天乎痛哉！尧、舜之道，至大以简[17]；仲尼之文，至幽以默[18]。千载纷争[19]，或失或得，倬乎吾兄[20]，独取其直[21]。贯于化始[22]，与道咸极[23]。推而下之，法度不忒[24]。旁而肆之[25]，中和允塞[26]。道大艺备，斯为全德[27]。而官止刺一州[28]，年不逾四十，佐王之志，没而不立[29]，岂非修正直以召灾，好仁义以速咎者耶[30]？

宗元幼虽好学，晚未闻道，洎乎获友君子[31]，乃知适于中庸[32]，削去邪杂[33]，显陈直正[34]，而为道不谬，兄实使然[35]。呜呼！积乎中不必施于外，裕乎古不必谐于今，二事相期[36]，从古至少，至于化光，最为太甚[37]。理行第一[38]，尚非所长，文章过人，略而不有[39]，素志所蓄[40]，巍然可知[41]。贪愚皆贵，险很皆老[42]，则化光之夭厄，反不荣欤？所恸者志不得行[43]，功不得施[44]，蚩蚩之民[45]，不被化光之德；庸庸之俗，不知化光之心。斯言一出[46]，内若焚裂[47]。海内甚广，知音几人？自友朋凋丧[48]，志业殆绝[49]，唯望化光伸其宏略，震耀昌大，兴行于时，使斯人徒，知我所立。今复往矣，吾道息矣！虽其存者，志亦死矣！临江大哭[50]，万事已矣！穷天之英[51]，贯古之识[52]，一朝去此，终复何适？

呜呼化光！今复何为乎[53]？止乎行乎？昧乎明乎[54]？岂荡为太空与化无穷乎[55]？将结为光耀以助临照乎[56]？岂为雨为露以泽下土乎？将为雷为霆以泄怨怒乎？岂为凤为麟、为景星为卿云以寓其神乎[57]？将为金为锡、为圭为璧以栖其魄乎[58]？岂复为贤人以续其志乎？将奋为神明以遂其义乎[59]？不然，是昭昭者其得已乎[60]，其不得已乎？抑有知乎，其无知乎？彼且有知，其可使吾知之乎？幽明茫然[61]，一恸肠绝。呜呼化光！庶或听之[62]。

注释

〔1〕维:用在句首的助词,和表示时间的词语配合,起突出时间的作用。
〔2〕岁次:即年次。每年岁星(木星)所值的星次及其干支称岁次。
〔3〕朔:农历每月的初一日。
〔4〕守:署理。唐代官阶低而所任官职高称守。　永州司马员外置同正员:柳宗元在永州官衔的全称。
〔5〕书吏同曹:掌管文书的小吏,名叫同曹。　家人襄儿:家中的仆人,名叫襄儿。
〔6〕清酌:祭奠时用的酒。　庶羞:多种美味佳肴。
〔7〕吕八兄化光:吕温,字化光,排行第八。　灵:灵位。
〔8〕厉:恶,过错。
〔9〕实:句中语气词,用以加强语意。　仇:恨。
〔10〕生人:生民,即人。
〔11〕雠:仇敌,引申为仇恨。
〔12〕夭:短命。
〔13〕苍苍:深青色,指天。
〔14〕莫莫:同"漠漠",广大无边的样子,这里指天地之间。
〔15〕殁:逝世。
〔16〕逾:通"愈",更加。　毒:恨。
〔17〕至大以简:最伟大而又最简单。
〔18〕至幽以默:最深刻而又说得很少。　默:不语,这里是说得不多的意思。
〔19〕纷争:争执。
〔20〕倬:高大、显著的样子。
〔21〕直:正确的道理,指儒家的大中之道。
〔22〕贯:贯通。　化:指化生的万物。
〔23〕极:终极。
〔24〕法度:规矩。　忒(tè):差错。
〔25〕旁:广泛。　肆:毫无拘束。
〔26〕中和:中正和平。　允:得当。　塞:充实。
〔27〕全德:道德高尚完备的人。
〔28〕刺:担任刺史。
〔29〕没:埋没。　立:实现。
〔30〕速咎:招致灾祸。速,招致
〔31〕洎(jì):及,到。　君子:指吕温。
〔32〕适:追求。　中庸:儒家的最高道德标准。
〔33〕削去:剔除。　邪杂:指"中庸"以外的思想。
〔34〕直正:正确的理论,指中庸之道。
〔35〕兄:对朋友的尊称,书信中常用。
〔36〕二事:指中与外,古与今。　相期:一致。
〔37〕太甚:特别严重。
〔38〕理行:治理政务。

〔39〕略而不有:指吕温对自己的文学才华忽视,不自以为有。

〔40〕素志:平生志向。　蓄:包藏。

〔41〕巍然:高大的样子。

〔42〕很:同"狠"。

〔43〕恸:极度悲哀。

〔44〕功:功业,事业。　施:施行,完成。

〔45〕蚩蚩:无知的样子。

〔46〕斯言:指上文"所恸者"六句。

〔47〕内:指五内,即五脏。

〔48〕友朋:志同道合的人。　凋:遭受摧残。　丧:逝世。指永贞革新中的进步人士,遭受打击,有的逝世。

〔49〕志业:志向和功业。

〔50〕临江大哭:吕温葬于江陵,正在长江畔。

〔51〕穷天之英:天地间最杰出的人才。

〔52〕贯古之识:指贯通古今的博学之士。

〔53〕今复何为乎:现在又变化成什么呢?

〔54〕昧:幽暗,指无形的冥冥世界。　明:指有形的现实世界。

〔55〕荡:游荡。　太空:很高的天空。

〔56〕结:凝聚。　临照:指日月。

〔57〕景星:古人观念中的祥瑞之星。　卿云:又名庆云,一种云彩,古时以为祥瑞之气,是天下太平的征兆。

〔58〕圭、璧:玉器名。　魄:古人认为,人有精灵,离形体而存在的叫魂,依形体而存在的叫魄。

〔59〕遂:实现。　义:道理,理论,这里指理想。

〔60〕昭昭者:指明白事理的人。　已:止。这里指安息。

〔61〕幽:指阴间。　明:指阳间。

〔62〕庶:可能。

新评

吕温和柳宗元不仅是表兄弟,且同属于王叔文革新集团,他们有共同的政治理想。所以吕温去世后,作者悲痛异常。这篇祭文表达的不是因骨肉之痛引起的悲伤,而是对同一营垒中志同道合者的悼念。文中极力赞美的是吕温的道德文章和他的远大理想,深切悲悼的是他道不得行、功不得施的命运,以及对黑暗现实的激烈愤恨。吕温的死,触发了作者长期以来因"友朋凋丧,志业殆绝"而引起的悲愤心情。他哭吕温,也是在为自己和战友们的不平遭遇伤心;明祭吕温,暗悼永贞革新。所以祭文写得激切沉痛,悲怆哀叹之中,寓有愤恨之情。章士钊《柳文指要》卷四十,称此文是"子厚祭文中最真挚者"。

零陵三亭记

题解

本文作于永州司马任上。文章通过对零陵三亭的描写，阐释了优美环境给予人心理、行为的良好影响。“三亭”即读书亭、湘秀亭、俯清亭。均在零陵郊外东山之麓。

邑之有观游[1]，或者以为非政[2]，是大不然[3]。夫气烦则虑乱，视壅则志滞[4]。君子必有游息之物[5]，高明之具[6]，使之清宁平夷，恒若有馀[7]，然后理达而事成[8]。

零陵县东有山麓，泉出石中，沮洳污涂[9]，群畜食焉，墙藩以蔽之，为县者积数十人[10]，莫知发视[11]。河东薛存义，以吏能闻荆、楚间，潭部举之[12]，假湘源令[13]。会零陵政庞赋扰[14]，民讼于牧[15]，推能济弊，来莅兹邑[16]。遁逃复还[17]，愁痛笑歌[18]，逋租匿役[19]，期月辨理[20]。宿蠹藏奸[21]，披露首服[22]。民既卒税[23]，相与欢归道途，迎贺里闾[24]。门不施胥吏之席[25]，耳不闻鼙鼓之召[26]。鸡豚糗醑[27]，得及宗族。州牧尚焉[28]，旁邑仿焉[29]。然而未尝以剧自挠[30]，山水鸟鱼之乐，澹然自若也[31]。乃发墙藩[32]，驱群畜，决疏沮洳[33]，搜剔山麓[34]。万石如林，积坳为池[35]。爰有嘉木美卉[36]，垂水藂峰[37]，珑玲萧条[38]，清风自生，翠烟自留，不植而遂[39]。鱼乐广闲，鸟慕静深，别孕巢穴，沉浮啸萃[40]，不畜而富。伐木坠江，流于邑门。陶土以埴[41]，亦在署侧[42]。人无劳力[43]，工得以利[44]。乃作三亭，陟降晦明[45]，高者冠山巅，下者俯清池。更衣膳饔，列置备具，宾以燕好[46]，旅以馆舍[47]。高明游息之道[48]，具于是邑，由薛为首[49]。

在昔裨谌谋野而获[50]，宓子弹琴而理[51]。乱虑滞志，无所容入[52]。则夫观游者，果为政之具欤[53]？薛之志[54]，其果出于是欤？及其弊也，则以玩替政[55]，以荒去理[56]。使继是者咸有薛之志[57]，则邑民之福，其可既乎[58]？余爱其始，而欲久其道[59]，乃撰其事以书于石。薛拜手曰[60]：“吾志也。”遂刻之。

注释

〔1〕观游：观赏游息的阁楼亭台。

〔2〕非政:与政事无关。
〔3〕是大不然:这种认识极不正确。
〔4〕视壅:视野狭隘。 志滞:思维不敏捷,思想呆滞。
〔5〕游息之物:游乐场所。
〔6〕高明之具:高雅的设施、设备。
〔7〕恒:经常,常常。 徐:安逸,舒适。
〔8〕理达:思理通顺。 事成:办事有成效。
〔9〕沮洳(jùrù):低湿之地。
〔10〕为县者:做县令的人。 积:累计。
〔11〕莫知:不知道。 发视:开发。
〔12〕潭部:指湖南观察使,当时湖南观察使又兼任潭州刺史,故称潭部。
〔13〕假:代理。
〔14〕会:正碰上,恰逢上。 政厖(páng):政事杂多纷乱。 赋扰:赋税繁多。
〔15〕牧:地方长官,在此指永州刺史。
〔16〕来莅:临,到来,引申为主持政事。
〔17〕逋逃复还:逃亡的人返回到家园。
〔18〕愁痛笑歌:悲愁伤痛的人们恢复了欢声笑语。
〔19〕逋:逃避。 匿:隐藏,躲避。
〔20〕期(jī)月:一个月。
〔21〕宿蠹(dù):很久以来危害社会的坏人。蠹,蛀虫。 藏奸:隐藏的坏人。
〔22〕披露:被揭发。 首服:自首服罪。
〔23〕卒税:交纳完赋税。
〔24〕里闾:里巷,乡里。此指街道,巷道。
〔25〕胥吏:地方下级小吏。
〔26〕鼛(gāo)鼓之召:指击鼓聚众。鼛鼓,古代有事时用来召集人的一种大鼓。
〔27〕糗(qiǔ):炒熟的米麦,在此泛指干粮。 醑(xǔ):美酒,过滤了渣的清酒。
〔28〕尚:崇尚,嘉奖。
〔29〕仿:仿效,效法。
〔30〕剧:繁多,繁忙。 挠:干扰。
〔31〕澹然:安闲恬静的样子。
〔32〕乃发墙藩:于是拆除墙壁和篱笆。
〔33〕决:排除壅塞。 疏:疏通。
〔34〕搜剔:除去,铲除。
〔35〕积坳为池:指积累石坳边使之成为池塘。坳(ào),低凹的地方。
〔36〕爰:连词,于是,就。
〔37〕垂水:瀑布。 藂(cóng)峰:指草木丛生的山峰。藂,丛生的草木。
〔38〕珑玲:指瀑布清明。 萧条:本意为寂寞冷落,凋零,在此指幽深寂静。
〔39〕植:种植。 遂:完成,引申为出现。
〔40〕沉浮:在此指代游鱼。 啸萃:指鸟鸣叫聚集于林中。
〔41〕陶土以埴:指烧砖瓦。

〔42〕署侧:指在县衙附近。

〔43〕人无劳力:不需要多少劳力。

〔44〕工得以利:修建三亭的工程却有很好的效果。

〔45〕陟(zhì):由低处向高处走,与“降”相对。　晦:暗,与“明”相对。

〔46〕宾以燕好:指友好地接待宾客。燕好,友好。

〔47〕旅以馆舍:把客人安置在旅馆。

〔48〕高明游息之道:高雅的消遣方式。

〔49〕由薛为首:从薛存义开始。

〔50〕裨谌(chén):人名,春秋时郑国大夫。《左传·襄公三十一年》:“裨谌能谋,谋于野则获,谋于邑则否。”　谋野而获:在山野里思考就能获得好的结果。

〔51〕宓(mì)子:宓不齐,字子贱,春秋时鲁国人,他是孔子的弟子,曾在单(shàn)父这个地方做官。弹琴而理:这是说宓子在堂上弹琴,任用贤士,把地方治理得很好。

〔52〕无所容入:都不能被容纳进来。意思是全都被排除。

〔53〕果为政之具欤:果真是政事所应具备的条件吗?

〔54〕薛之志:指薛存义的想法。

〔55〕以玩替政:因为玩乐而荒废了政事。替,废弃。

〔56〕以荒去理:因为荒废了政事而放弃了治理。去,放弃,去掉。

〔57〕继是者:继薛存义为零陵县令的人。　咸:全,都。

〔58〕既:穷尽,终尽。

〔59〕道:这里指薛存义正确处理好“观游”和为政的做法。

〔60〕拜手:古代男子跪拜礼的一种,跪后两手相拱,俯头至手。

新评

本文是一篇记叙散文,但却以议论领起,作者在辨清“观游”与为政两者之间的关系后,紧紧围绕着薛存义修三亭和三亭对薛存义为政的帮助展开全文,末尾,又用裨谌、宓子贱回应论点,并对后继者提出切莫“以玩替政,以荒去理”的忠告。柳宗元提出了营造优美的环境对人的精神、心情乃至决策施政都有着重要的影响,这一观点在他之前还未见有人论述过,因而,读来格外令人感到新颖。在今天,当我们已经充分认识到居住环境重要性的时候,重温这篇文章,你不能不为作者所具备的科学知识、前瞻意识而击节赞叹。

送薛存义之任序

题解

此篇赠序,写于永州司马任上。清人陈景云《柳集点勘》中考证此文说:“一本题中无‘之任’二字为是。文中言‘假令零陵二年’,则非初之官也。观篇末‘不得与考绩幽明之说’,盖惜其去官而送之。”陈氏之说甚是。详审此文,柳宗元的同乡河东薛存义当时代理永州零陵县令，离任之前，作者写此序以送之。薛存义,生平事迹不详。

河东薛存义将行[1],柳子载肉于俎[2],崇酒于觞[3],追而送之江之浒[4],饮食之。且告曰:“凡吏于土者[5],若知其职乎[6]?盖民之役[7],非以役民而已也[8]。凡民之食于土者[9],出其十一佣乎吏[10],使司平于我也[11]。今受其直怠其事者[12],天下皆然。岂惟怠之,又从而盗之[13]。向使佣一夫于家,受若直,怠若事,又盗若货器[14],则必甚怒而黜罚之矣[15]。以今天下多类此,而民莫敢肆其怒与黜罚何哉[16]?势不同也[17]。势不同而理同,如吾民何?有达于理者[18],得不恐而畏乎!”

存义假令零陵二年矣[19]。蚤作而夜思[20],勤力而劳心,讼者平[21],赋者均,老弱无怀诈暴憎[22]。其为不虚取直也的矣[23],其知恐而畏也审矣[24]。

吾贱且辱,不得与考绩幽明之说[25];于其往也,故赏以酒肉而重之以辞。

注释

〔1〕河东:今山西永济市。

〔2〕载肉于俎(zǔ):把肉放于盘中。载,放。俎,原指古代祭祀时用以盛肉食祭品的器皿,柳宗元以此称盘,表敬重之意。

〔3〕崇:充满。　觞(shāng):古代盛酒的器具。

〔4〕浒(hǔ):水边。

〔5〕凡吏于土者:所有在地方上做官的人。

〔6〕若:你,汝。

〔7〕民之役:百姓的仆役。此处“役”为名词。

〔8〕役民:奴役百姓。此处“役”作动词用。

〔9〕食于土者:依靠耕田而生的农民。

〔10〕十一:十分之一。　佣乎吏:雇佣官吏。

〔11〕司:职掌,主管。　平:公平治理。

〔12〕直:同“值”,此指官员的俸禄。　怠其事:不认真给百姓办事。

〔13〕盗:偷也,此指官员的巧取豪夺、贪污浪费行为。

〔14〕货器:财物及金银饰物。

〔15〕黜(chù):贬斥,驱逐。

〔16〕肆:发泄,表现出来。

〔17〕势不同:指官民之间势力不相当。

〔18〕达:通达,明白。　理:事理,道理。

〔19〕假令:代理县令。假,代理。

〔20〕蚤作:早早起来办公事。蚤,通"早"。

〔21〕讼者平:打官司的人都得到公平处理。

〔22〕怀诈:内怀欺诈。 暴憎:外露憎恨。

〔23〕不虚取直:不白拿俸禄。 的(dí):确实,的确。

〔24〕审:清楚,明白。

〔25〕与:参与。 考绩:指古时对各级官员政绩的考核。 幽:黑暗,此指政绩低劣。 明:明亮,此指政绩优异。 说:此指发表意见。

新评

在古代中国,地方官称"父母官",老百姓称"子民",一些地方绅士,还常常用"爱民如子"来感激、赞美那些为官一方且有政绩的人。姑且先别说那些残暴苛酷的贪官,即便那些有政声的清廉之士,以高高在上的"家长"自居,实在也是搞错了自己和民众的关系。柳宗元以极为敏锐的观察力,在一千多年前就明确指出:老百姓和官吏的关系,其实是主仆之间的关系,前者用自己劳动所得的十分之一雇佣后者,让其"司平于我",可恶的是,那些大大小小的官吏,居然还"受其直怠其事","又从而盗之"。这种振聋发聩的宏论,直到今天仍然有其现实意义。

文不在长,有超人的识见便可以永存不朽,这篇文章之所以受到后人的重视,很大的原因就是其立论的精警。行文过程中,作者前规后颂,转换自如;借端言理,开合有致。虽通篇议论,偶带说明,但读来不觉其枯燥和乏味;直言曲言,援类比拟,硬是用小小的篇幅写出了天大的道理。

永州韦使君新堂记

题解

唐宪宗元和七年(812),韦彪出任永州刺史,到任月馀,即营造了新堂。当时柳宗元正谪居永州,韦便请他为新堂作记,柳宗元遂写下了这篇写景状物曲尽其妙、运思谋篇深具匠心的《永州韦使君新堂记》。柳宗元贬永州十年,其刺史姓韦者有二人,据韩醇考证,本文的韦使君为韦彪。

将为穹谷嵁岩渊池于郊邑之中〔1〕,则必辇山石〔2〕,沟涧壑〔3〕,凌绝险阻〔4〕,疲极人力,乃可以有为也。然而求天作地生之状,咸无得焉〔5〕。逸其人〔6〕,因其地,全其天〔7〕,昔之所难,今于是乎在〔8〕。

永州实惟九疑之麓〔9〕,其始度土者〔10〕,环山为城。有石焉,翳于奥草〔11〕;有泉焉,伏于土涂〔12〕。蛇虺之所蟠〔13〕,狸鼠之所游〔14〕,茂树恶木，嘉葩毒卉，乱杂而争植，号为秽墟〔15〕。韦公之来既逾月，理甚无事〔16〕，望其地，且异之。始命芟其芜〔17〕，行其涂〔18〕，积之丘如，蠲之浏如〔19〕。既焚既酾〔20〕，奇势迭出，清浊辨质，美恶异位。视其植，则清秀敷舒；视其蓄，则溶漾纡馀。怪石森然〔21〕，周于四隅，或列或跪，或立或仆，窍穴逶邃〔22〕，堆阜突怒〔23〕。乃作栋宇，以为观游。凡其物类，无不合形辅势，效伎于堂庑之下〔24〕。外之连山高原，林麓之崖，间厕隐显。迩延野绿，远混天碧，咸会于谯门之外〔25〕。

已乃延客入观〔26〕，继以宴娱。或赞且贺〔27〕，曰："见公之作，知公之志。公之因土而得胜〔28〕，岂不欲因俗以成化〔29〕？公之择恶而取美〔30〕，岂不欲除残而佑仁〔31〕？公之蠲浊而流清〔32〕，岂不欲废贪而立廉？公之居高以望远，岂不欲家抚而户晓〔33〕？夫然，则是堂也，岂独草木土石水泉之适欤？山原林麓之观欤？将使继公之理者，视其细，知其大也。"宗元请志诸石〔34〕，措诸屋漏〔35〕，以为二千石楷法〔36〕。

注释

〔1〕穹谷：深邃的山谷。　嵁岩：高深的山崖。　渊池：深静的池水。

〔2〕辇：人拉的车，此作动词用，意为用人力运载。

〔3〕沟：作动词，意为挖掘。　壑：山谷。

〔4〕凌绝险阻：登上艰险山岭的最高处以创造奇观。

〔5〕咸：全。

〔6〕逸其人：使这里的人安逸，不劳累。

〔7〕全其天：保存这里的自然景观。

〔8〕是：代词，指韦使君所建新堂。

〔9〕九疑：山名。在零陵境内。　麓：山脚。

〔10〕度土者：考察地形的人。

〔11〕翳：遮蔽。　奥草：茂草。

〔12〕伏：隐伏。　土涂：泥土。

〔13〕虺(huǐ)：毒蛇。　蟠：盘曲。

〔14〕狸：野猫。　游：出没。

〔15〕秽墟：污秽的山丘。

〔16〕理甚无事：政务很清闲。理，治，用作名词，指治理的政务。

〔17〕芟：铲除。　芜：荒草。

〔18〕行：道路，用作动词，意为开通道路。

〔19〕蠲：清除。　浏：水深清澈。　如：形容词词尾。

〔20〕酾：疏导。

〔21〕森然：繁多的样子。

〔22〕窍穴：指山洞。　邃邃：深远。
〔23〕堆阜：指山丘。　突怒：奋力向上挺起。
〔24〕效伎：即“效技”，呈现技巧。　堂庑：堂下四周之屋。
〔25〕会：聚合。　谯门：建有望楼的城门。这里指永州城门。
〔26〕已乃：于是就。　延客：邀请客人。
〔27〕或：有人。　赞且贺：赞美并且祝贺，这里兼有祈愿的意思。
〔28〕得胜：获得山水美景。
〔29〕俗：风土人情。　成化：推行德政，化民成俗。
〔30〕择恶：排除丑恶。　择：挑选，这里是排除的意思。
〔31〕除残：清除作恶的坏人。　佑仁：保护仁厚的人民。
〔32〕蠲浊：清除污泥浊水。　流清：使清水顺利流淌。
〔33〕家抚而户晓：指韦使君的德政施及州内家家户户。
〔34〕志：记载，这里是刻写的意思。
〔35〕措：安放。　屋漏：指新堂内的西北角。
〔36〕二千石：汉代刺史的俸禄是二千石，所以后世以二千石作为刺史一级官吏的代称。

新评

楼堂亭池之记，题材狭窄，但统观本文，其立意、章法、语言都有独到之处。

就立意而言，本文没有仅仅局限于记述新堂，而是由小见大，化无为有，以新堂为媒介，借事明道，托物言理。言从新堂起，其意却在新堂之外，把题旨确立在如何为政上。这就使得文章内容充实，立意高远。

就章法而言，本文采用夹叙夹议的布局章法，以议发端，经议而叙，叙后再议，从而把叙事、写景、抒情、议论融合起来，做到景、事、情、理的和谐统一。

在语言方面，本文交错运用偶句和散句，散中有整，参差多变。如中间两段，作者在衔接、过渡处选用散句，其他则使用大量的排偶句，构成句式的蝉联，造成文气的奔放，不仅读来富于回旋的节奏，而且与作者绘景则尽情尽致，议论则滔滔不绝相统一，有极度和谐自然之妙。如此灵活地变换句式，使语句长短相间，音节徐疾相济，形成一种行文流畅、顿挫有节的艺术风格。

游黄溪记

题解

据文中所记，此文于元和八年(813)五月作于永州。黄溪，在零陵城东七十里处。文中采用移步换形的写法，依次描绘了黄神祠周围的山美，“初潭”里的水美，“第二潭”旁的石奇，以及“大冥之川”的山舒水缓，最后落笔到对黄神身世的考订和“神既居是，民咸安焉”的赞美上。高步瀛以为柳宗元是“以黄神自喻”。

北之晋，西适豳[1]，东极吴，南至楚越之交，其间名山水而州者以百数[2]，永最善。环永之治百里，北至于浯溪[3]，西至于湘之源[4]，南至于泷泉[5]，东至于黄溪东屯，其间名山水而村者以百数，黄溪最善。

黄溪距州治七十里[6]，由东屯南行六百步，至黄神祠。祠之上，两山墙立[7]，如丹碧之华叶骈植[8]，与山升降[9]。其缺者为崖峭岩窟[10]，水之中，皆小石平布。黄神之上，揭水八十步[11]，至初潭，最奇丽，殆不可状[12]。其略若剖大瓮[13]，侧立千尺，溪水积焉。黛蓄膏渟[14]，来若白虹[15]，沉沉无声[16]，有鱼数百尾，方来会石下。南去又行百步，至第二潭。石皆巍然，临峻流[17]，若颏颔龂腭[18]。其下大石杂列，可坐饮食。有鸟赤首乌翼，大如鹄[19]，方东向立。自是又南数里，地皆一状，树益壮，石益瘦，水鸣皆锵然[20]。又南一里，至大冥之川，山舒水缓，有土田。始黄神为人时，居其地。

传者曰："黄神王姓，莽之世也[21]。莽既死，神更号黄氏，逃来，择其深峭者潜焉。"始莽尝曰"余黄虞之后也[22]"，故号其女曰"黄皇室主"[23]。黄与王声相迩[24]，而又有本，其所以传言者益验。神既居是，民咸安焉。以为有道[25]，死乃俎豆之[26]，为立祠。后稍徙近乎民[27]，今祠在山阴溪水上[28]。元和八年五月十六日，既归为记，以启后之好游者。

注释

〔1〕豳(bīn)：古地名，在今陕西旬邑县、彬县一带。

〔2〕名：以……闻名。

〔3〕浯(wú)溪：水名，在湘水之南，北汇于湘，唐代大诗人元结命之曰浯溪。

〔4〕湘之源：湘水的源头。

〔5〕泷(shuāng)泉：水名。即今武水，又名武溪，源出湖南省临武县境，流入广东省。但临武似乎不在"环永之治百里"内，此聊备一说。

〔6〕州治：州行政官署所在地。这里指永州刺史官衙所在的零陵。

〔7〕墙立：即壁立。

〔8〕丹碧之华叶：红的花、绿的叶子。华，同花。　骈植：指红花绿叶，两两相间。骈，两物并列，成双对偶。

〔9〕与山升降：随着山势或高或低。

〔10〕崖峭岩窟：陡峭的山崖和岩石上的窟穴。

〔11〕揭(qì)水：提起衣裳，涉水而行。

〔12〕殆(dài)：几乎。　状：用言语来描绘。

〔13〕略若：稍有点像。　瓮：陶制盛水器，小口大腹。

〔14〕黛(dài)：青黑色。　膏：膏露，即甘露。　渟(tíng)：水积聚不流动。

〔15〕白虹：这里指潭水上的雾气。

〔16〕沉沉：形容寂静无声。

〔17〕峻流：急流。

〔18〕颏颔（kēhàn）：下巴。　龂（yín）：牙床。　腭（è）：口腔上膛。此处均用来形容石头的奇形怪状。

〔19〕鹄（hú）：即天鹅。

〔20〕水鸣：流水的声响。

〔21〕莽之世：西汉王莽的后代。

〔22〕黄虞之后：王莽自称是虞舜的后裔，并上溯黄帝为始祖。详见《汉书·王莽传》。

〔23〕黄皇室主：据《汉书·外戚下》记载，王莽的女儿为汉平帝皇后，莽代汉称帝后，其女"常称疾不朝会。莽敬惮伤哀，欲嫁之，乃更号为黄皇室主"。颜师古解释说："莽自谓土德，故云黄皇。室主者，若汉之称公主。"

〔24〕声相迩：读音相近。

〔25〕有道：指黄神道德修养极高，能够庇护一方。

〔26〕俎豆（zǔdòu）：俎和豆，古代祭祀时盛祭品的两种盘子。俎豆连用，指祭祀。

〔27〕徙（xǐ）：迁移。

〔28〕山阴：山的北边。

新评

"一起先从豳、晋、吴、楚四面写来，抬出永州。次从永州名胜四面写来，抬出黄溪，便见的黄溪不独甲出一个永州，早已甲出于天下，地位最站得高"（孙琮《山晓阁选唐大家柳柳州全集》卷三）。的确，柳宗元这篇文章的开头，从远在千里之外着笔，通过优中选优的两步淘汰，最终把他要写的黄溪山水置于美的巅峰。这种开头，新颖别致，自然调动了读者极高的审美期待，收到引人入胜的效果。

接下来所写的游黄溪的经过，与开头紧紧呼应。写山的美不胜收，"如丹碧之华叶骈植，与山升降"；写水的清澈平静，则"黛蓄膏渟，来若白虹，沉沉无声"；写石，巍然而大者"可坐饮食"，被水冲刷者"若颏颔龂腭"，奇形怪状，异态万方。其间还又插写了水中的鱼，顺便描绘了栖息的鸟，最后落笔到黄神居住过的山舒水缓的大冥之川。十几里山路，"却写得如千岩万壑，幽深、峭邃、平远，无境不备"（沈德潜语）。

游记而不拘泥于记游。在文章的结尾，作者考证了黄神的身世，赞美了黄神对百姓的庇护，虽不再是记游文字，但把黄溪地名的由来，后人祭祀他的原因，一一交代清楚，不仅没有游离主题，而且还使文章平添了一种地灵人杰、交相辉映的感觉，越发加深了对黄溪山水美的喜爱程度。

答韦中立论师道书

题解

此文于元和八年写于永州。韦中立，潭州刺史韦彪之孙，元和十四年进士。他未及第时，因倾慕柳宗元的文名，曾不远千里从京城到永州求教，见面后更为柳宗元的人品、才学所折服，返回长安后，写信要拜柳宗元为师，作者写此信答复他。师道，指师之地位、作用以及尊师之风尚。书，信件，信函。

二十一日，宗元白：辱书云欲相师[1]，仆道不笃[2]，业甚浅近，环顾其中，未见可师者。虽常好言论，为文章，甚不自是也[3]。不意吾子自京师来蛮夷间[4]，乃幸见取[5]。仆自卜固无取[6]，假令有取，亦不敢为人师。为众人师且不敢，况敢为吾子师乎？

孟子称"人之患在好为人师"。由魏、晋氏以下，人益不事师。今之世，不闻有师，有辄哗笑之[7]，以为狂人。独韩愈奋不顾流俗，犯笑侮[8]，收召后学，作《师说》，因抗颜而为师[9]。世果群怪聚骂，指目牵引[10]，而增与为言词[11]。愈以是得狂名，居长安，炊不暇熟[12]，又挈挈而东[13]，如是者数矣。屈子赋曰[14]："邑犬群吠，吠所怪也。"仆往闻庸蜀之南[15]，恒雨少日，日出则犬吠。予以为过言[16]。前六七年，仆来南。二年冬[17]，幸大雪逾岭[18]，被南越中数州[19]。数州之犬，皆苍黄吠噬狂走者累日[20]，至无雪乃已，然后始信前所闻者。今韩愈既自以为蜀之日，而吾子又欲使吾为越之雪，不以病乎[21]？非独见病，亦以病吾子。然雪与日岂有过哉？顾吠者犬耳[22]。度今天下不吠者几人[23]，而谁敢衒怪于群目[24]，以召闹取怒乎[25]？

仆自谪过以来，益少志虑[26]。居南中九年，增脚气病，渐不喜闹，岂可使呶呶者早暮咈吾耳[27]、骚吾心[28]？则固僵仆烦愦[29]，愈不可过矣[30]。平居望外遭齿舌不少[31]，独欠为人师耳。

抑又闻之[32]，古者重冠礼[33]，将以责成人之道[34]，是圣人所尤用心者也。数百年来，人不复行。近有孙昌胤者[35]，独发愤行之。既成礼，明日造朝至外廷，荐笏言于卿士曰[36]："某子冠毕。"应之者咸怃然[37]。京兆尹郑叔则怫然曳笏却立[38]，曰："何预我耶[39]？"廷中皆大笑。天下不以非郑尹而快孙子[40]，何哉？独为所不为也。今之命师者大类此[41]。

吾子行厚而辞深[42]，凡所作，皆恢恢然有古人形貌[43]，虽仆敢为师，亦何所增加也？假而以仆年先吾子[44]，闻道著书之日不后，诚欲往来言所闻，则仆固愿悉陈中所得者[45]。吾子苟自择之[46]，取某事去某事，则可矣。若定是非以教吾子，仆材不足，而又畏前所陈者，其为不敢也决矣。吾子前所欲见吾文，既悉以陈之，非以耀明于子[47]，聊欲以观子气色诚好恶何如也[48]。今书来，言者皆大过。吾子诚非佞誉诬谀之徒[49]，直见爱甚故然耳。

始吾幼且少，为文章，以辞为工[50]。及长，乃知文者以明道[51]，是固不苟为炳炳烺烺[52]，务采色，夸声音而以为能也。凡吾所陈，皆自谓近道，而不知道之果近乎，远乎？吾子好道而可吾文，或者其于道不远矣。故吾每为文章，未尝敢以轻心掉之，惧其剽而不留也[53]；未尝敢以怠心易之[54]，惧其弛而不严也[55]；未尝敢以昏气出之[56]，惧其昧没而杂也[57]；未尝敢以矜气作之[58]，惧其偃蹇而骄也[59]。抑之欲其奥[60]，扬之欲其明，疏之欲其通，廉之欲其节[61]，激而发之欲其清[62]，固而存之欲其重[63]，此吾所以羽翼夫道也[64]。本之《书》以求其质[65]，本之《诗》以求其恒，本之《礼》以求其宜，本之《春秋》以求其断[66]，本之《易》以求其动[67]，此吾所以取道之原也[68]。参之谷梁氏以厉其气[69]，参之《孟》、《荀》以畅其支[70]，参之《庄》、《老》以肆其端[71]，参之《国语》以博其趣，参之《离骚》以致其幽，参之太史公以著其洁[72]，此吾所以旁推交通而以为之文也[73]。凡若此者，果是耶，非耶？有取乎，抑其无取乎？吾子幸观焉择焉，有馀以告焉[74]。苟亟来以广是道[75]，子不有得焉，则我得矣，又何以师云尔哉？取其实而去其名，无招越、蜀吠怪，而为外廷所笑，则幸矣！宗元白[76]。

注释

〔1〕辱：谦辞，表示承蒙。　云：说。

〔2〕仆：古时男子谦称自己。　道：此处的“道”与下面的“业”相对，“业”指学业，则“道”应该指“道德”。　笃：厚实，结实。

〔3〕自是：自以为是。

〔4〕吾子：古时对对方的敬爱之称。一般用于男子之间。　蛮夷间：指少数民族居住之地，此指永州。蛮夷，古时对南方少数民族的蔑称。

〔5〕幸：表敬意，表明对方的行为使自己感到幸运。　见取：被你采用、肯定，当作学习的榜样。

〔6〕卜：推断，预料。　固：本来。

〔7〕辄(zhé):立即,就。

〔8〕犯笑侮:冒犯嘲笑轻慢。

〔9〕抗颜:犹正色。即态度严正。

〔10〕指目牵引:大意是无论韩愈走到哪里,人们都手指目视。

〔11〕增与为言词:指世人陆续不停地指责、诬蔑韩愈。

〔12〕炊不暇熟:饭都来不及做熟。

〔13〕挈挈(qièqiè):孤独的样子。　东:向东边去。指被贬谪、被排挤出朝。

〔14〕屈子:屈原,下面所引的"邑犬群吠"两句,出自屈原的《九章·怀沙》。

〔15〕庸蜀:二古国名。庸,古国名。春秋属楚,故址在今湖北竹山县东南,后为楚所灭。蜀,古国名,在今四川成都一带。

〔16〕过言:过分夸大了的话。

〔17〕二年:指唐宪宗元和二年(807)。

〔18〕幸:意外地。　大雪逾岭:下大雪的范围越过五岭。岭南很少下雪,故有此说。

〔19〕被:覆盖。　南越:古地名,指今广东、广西一带。

〔20〕苍黄:匆促而慌张。也作"仓黄"、"苍皇"。　噬(shì):咬。　累日:多日。

〔21〕病:羞辱。

〔22〕顾:表示轻微的转折,相当于"而"、"不过"。

〔23〕度(duó):考虑,推测。

〔24〕衒:炫耀,自夸。　群目:众人的眼睛。

〔25〕召闹取怒:招惹来众人的哄闹和怒骂。

〔26〕虑:谋划,打算。

〔27〕呶呶(náonáo):指人没完没了地讲话,惹人讨厌。　咈(fú):违逆,乖戾。

〔28〕骚:扰乱。

〔29〕固:必,一定。　僵仆:形容卧病不起。　烦愦(kuì):烦躁昏乱。

〔30〕愈不可过:更加没法生活。

〔31〕平居:平常,平时。　望外:意外。　齿舌:口舌,指非议。

〔32〕抑:用在句首,表示转折语气。

〔33〕冠礼:古代男子二十岁时举行加冠礼,表示其已经成人。

〔34〕责:责令,要求。

〔35〕孙昌胤:人名,生平不详。

〔36〕荐:通"搢",插也。　笏:即笏板。古代大臣上朝时手中所拿的狭长板子,按品第分别用玉、象牙或竹制成,用以记事。　卿士:此指上朝众官员。

〔37〕咸:全。　怃(wǔ)然:怅然失意的样子。

〔38〕京兆尹:官名,唐京城长安的最高行政长官。　郑叔则:郑州荥阳人,时任京兆尹。　怫(fú)然:愤怒的样子。　曳:拖。　却:后退。

〔39〕何预我耶:大意为"与我有什么相干呢"。预,通"与",参与。

〔40〕非:批评,责怪。　快:痛快,此处有赞美的意思。

〔41〕命:取名。

〔42〕行厚:品行敦厚。　辞深:文辞立意深邃。

〔43〕恢恢然:宏阔广大的样子。

〔44〕假而:假如。

〔45〕悉陈:全部说出。　中所得者:即自己对写文章的体会、心得。

〔46〕苟:在此句中表示希望的语气。

〔47〕耀:炫耀。　明:高明。此指自己写文章的才华。

〔48〕气色:表情,态度。

〔49〕佞(nìng)誉诬谀(yú):为讨好奉承别人而无原则地夸赞。

〔50〕以辞为工:以为语言华美就是好文章。

〔51〕文者以明道:文章是用来阐明"道"的。柳宗元所谓的"道",既包括儒家思想,更包含对现实社会的认识。

〔52〕炳炳:明亮。此指文辞华美。　烺(lǎng)烺:同"琅琅",形容清朗、响亮的声音。此处指文章音调谐美。

〔53〕剽(piāo):轻浮,轻薄。　留:停止在某一个地方。引申为庄重。

〔54〕怠心:懈怠之心。即投机取巧之心。

〔55〕弛:松弛,指文章结构松散。　严:严谨。

〔56〕昏气:昏昧之气,指头脑不清醒。一说指态度不明朗。

〔57〕昧没:主旨不明确。　杂:不专一。

〔58〕矜气:傲气。

〔59〕偃蹇(yǎnjiǎn):骄横,傲慢。　骄:自满,自高自大。

〔60〕奥:深邃。

〔61〕廉之:此指修改、压缩文句。

〔62〕激而发之:鼓荡、激发情感。　清:指文辞气韵清越。

〔63〕固而存之:巩固、积累情感。　重:厚重。

〔64〕羽翼:辅佐,维护。

〔65〕质:朴素,质朴。

〔66〕断:明断。指对事物的态度褒贬分明。

〔67〕动:变化融通。

〔68〕取道之原:指把以上所说的"五经"的长处综合起来,作为提炼文章主题的方法。

〔69〕参:参考。　穀梁氏:指《春秋穀梁传》。　厉:磨砺。

〔70〕支:通"枝",枝条。此指文章的各个部分。

〔71〕肆:放纵。　端:端绪,头绪。

〔72〕太史公:即司马迁。此指司马迁所写的《史记》。

〔73〕旁推交通:广泛汲取,融会贯通。

〔74〕有馀:有馀暇,有时间。

〔75〕亟(qì):多次,屡次。　广:扩充。

〔76〕白:陈述,禀告。

新评

柳宗元这封书信,是一篇阐发自己创作理论、创作经验的难得的资料。

此文在内容上可分为两部分。前半部分以"今之世,不闻有师"为议论的中心,先用韩愈抗颜为师的前车之鉴、孙昌胤行举世不行之礼取笑于众人的遭遇加以论证，再借用“蜀犬吠日”、“越狗吠雪”的典故或自身经历，深刻地抨击了当时的社会风气。在不愿为人之师的谦虚中，阐述了他在政治生涯中的深刻体会。

后半部分是本文的精华，也是这篇文章的价值所在。柳宗元用极为简洁精练的语言，总结了自己的文学主张和写作经验。他先明确提出了“文以明道”的大命题，再从“羽翼夫道”、“取道之原”、“旁推交通”三个大的方面加以论述，他把自己的创作经验概括为“四惧”、“六欲”、“五本”、“六参”，使深奥、烦琐、枯燥的理论，通过条分缕析，表达得极为全面深刻而又清楚明了。

写作技巧上，柳宗元采用了寓理于事的方法，通过正说反说、征古论今，耐心细致地说明了自己不为人师的原因，且行文活泼多变、不拘一格。比如在严肃批评时人不重师道的同时，却通过穿插趣闻轶事，辛辣幽默地揭示了当时士大夫中存在的陋习。又比如在答复韦中立请求时，态度谦和，笔调婉转，表现出平易待人、激励后学的长者风度，但在抨击世风日下、人心不古时，却又感情激越、语言犀利、痛击怒斥、畅快淋漓；文章后半部分，在阐述自己创作体会时，又表现得理直、气充，洋洋洒洒中有一泻千里之势。

总之，本文斐然的文采使其减少了议论文的刻板，实际经验的分享亦避免了议论空泛的缺陷，是了解柳宗元及唐代古文运动的重要文献。

与韩愈论史官书

题解

本文写于唐宪宗元和九年（814）正月二十一日，柳宗元时任永州司马。唐宪宗元和八年夏，韩愈在长安任比部郎中兼史官修撰，其间他曾写信给刘轲和柳宗元，担心“为史者，不有人祸，则有天刑，岂可不畏惧而轻为之哉”（韩愈《答刘秀才论史书》），明确表示自己不愿意担任史官，柳宗元此文就是对韩愈来信的答复。

正月二十一日[1]，某顿首十八丈退之侍者前[2]：获书言史事[3]，云具《与刘秀才书》[4]，及今乃见书稿[5]，私心甚不喜[6]，与退之往年言史事甚大谬[7]。

若书中言，退之不宜一日在馆下[8]，安有探宰相意，以为苟以史荣一韩退之耶[9]？若果尔[10]，退之岂宜虚受宰相荣己[11]，而冒居馆下[12]，近密地，食奉养[13]，役使掌固[14]，利纸笔为私书，取以供子弟费[15]？古之志于道者，不若是。

且退之以为纪录者有刑祸[16]，避不肯就，尤非也。史以名为褒贬[17]，犹且恐惧不敢为；设使退之为御史中丞大夫[18]，其褒贬成败人愈益显[19]，其宜恐惧尤大也，则又扬扬入台府，美食安坐，行呼唱于朝廷而已耶[20]？在御史犹尔，设使退之为宰相，生杀出入升黜天下士[21]，其敌益众，则又将扬扬入政事堂[22]，美食安坐，行呼唱于内庭外衢而已耶[23]？何以异不为史而荣其号、利其禄也[24]？

又言"不有人祸，则有天刑"。若以罪夫前古之为史者，然亦甚惑[25]。凡居其位，思直其道[26]。道苟直，虽死不可回也[27]；如回之，莫若亟去其位[28]。孔子之困于鲁、卫、陈、宋、蔡、齐、楚者[29]，其时暗[30]，诸侯不能行也[31]。其不遇而死，不以作《春秋》故也[32]。当其时，虽不作《春秋》，孔子犹不遇而死也。若周公、史佚[33]，虽纪言书事[34]，犹遇且显也[35]。又不得以《春秋》为孔子累[36]。范晔悖乱，虽不为史，其宗族亦赤[37]。司马迁触天子喜怒[38]，班固不检下[39]，崔浩沽其直以斗暴虏[40]，皆非中道[41]。左丘明以疾盲，出于不幸[42]。子夏不为史亦盲[43]，不可以是为戒。其馀皆不出此[44]。是退之宜守中道，不忘其直，无以他事自恐。退之之恐，唯在不直、不得中道，刑祸非所恐也。

凡言二百年文武士多有诚如此者[45]。今退之曰：我一人也，何能明[46]？则同职者又所云若是[47]，后来继今者又所云若是，人人皆曰我一人，则卒谁能纪传之耶？如退之但以所闻知孜孜不敢怠[48]，同职者、后来继今者，亦各以所闻知孜孜不敢怠，则庶几不坠[49]，使卒有明也[50]。不然，徒信人口语，每每异辞，日以滋久，则所云"磊磊轩天地"者[51]，决必沉没，且乱杂无可考，非有志者所忍恣也[52]。果有志，岂当待人督责迫蹙然后为官守耶[53]？

又凡鬼神事，渺茫荒惑无可准[54]，明者所不道。退之之智而犹惧于此。今学如退之，辞如退之，好议论如退之，慷慨自谓正直行行焉如退之[55]，犹所云若是，则唐之史述其卒无可托乎[56]？明天子贤宰相得史才如此，而又不果[57]，甚可痛哉！退之宜更思[58]，可为速为[59]，果卒以为恐惧不敢，则一日可引去[60]，又何以云"行且谋"也[61]？今人当为而不为，又诱馆中他人及后生者[62]，此大惑已[63]。不勉己而欲勉人[64]，难矣哉！

注释

〔1〕正月二十一日:古人写信将日期标在信端。

〔2〕某顿首:叩拜致敬。　十八丈:古人常以排行称呼对方,韩愈在家族兄弟中排行第十八。韩愈比柳宗元年纪大,是柳父亲的朋友,又排行十八,故称十八丈。　侍者:古人写信的客套之语,意谓不敢直接给对方写信,写给身边的侍者,请代为转达。

〔3〕获书言史事:收到韩愈谈论为官编纂史书的书信。韩愈此信已佚,未收入《韩昌黎文集》中。获,收到。史事,做史官编史书的事。

〔4〕云具《与刘秀才书》:陈说详见写给刘秀才的信。刘秀才,即刘轲,字希仁,曲江人。韩愈的朋友,曾担任史官。元和八年,刘轲给韩愈写信,劝勉他专心修撰史书。韩愈于同年六月九日回信刘轲诉说史官难做。这封信即《答刘秀才论史书》,见《韩昌黎集·文外集》卷二。

〔5〕及今乃见书稿:现在才见到这封信。

〔6〕私心:我个人内心。

〔7〕与退之往年言史事甚大谬:与你往日谈论史事的论点出入很大。

〔8〕馆下:在史馆中。

〔9〕"安有探宰相意"二句:哪有随意猜度宰相的意图,认为宰相只不过出于同情,随便用史官之职来给你增添荣耀呢?韩愈在《答刘秀才论史书》中怀疑宰相不识他的才能,所以才给自己史官的职位:"仆年齿已就衰退,不可自敦率。宰相知其无他才能,不足用,哀其老穷,龃龉无所合,不欲令四海内有戚戚者,猥言之上,苟加一职荣之耳,非必督责迫蹙令就功役也。"苟,苟且,草率随便。史,史官。

〔10〕若果尔:如果宰相真的那样想的话。

〔11〕退之岂宜虚受宰相荣已:你难道白白地接受宰相给予你的荣誉吗?

〔12〕冒居馆下:在史馆中滥竽充数。

〔13〕近密地:靠近机要机密之地。唐代史馆靠近皇宫。

〔14〕役使掌固:指使史馆中的小吏。掌固,汉代官名,这里指史馆中的小吏。

〔15〕"利纸笔为私书"二句:利用史馆中的纸笔为私人目的写文章,获取利润供养子弟。这是柳宗元讥讽韩愈的话。

〔16〕纪录者有刑祸:记录史事、编写史书的人会遭受刑罚。

〔17〕史以名为褒贬:史官只不过是借助文字褒贬史事。

〔18〕御史中丞大夫:即御史中丞、御史大夫。御史大夫(正三品),唐代御史台的最高首长,主管监察、弹劾官员并掌管图籍秘书。御史中丞(正四品下),御史大夫的副职。

〔19〕褒贬成败人愈益显:褒贬升降官员就更加明显了。

〔20〕"则又扬扬入台府"三句:又怎能洋洋自得地进入御史台府衙,美食安坐,在朝堂上无所顾忌地奏事议政呢?行呼唱,向皇帝山呼万岁和唱名。呼,山呼万岁。唱,自报姓名。

〔21〕生杀出入升黜:决定官员的生死、调出调入、提升贬黜。

〔22〕政事堂:唐代宰相办公议政的官署。

〔23〕内庭外衢:泛指皇宫内外。

〔24〕何以异:有什么不同。　荣其号:以其号为荣。　利其禄:以其俸禄为利。

〔25〕"若以罪夫前古之为史者"二句:如果认为这是对古代史官的谴责,就太糊涂了。

〔26〕直其道:直,做动词,坚持正确的原则。

〔27〕回:改变。

〔28〕莫若亟(jí)去其位:不如赶快离开这个职位。亟,快速。

〔29〕"孔子之困"句:孔子曾经先后游说鲁、卫、陈、宋、蔡、齐、楚等诸侯国,但无人接受他的学说。

〔30〕其时暗:时局黑暗。

〔31〕诸侯不能行:诸侯不能采纳实行孔子的政治主张。

〔32〕"其不遇而死"二句:孔子以怀才不遇告终,并非撰著《春秋》的原因。相传《春秋》为孔子所作。

〔33〕周公:名姬旦,周文王之子。曾辅助周武王灭商纣,建立周王朝,后封于鲁。史佚(yì):西周初年的史官尹佚。

〔34〕纪言书事:古代史官的职责,"左史记言,右史纪事。"

〔35〕显:显贵。

〔36〕又不得以《春秋》为孔子累:不能认为作《春秋》是孔子怀才不遇的原因。

〔37〕"范晔(yè)悖(bèi)乱"三句:范晔(398—445),字蔚宗,南朝宋代顺阳(今河南淅川县)人,官至尚书吏部郎。著名的史学家,著有《后汉书》。宋文帝元嘉二十二年(445),因与孔熙先谋立彭城王刘义康而被杀。这三句意谓:范晔谋反,即便不写《后汉书》,也要被夷灭九族。宗族亦赤,宗族被处斩。

〔38〕司马迁触天子喜怒:司马迁任太史令时,为投降匈奴的李陵辩护,汉武帝认为他是有意攻击贰师将军李广利,且为变节者开脱罪责,所以处他以宫刑。意谓司马迁因触怒皇帝而受宫刑,并非因为他撰写《史记》。

〔39〕班固不检下:班固(32—92),字孟坚,东汉扶风安陵(今陕西咸阳市东北)人,著名史学家、文学家,著有《汉书》。汉和帝永元元年(89),班固跟随大将军窦宪出征匈奴。后来窦宪因擅权被杀,班固受牵连被免官。他的仆人曾得罪过洛阳令种兢,种兢借机捕班固下狱,班固死于狱中。班固的死与修《汉书》无关。

〔40〕崔浩沽其直以斗暴虏:崔浩(380?—450),字伯渊,北魏清河东武城(今山东武城县北)人。北魏太武帝时期著名的政治家、史学家,官至司徒,著有《国书》。太武帝太平真君十一年(450),因修史暴露鲜卑族"国恶"而被灭族。沽其直,卖弄正直。暴虏,指北魏鲜卑族统治者。

〔41〕中道:儒家的中庸之道。

〔42〕"左丘明以疾盲"二句:左丘明,春秋鲁国人。据传著有《春秋左传》、《国语》,因病双目失明。

〔43〕子夏不为史亦盲:子夏,姓卜名商,孔子的学生。《礼记·檀弓上》:"子夏哭其子而丧其明。"意谓子夏不任史官却也失明了。

〔44〕其馀:韩愈在《答刘秀才论史书》中还提到了陈寿、王隐等史官。 皆不出此:都不是因为写史书而遭到不幸。

〔45〕凡言二百年文武士多有:你在来信中说,唐朝建立二百年来文臣武将太多了。

〔46〕何能明:如何能够一一记述详尽。

〔47〕所云若是:都这样说。

〔48〕孜孜:勤奋的样子。 怠:松懈。

〔49〕庶几:也许。 坠:失落。

〔50〕卒有明:最终得以清晰地记载。

〔51〕"磊磊轩天地"者:光明磊落顶天立地的杰出人物。

〔52〕恣:任凭,放任不管。

〔53〕督责:督促。 迫蹙:催逼。 官守:为官守职。韩愈在《答刘秀才论史书》中说:"苟加一职荣耳,非必督责迫蹙,令就功役也。"

〔54〕渺茫荒惑无可准:荒诞迷乱没有根据。

〔55〕行行(hànghàng):刚强的样子。

〔56〕史述:历史的记述。　其:通“岂”。

〔57〕不果:没有结果。意谓没有达到修好史书的目的。

〔58〕更思:再三思考。

〔59〕可为速为:可以做的事情就赶紧去做。

〔60〕一日可引去:马上离去,意谓立刻辞官。

〔61〕行且谋:且等将来再商议,意谓再等等看。韩愈在《答刘秀才论史书》中说:“贱不敢逆盛指,行且谋引去。”

〔62〕诱馆中他人及后生者:韩愈在《答刘秀才论史书》中说:“今馆中非无人,将必有作者勤而纂之。后生可畏,安知不在足下?亦宜勉之。”诱,诱导。后生,年轻人。

〔63〕大惑:太糊涂。

〔64〕不勉己而欲勉人:不勉励自己却想去勉励别人。

新评

柳宗元的这封信,是一篇杰出的驳论文章。信中一开头就提醒韩愈既然畏惧刑祸,就不该在史馆里虚领其职。因为从古至今,坚守正道的人是不会干这种受其荣禄而不尽其职的事的。韩愈经常以“志乎古道”自任,作者有意用“古之志道者,不若是”来批评他的畏刑祸而不敢为,无疑是击中了他的痛处。其后作者又通过剖析史实来说明古代修史者惨遭不幸,并不是由于修史的缘故,且殷切地提醒韩愈说,即使修史会遇到刑祸也要坚持原则。这就彻底批驳了韩愈的观点,巧妙地借韩愈说过的话来驳他自己。

柳宗元采用的这种“以子之矛攻子之盾”驳论手法,证据充足,理由充分,让韩愈有口难辩,从而不得不信服他的观点。

起废答

题解

本文作于唐宪宗元和九年(814),即作者被贬为永州司马的第十年。十年来作者与其同道一直受到压抑打击,有的甚至被杀;而一些腐败无能的“废物”,却因其能适应当时形势的需要,被装扮和吹捧起来,得到朝廷的重用。文中作者以愤激而幽默的笔触,通过老农之口叙述了两个“起废”的故事,尖锐地揭示了中唐时期政治上的是非颠倒,黑白不辨,无形中增加了对当权者的讽刺和鞭挞。“起废”即起用废物。

柳先生既会州刺史[1],即治事,还,游于愚溪之上[2]。溪上聚黧老壮齿[3],十有一人[4],谡足以进[5],列植以庆[6]。卒事,相顾加进而言曰[7]:“今兹是州[8]，起废者二焉，先生其闻而知之欤？”答曰：“谁也？”曰：“东祠躄浮图[9]，中厩病颡之驹[10]。”

曰：“若是何哉[11]？”曰：“凡为浮图道者[12]，都邑之会必有师[13]，师善为律[14]，以敕戒始学者与女释者[15]，甚尊严，且优游[16]。躄浮图有师道，少而病躄，日愈以剧，居东祠十年，扶服舆曳[17]，未尝及人[18]，侧匿愧恐殊甚。今年，他有师道者悉以故去，始学者与女释者伥伥无所师，遂相与出躄浮图以为师，盥濯之，扶持之，壮者执舆，幼者前驱[19]，被以其衣，导以其旗，怵惕疾视[20]，引且翼之[21]。躄浮图不得已，凡师数百生。日馈饮食，时献巾帨[22]，洋洋也[23]，举莫敢逾其制。中厩病颡之驹，颡之病亦且十年，色玄不厖[24]，无异技，硿然大耳[25]。然以其病，不得齿他马[26]。食斥弃异皂[27]，恒少食，屏立摈辱[28]，掣顿异甚[29]，垂首披耳，悬涎属地[30]。凡厩之马，无肯为伍。会今刺史以御史中丞来莅吾邦[31]，屏弃群驷，舟以溯江[32]，将至，无以为乘。厩人咸曰[33]：‘病颡驹大而不厖，可秣饰焉[34]；他马巴、僰庳狭[35]，无可当吾刺史者。’于是众牵驹上燥土大庑下[36]，荐之席[37]，縻之丝[38]，浴剔蚤鬋[39]，刮恶除洟[40]；莝以雕胡[41]，秣以香萁[42]；错贝鳞纕[43]，凿金文羁[44]；络以和铃[45]，缨以朱绥[46]；或膏其鬣[47]，或劀其脽[48]；御夫尽饰，然后敢持。除道履石，立之水涯；幢旗前罗[49]，杠盖后随[50]；千夫翼卫，当道上驰；抗首出臆[51]，震奋遨嬉。当是时，若有知也，岂不曰宜乎？”

先生曰：“是则然矣，叟将何以教我？”黧老进曰：“今先生来吾州亦十年，足轶疾风[52]，鼻知膻香，腹溢儒书，口盈宪章，包今统古，进退齐良，然而一废不复，曾不若躄足涎颡之犹有遭也。朽人不识，敢以其惑，愿质之先生。”先生笑且答曰：“叟过矣！彼之病，病乎足与颡也；吾之病，病乎德也[53]。又彼之遭，遭其无耳[54]。今朝廷洎四方[55]，豪杰林立，谋猷川行[56]；群谈角智，列坐争英，披华发辉，挥喝雷霆，老者育德，少者驰声；丱角羁贯[57]，排厕鳞征[58]，一位暂缺，百事交并，骈倚悬足，曾不得逞，不若是州之乏释师大马也；而吾以德病伏焉[59]，岂躄足涎颡之可望哉？叟之言过昭昭矣，无重吾罪！”于是黧老壮齿，相视以喜，且吁曰[60]：“谕之矣[61]！”拱揖而旋，为先生病焉[62]。

注释

〔1〕柳先生：作者自称。　会：会面，相见。此处引申为参加。　刺史：官名。此处指崔能。
〔2〕愚溪：永州水名，原名冉溪。
〔3〕黧老：老农。黧，黑黄色。　壮齿：壮年人。
〔4〕有：通“又”。
〔5〕谡（sù）足：起步，抬脚。谡，抬。
〔6〕列植：排成一列。指肃然起敬。植，行列。　庆：说庆祝的话，即问好。
〔7〕加进：又向前走了几步。
〔8〕今兹：今年。　是州：指永州。
〔9〕祠：庙堂，此处指佛教的寺院。　躄（bì）：跛，瘸腿。　浮图：佛的汉语音译，指僧人。
〔10〕中厩（jiù）：本为国君的养马舍，此指官府中养马的地方。　颡（sǎng）：额头。
〔11〕若是何哉：这是怎么回事？
〔12〕浮图道者：即佛门弟子。
〔13〕都邑：此处泛指大城镇。　师：法师，佛教徒中有道行者。
〔14〕律：戒律。
〔15〕敕（chì）戒：教戒。　女释者：女性佛教徒。释，泛指佛教。
〔16〕优游：悠闲自得。
〔17〕扶服：即匍匐，爬行。　舆曳：乘车。
〔18〕“扶服舆曳未尝及人”即“未尝扶服舆曳及人”，意思是没有自己伏地爬行或者乘车去访问他人。
〔19〕前驱：前面引路。
〔20〕怵（chù）惕：警惕。　疾视：不敢注视，表示尊敬。
〔21〕引且翼之：前面引导，左右扶持。引，在前曰引。翼，在旁曰翼。
〔22〕巾帨（shuì）：佩巾手帕。
〔23〕洋洋：众多。
〔24〕玄：黑色。　厖（máng）：杂色。
〔25〕硿（kōng）然：阔大的样子。
〔26〕齿：并列。
〔27〕食（sì）：指饲养，喂养。　皂（zào）：通“槽”，食槽。
〔28〕屏（bǐng）立：同“摒”，孤立。　摈（bìn）辱：被排斥受辱。
〔29〕掣：牵制，强夺。　顿：困顿。
〔30〕属：拖到。
〔31〕会：适逢。　今刺史：现任刺史，即崔能。　莅（lì）：到。
〔32〕“舟以溯江”即“以舟溯江”。江，湘江。
〔33〕厩人：管马厩的人。　咸：全，都。
〔34〕秣（mò）：喂养，此处指喂饱草料。　饰：装饰，打扮。
〔35〕巴：今四川东部。　僰（bó）：今四川宜宾一带。　庳狭：矮小。
〔36〕燥土：地面干燥。　庑（wǔ）：厢房。
〔37〕荐：垫。
〔38〕縻（mí）：缰绳。

〔39〕剔:剪除。　蚤鬋(zǎojiǎn):修削马蹄,修剪马鬃。蚤,通“爪”。

〔40〕洟:鼻涕。

〔41〕莝(cuò):铡草。　雕胡:菰,俗称茭白,多年生水草,可作蔬菜。

〔42〕萁(qí):豆秆。

〔43〕错:雕饰。　贝:贝壳。　鳞:作状语。　纕:马肚带。

〔44〕凿:雕镂。　文:文饰。　羁:马笼头。

〔45〕络:缠绕。指在马颈上系上铿锵和鸣的铃铛。

〔46〕缨:用为动词,表示系。　绥:古代上车时的拉手。

〔47〕膏:油脂。用如动词,擦油。　鬣(liè):马鬃。

〔48〕劘(mó):磨。此处引申为用手揉搓。　脽(shuí):屁股。

〔49〕幢(chuáng):古代作仪仗用的旗帜。　旟(yú):绘有鸟隼图像的旗,用羽毛加以装饰。

〔50〕杠:用竹木做的竿子。此处指伞盖的长柄。

〔51〕抗首出臆:昂首挺胸。臆,胸膛。

〔52〕轶(yì):超车,引申为超越。

〔53〕病乎德:品德有问题。此为反语,指政治上与当政者对立。

〔54〕遭其无:二者品德机遇在于没有同类可以替代。

〔55〕洎(jì):到,至。

〔56〕谋猷(yóu):谋略,计谋。　川行:像河水一样穿行。

〔57〕丱(guàn)角:我国古代男孩的发式,把头发束成两个角。　羁贯:儿童发髻,借指童年。

〔58〕排:站成行列。　厕:参加。　鳞征:鱼贯而来。此二句说,就连梳着两个小发角的儿童们也推挤着加入官场的行列中来。

〔59〕伏:通“服”,服罪,指被贬谪于永州。

〔60〕吁:叹息。

〔61〕谕:明白。

〔62〕病:恨,引申为痛苦,惋惜。

析评

本文属于问对体散文。这种文体是由楚辞汉赋衍进而成的。主要特征是设为问答,以见其意。文章骈散结合,音调铿锵,铺陈排比,体物写志,或铺陈以刺世,或反语以解嘲,表达了作者被贬十年之后复杂的心情:他既伤感于自己的不被启用,又坦然承认自己的“一废不复”是由于不能同腐朽势力同“德”,在抒发牢骚的同时也对当时的统治者进行了尖锐的讽刺,真可谓“深得骚学”之精髓。

捕蛇者说

题解

本文作于永州司马任上。说,古代的一种散文文体,以论说或夹叙夹议的形式,深刻而周详地说明一个道理。唐王朝经历过安史之乱后,元气大伤,人口由唐玄宗时的五千多万锐减到不足两千万，而为了应付此起彼伏的内忧外患，朝廷所养的军队却比原来增加了三分之一，当时人民的负担可想而知。唐宪宗元和年间，作为“永贞革新”派主要成员的柳宗元，被贬为永州司马，名为官吏而实为“囚徒”，他终于有机会目睹当地民众的艰难处境，写下了这篇揭露统治者横征暴敛的名作。

永州之野产异蛇，黑质而白章〔1〕，触草木尽死，以啮人〔2〕，无御之者〔3〕。然得而腊之以为饵〔4〕，可以已大风〔5〕、挛踠〔6〕、瘘〔7〕、疠〔8〕，去死肌，杀三虫〔9〕。其始，太医以王命聚之〔10〕，岁赋其二，募有能捕之者〔11〕，当其租入。永之人争奔走焉。

有蒋氏者，专其利三世矣〔12〕。问之，则曰：“吾祖死于是，吾父死于是，今吾嗣为之十二年〔13〕，几死者数矣〔14〕。”言之，貌若甚戚者〔15〕。余悲之，且曰：“若毒之乎〔16〕？余将告于莅事者〔17〕，更若役〔18〕，复若赋，则何如？”蒋氏大戚，汪然出涕曰〔19〕：“君将哀而生之乎〔20〕？则吾斯役之不幸，未若复吾赋不幸之甚也。向吾不为斯役〔21〕，则久已病矣〔22〕。自吾氏三世居是乡，积于今六十岁矣。而乡邻之生日蹙〔23〕，殚其地之出〔24〕，竭其庐之入。号呼而转徙〔25〕，饥渴而顿踣〔26〕。触风雨，犯寒暑，呼嘘毒疠〔27〕，往往而死者相藉也〔28〕。曩与吾祖居者〔29〕，今其室十无一焉；与吾父居者，今其室十无二三焉；与吾居十二年者，今其室十无四五焉。非死而徙尔，而吾以捕蛇独存。悍吏之来吾乡，叫嚣乎东西，隳突乎南北〔30〕，哗然而骇者，虽鸡狗不得宁焉。吾恂恂而起〔31〕，视其缶〔32〕，而吾蛇尚存，则弛然而卧〔33〕。谨食之〔34〕，时而献焉。退而甘食其土之有，以尽吾齿〔35〕。盖一岁之犯死者二焉，其馀则熙熙而乐〔36〕，岂若吾乡邻之旦旦有是哉〔37〕？今虽死乎此，比吾乡邻之死则已后矣，又安敢毒耶〔38〕？”

余闻而愈悲。孔子曰：“苛政猛于虎也！”吾尝疑乎是，今以蒋氏观之，犹信。呜呼！孰知赋敛之毒，有甚是蛇者乎！故为之说，以俟夫观人风者得焉〔39〕。

注释

〔1〕黑质：黑色的质地。　白章：白色的花纹。

〔2〕啮（niè）：咬也。

〔3〕御：本义“抵挡”，此处指医治。

〔4〕腊（xī）：晾干，制成干肉。　饵：药饵。

〔5〕已：止，此处作治愈。　大风：麻风病。

〔6〕挛踠（luánwǎn）：一种手脚弯曲不能伸直的病。

〔7〕瘘（lòu）：颈部肿大的病。即颈部淋巴结核。

〔8〕疠（lì）：恶疮。

〔9〕三虫：人体中的三种寄生虫。汉王充《论衡·商虫》曰："人腹中有三虫。下地之泽，其虫曰蛭。蛭食人足，三虫食肠。"

〔10〕太医：又称御医，专为皇室治病的医师。

〔11〕募：广泛征求。　捕之者：捕获"异蛇"的人。

〔12〕专其利：独占"以蛇抵赋"的好处。

〔13〕嗣：继承。

〔14〕几（jī）：表示非常接近，相当于"几乎"。　数（shuò）：屡次。

〔15〕貌：样子。　戚：悲哀。

〔16〕若：你，汝。　毒之：恨之，指痛恨捕蛇这差事。

〔17〕莅（lì）事者：管政事的人，指掌管此事的地方官。

〔18〕更：改变。

〔19〕汪然：流泪的样子。

〔20〕哀而生之：哀，哀怜。生，动词，使……活下去。之，此代之捕蛇者。

〔21〕向：从前。

〔22〕病：困苦不堪。

〔23〕蹙（cù）：困窘。

〔24〕殚（dān）：竭尽。　地：土地。

〔25〕转徙（xǐ）：转移，迁徙。

〔26〕顿：困顿。　踣（bó）：倒毙，僵死。

〔27〕嘘：缓缓吐气。　毒疠：能使人致疫病的恶气。

〔28〕相藉：互相枕藉，形容死者极多。

〔29〕曩（nǎng）：以往，从前。

〔30〕隳（huī）突：破坏，骚扰。

〔31〕恂（xún）恂：小心谨慎的样子。

〔32〕缶（fǒu）：圆腹小口的瓦罐。

〔33〕弛然而卧：放心地睡觉。

〔34〕谨食（sì）之：小心谨慎地喂养蛇。

〔35〕尽吾齿：终我天年。齿，年岁。

〔36〕熙熙：温和欢乐的样子。

〔37〕旦旦有是：天天都有濒死的危险。

〔38〕安敢：岂敢。

〔39〕俟（sì）：等待。　人风：即民风。唐人为了避太宗李世民讳，凡"民"字均改为"人"。

新评

《礼记·檀弓下》载："孔子过泰山侧，有妇人哭于墓者而哀。夫子式而听之。使子路问之曰：'子之哭也，壹似重有忧者？'而曰：'然，昔者吾舅死于虎，吾夫又死焉，今吾子又死焉。’夫子曰：‘何为不去也？’曰：‘无苛政。’夫子曰：‘小子识之，苛政猛于虎也！’”柳宗元此文，就是对“苛政猛于虎”这句名言的形象而深刻的诠释。应该指出的是：虽然此文是在演绎前人的观点，但在中唐那个特定的社会环境中，柳宗元再一次明确地提出，仍不失其深刻的现实意义。

这篇文章在艺术上有许多值得肯定的地方。首先，作者用形象的故事而不是纯议论的方式，借助自己和蒋氏的对话，以近乎传奇体的新颖活泼的形式表达了深厚的、沉甸甸的主题。其次，文章结构组织得异常严密，先抑后扬、欲擒故纵，前有伏笔、后有照应。文中作者先极力渲染“异蛇”的可怕：“触草木尽死，以啮人，无御之者。”以此突出捕蛇是冒着生命危险的，又用蒋氏祖、父两代人都因蛇而死，他自己在捕蛇的十二年中，也有好多次差点死于蛇的经历，写出其对捕蛇的厌恶和痛恨。然而，当作者好心提出为他“更若役，复若赋”时，有天大怨恨的蒋氏不仅不愿意，反而有点着急害怕，在这极不合情理的描写中，自然而然地凸显了赋税之苦远甚于捕蛇。再次，此文中对比、反衬的手法运用得相当出色。比如在写蒋氏乡邻们因税而穷、因穷而徙、因徙而死的惨状时，作者有意描写了悍吏催赋税时的蛮横行径：“叫嚣乎东西，隳突乎南北。”众乡邻“哗然而骇者，虽鸡狗不得宁焉”，而蒋氏，此刻却因“吾蛇尚存”而高枕无忧，他甚至还不无庆幸地安慰自己说：“一岁之犯死者二焉，其馀则熙熙而乐，岂若吾乡邻之旦旦有是哉！”除以上这些之外，文中细节描写的生动也使本文增色不少。

《古文观止》的作者曾这样评价柳宗元的这篇文章：“此小文耳，却有许大议论。必先得‘苛政猛于虎’一句，然后有一篇之意。前后起伏抑扬，含无限悲伤凄惋之态。若转以上闻，所谓言之者无罪，闻之者足以为戒，真有用之文。”

哀溺文并序

题解

此文是柳宗元贬为永州司马时所作。文中杜撰了一个平时善于游泳的人，在船破落水时却因舍不得丢弃腰里的金钱，终不幸溺水丧生的故事，并以此“永之氓”舍命而不舍财的可悲举动，进而推出“大货之溺大氓者”的结论。

永之氓咸善游[1]。一日，水暴甚[2]，有五六氓乘小船绝湘水[3]。中济[4]，船破，皆游。其一氓尽力而不能寻常[5]。其侣曰[6]：“汝善游最也，今何后为[7]？”曰：“吾腰千钱[8]，重，是以后。”曰：“何不去之？”不应，摇其首。有顷，益怠[9]。已济者立岸上，呼且号曰[10]：“汝愚之甚！蔽之甚[11]！身且死，何以货为[12]？”又摇其首，遂溺死[13]。吾哀之。且若是[14]，得不有大货之溺大氓者乎[15]？于是作《哀溺》。

吾哀溺者之死货兮，惟大氓之为忧[16]。世涛鼓以风涌兮[17]，浩滉荡而无舟[18]。不让禄以辞富兮，又旁窥而诡求[19]。手足乱而无如兮[20]，负重逾乎崇丘[21]。既浮颐而灭膂兮[22]，不忍释利而离尤[23]。呼号者之莫救兮，愈摇首以沉流。发披鬟以舞澜兮[24]，魂倀倀而焉游[25]？龟鼋互进以争食兮[26]，鱼鲔族而为羞[27]。始贪赢以啬厚兮[28]，终负祸而怀仇[29]。前既没而后不知惩兮[30]，更揽取而无时休[31]。哀兹氓之蔽愚兮，反贼己而从仇[32]。不量多以自诫兮[33]，姑指幸者而为谋[34]。

夫人固灵于鸟鱼兮，胡昧罻而蒙钩[35]！大者死大兮[36]，小者死小。善游虽最兮，卒以道夭[37]。与害偕行兮，以死自绕。推今而鉴古兮，鲜克以保其生[38]。衣宝焚纣兮[39]，专利灭荣[40]。豺狼死而犹饿兮，牛腹尸而不盈[41]。民既贸贸而无知兮[42]，故与彼咸谥为氓[43]。死者不足哀兮，冀中人之为余再更[44]。噫[45]！

注释

〔1〕永：永州，今湖南零陵一带。　氓：民。　咸：都。

〔2〕水暴甚：江水暴涨得很厉害。甚，厉害。

〔3〕绝：渡。

〔4〕中济：渡到江中间。济，渡。

〔5〕寻常：本为古时的计量单位，八尺为寻，两寻为常。此处极言距离之短。

〔6〕侣：伴侣，同伴。

〔7〕何后为：为何落在后面。后，此处作动词，指落在后面。为，句末助词，表疑问。

〔8〕腰：此处作动词用，大意为“腰上缠绕着”的意思。

〔9〕益怠：益，越发，更加。怠，慢也。

〔10〕呼：大声叫喊。　号：哭而有言，即边哭边说。

〔11〕蔽之甚：大意为“糊涂到极点”。蔽，昏聩，不明是非。

〔12〕货：指钱。　为：语气助词，此处表反诘。

〔13〕遂：就，于是。　溺：淹没。

〔14〕且若是：且，表示假设关系，相当于“假如”。全句的大意是“假如像他那样”。

〔15〕得：能。　大货：大利。　大氓：大人物。

〔16〕惟：副词。此用在句首，表希望、祈使的意思。

〔17〕世涛：作者在此处非常形象地把人世，尤其是人世间的官场比作波浪滔天的大江河。　鼓：涨大，此指涌动，翻腾。

〔18〕滉荡：水广大无涯的样子。

〔19〕旁窥：到处窥探（求利的机会）。旁，广泛，普遍。　诡求：责求。

〔20〕无如：不知往哪里走，喻指不知所措。如，往。

〔21〕逾：超过。　崇丘：高的土山。

〔22〕浮颐（yí）：仅脸部浮出水面。颐，面部。　灭膂：淹没身躯。膂，脊梁骨，此处代指躯体。

〔23〕离尤：遭罪，遇祸。语出《楚辞·离骚》："进不入以离尤兮"。

〔24〕鬤（ráng）：头发散乱的样子。　舞澜：形容（被淹之人的头发）随着水波上下飘动。

〔25〕伥伥：迷茫不知所措的样子。　焉游：游往何处。

〔26〕鼋（yuán）：大鳖。

〔27〕鲔（wěi）：鲟鱼和鳇鱼的古称。　族：聚集。　羞：同"馐"，味美的食物。

〔28〕贪赢：贪恋过度。　啬（sè）厚：吝啬过分。

〔29〕负祸：遭祸。　怀仇：犹抱恨。

〔30〕惩：鉴戒。

〔31〕揽取：抱取，捞取。此处有贬义，指贪婪地攫取。

〔32〕贼己：害己。　从仇：追随（自己）深切怨恨的（人或事）。

〔33〕量：考虑。　自谏：自我规劝。

〔34〕指：向也。　幸者：指同船落水而游上岸的人。　谋：咨询。

〔35〕胡：为什么，何。　昧：冒犯。　罻（wèi）：捕鸟的小网。　蒙：遭受。　钩：鱼钩。此二句大意为：人本来就比鸟、鱼聪明，为什么要像鸟、鱼一样自投网、钩呢？

〔36〕大者：贪大财的人，指前面所说的那些"不让禄以辞富兮，又旁窥而诡求"的贪官。大，大财。下句"小者"指不舍区区千钱而毙命的"永之氓"。

〔37〕卒：终于。　道：技艺。此处指游泳的技术。　夭：少壮而死。

〔38〕鲜（xiǎn）：少。　克：能。

〔39〕衣宝焚纣："纣"即商纣王。《史记·殷本记》："甲子日，纣兵败。纣走，入登鹿台，衣其宝玉衣，赴火而死。"

〔40〕专利灭荣：据《国语·周语上》记载，周厉王好利，喜欢会敛财的荣夷公。"芮良夫曰：'王室其将卑乎！夫荣公好专利而不知大难。夫利，百物之所生也，天地之所载也，而或专之，其害多矣。……以是教王，王能久乎？夫王人者，将导利而布之上下者也，……今王学专利，其可乎？……荣公若用，周必败。'既，荣公为卿士，诸侯不享，王流于彘。"

〔41〕尸：尸体，此处指死。　盈：满。此句大意是：牛到死都填不饱肚子。

〔42〕贸贸：昏聩不明的样子。

〔43〕彼：即上文所说的"大氓"。　谥：古时有地位的人死后，根据其生前所为而追加的以示褒贬的称号。

〔44〕冀：希望。　中人：中等智慧的人，即普通人。　更：改变，变更。

〔45〕噫：叹词，表示悲痛或叹息。

新评

柳宗元在《答韦中立论师道书》一文中，曾告诫后学说，学习写文章要广采博取，尽可能多地吸取前人的长处。在他列举的众多学习对象中，"参之《离骚》以致其幽"便是其"旁推交通而以为之文"的途径之一。的确，柳宗元的文章深受屈原辞赋的影响，这篇文章，不仅在形式上继承了骚体的写法，在精神上，也继承并弘扬了屈原深刻的社会责任感和对现实的批判精神。在本文中，作者以小见大，借用一个近乎荒诞的寓言故事，反映了一个非常严肃的主题，讽世的意味是显而易见的："永之氓"宁肯舍命也不舍财的举动虽可笑、可悲，但君不见自古及今的那些贪婪竞进的"大氓"——历朝历代的达官贵人，终因自己欲壑难满、追求争夺，一个个都落了个可悲的下场。

本文分序和正文两部分。序重在叙事，故作者选用了句式长短参差不齐的散文，挥洒自如而又简洁、生动；正文着重在抒发感慨，所以选择了句式相对整齐的骚体赋，情感深挚而寓意精警。

鞭　贾

题解

《鞭贾》作于作者贬谪永州期间，是一篇带有寓言性质的含义深远的名作。从结尾作者的议论看，文中主要讽刺的是那个只相信"鬻鞭者"的话、仅注重外表而不听人劝告、终于为自己的虚荣付出代价的富家子和那根徒有其表而"其内则空空然，其理若粪壤，无所赖者"的鞭子。进而柳宗元严肃地指出：用人亦同是理，必须论其才而授其职，那些无德无才、欺世盗名、窃取高位的人，"当其有事，驱之于陈力之列以御乎物"，将会给国家带来巨大的灾难。

市之鬻鞭者[1]，人问之，其贾宜五十[2]，必曰五万。复之以五十[3]，则伏而笑[4]；以五百，则小怒；五千，则大怒；必五万而后可。有富者子，适市买鞭[5]，出五万，持以夸余[6]。视其首[7]，则拳蹙而不遂[8]；视其握[9]，则蹇仄而不植[10]；其行水者[11]，一去一来不相承；其节朽黑而无文[12]，掐之灭爪[13]，而不得其所穷[14]；举之翲然若挥虚焉[15]。余曰："子何取于是而不爱五万？"曰："吾爱其黄而泽[16]。且贾者云[17]。"余乃召僮爚汤以濯之[18]。则遬然枯[19]，苍然白[20]，向之黄者栀也[21]，泽者蜡也。富者不悦，然犹持之三年[22]。后出东郊，争道长乐坂下[23]。马相踶[24]，因大击，鞭折而为五六。马踶不已，坠于地，伤焉。视其内则空空然[25]，其理若粪壤[26]，无所赖者[27]。

今之栀其貌，蜡其言，以求贾技于朝者[28]，当其分则善[29]。一误而过其分[30]，则喜；当其分，则反怒，曰："余曷不至于公卿"[31]？然而至焉者亦良多矣[32]。居无事，虽过三年不害[33]。当其有事，驱之于陈力之列以御乎物[34]，以夫空空之内，粪壤之理，而责其大击之效[35]，恶有不折其用[36]，而获坠伤之患者乎？

注释

〔1〕市：市场。　鬻（yù）：买。

〔2〕贾（jià）：通“价”。价格，价值。　宜：适宜。

〔3〕复：回答，此指买者还价时的回复。

〔4〕伏：弯腰。

〔5〕适：到，往。

〔6〕持以夸余：拿着鞭子向我夸耀。

〔7〕其首：指鞭子的头，即鞭梢。

〔8〕拳蹙（cù）：卷曲。　遂：顺也，引申为舒展。

〔9〕握：持鞭的把柄。

〔10〕蹇（jiǎn）仄：歪斜而不直。　植：此通“直”。

〔11〕行水：其义不详。有说指鞭缨，有说指鞭杆与鞭条连接部分，又有人解释为描写鞭子的外貌，未知孰是。

〔12〕节：鞭节。　文：此指鞭所用皮质的纹理。

〔13〕灭爪：掩没手指甲。

〔14〕穷：尽头。

〔15〕翲（piāo）然：轻浮的样子。　挥虚：指鞭子轻飘飘的没有一点重量。虚，无，空。

〔16〕泽：光泽，亮泽。

〔17〕且：况且。　贾（gǔ）者：卖鞭子的人。　云：说。注意，此处作者把鞭商所说的话省略了。

〔18〕僮：奴婢。　爚（yuè）汤：烧煮热水。　濯：洗。

〔19〕遬（sù）：同“速”，迅速。　枯：干枯。

〔20〕苍然：苍白色。

〔21〕向：先前，原来。　栀：即栀子，果实取汁可做黄色染料。此处作动词用，即用栀子汁染黄。下句的“蜡”亦为动词。

〔22〕三年：多年。

〔23〕长乐坂（bǎn）：长安城东门外的地名。

〔24〕踶：用蹄子踢。

〔25〕内：指用以做鞭的皮子的里面。

〔26〕理：脉理，质地。　粪壤：极言其质地腐朽不堪。

〔27〕赖：凭借，依赖。

〔28〕贾技于朝者：指出卖自己的才学向朝廷求官职的人。即“学得文武艺，货于帝王家”的另一种说法。

〔29〕当其分（fèn）：所得到的官职与他的实际能力相符。当，适合。分，限度，此指人的实际能力。

〔30〕一误：一旦失误。误，此指朝廷用人失察。

〔31〕曷：同“何”，为什么。　公卿：三公九卿。此处泛指古代朝廷的高官。

〔32〕焉：兼有介词“于”加代词“此”的语法功能，相当于“于是”、“于此”。　良多：很多。此句大意是：与才能不相称而侥幸爬到公卿地位的人也有很多。

〔33〕害：妨害。

〔34〕陈力之列：施展才能，担任职位，意即真正承担起公卿的责任。之，就。　御乎物：此指处理国家大事。御，治理。物，事物。

〔35〕责：要求。　大击：本指上文的“马相踶，因大击”，即尽力打马。此处借用“大击”一词，是要这些身居高位的人为国竭诚尽智。　效：效用。

〔36〕恶（wū）有：哪有，何有。

新评

在众多的“古代寓言”选本中，《鞭贾》常常厕身其间。一般说来，寓言的篇幅都比较短小，情节比较简单，其中所写的人也较为单纯，它不要求节外生枝，以免所要表达的深刻含义淹没在复杂的情节或过分的人物刻画中。柳宗元的《鞭贾》一文却比较奇特：从题目上看，此文写作的重点应放在那个深刻了解虚荣者的心理，装腔作势、虚高其值而兜售伪劣商品的鞭贾身上；但在实际写作过程中，作者却将笔墨集中在只重外表而不究其实、贪慕虚荣，甚至对人的善意劝告还表示反感，最后落得鞭折身伤的富家子身上。而在文章末尾那段画龙点睛的议论中，柳宗元似乎确又围绕着“其内则空空然，其理若粪壤”，“因大击”，“折而为五六”的鞭子来展开，以此讽刺那些玩弄市侩手段骗取朝廷信任而虚居“公卿”之位的大人物。此外，穿插于文章始终那个既明察物理又洞察世事的作者形象，也很值得我们关注。

作为文学作品的寓言，写作时固然不能也不准有固定的模式，但如果承载的信息太多、太繁，则削弱了它作为通俗文学、大众文学的特色。然而，我们若不把此文看作寓言，而定位为大手笔创作的“古文”，则其言简意赅、寓意精警、讽谕深刻的特点便凸现出来。

三戒并序

题解

本组文章是柳宗元在永州时所作，他不仅是柳宗元寓言小品的代表作，也是中国古代寓言趋于成熟的标志性作品。文中借描写麋、驴、鼠各自愚蠢、虚弱、猖獗的特性，辛辣地讽刺了当时社会上一些恃宠而骄、外强中干、贪残暴虐的人，揭示出他们“卒迨于祸”的必然下场。有学者以为“三戒”一名出自《论语·季氏》，但仔细对照孔子所说的“君子有三戒”之内容，于此组文所阐述的人生道理之间并无关涉。作者大概是认为三篇寓言中所讲的情况都是人们应当引以为戒的，故取名《三戒》。

吾恒恶世之人[1]，不知推己之本[2]，而乘物以逞[3]，或依势以干非其类[4]，出技以怒强[5]，窃时以肆暴[6]，然卒迨于祸[7]。有客谈麋、驴、鼠三物[8]，似其事，作《三戒》。

注释

〔1〕恒：常常。　恶（wù）：讨厌，憎恶。

〔2〕推己之本：指正确估价自己。推，推究。本，这里指自己的实际能力。

〔3〕乘物以逞：凭借着别的东西来逞强。乘，凭借。物，外物，指外部条件。逞，表现，显示。

〔4〕干：冒犯。　非其类：不是他的同类。

〔5〕技：技能，本领。　怒强：激怒强者。怒，用作动词。

〔6〕窃时：利用机会。　肆暴：肆意行暴作恶。

〔7〕卒迨（dài）于祸：最终得到祸患。卒，终于。迨，等到，遭到。

〔8〕麋（mí）：鹿的一种，较鹿为大，壮者角有枝。

临江之麋

题解

作者在这则寓言中，把临江之麋刻画成一个恃宠生骄，以致得意忘形、自取灭亡的可悲形象。很显然，柳宗元是在以麋喻人，借此讽刺现实生活中那些倚仗权势、钱势或人势，习惯于呼风唤雨，便以为自己无所不能，以致忘己量之所称，放意恣肆，无所不为，最终是绝对没有好下场的。

临江之人畋得麋麑[1]，畜之[2]。入门，群犬垂涎[3]，扬尾皆来。其人怒，怛之[4]。自是日抱就犬[5]，习示之[6]，使勿动，稍使与之戏[7]。积久[8]，犬皆如人意。麋麑稍大，忘己之麋也，以为犬良我友[9]，抵触偃仆[10]，益狎[11]。犬畏主人，与之俯仰甚善[12]，然时啖其舌[13]。

三年，麋出门，见外犬在道甚众，走欲与为戏[14]。外犬见而喜且怒[15]，共杀食之，狼藉道上[16]。麋至死不悟。

注释

〔1〕临江：唐县名，属吉州，即今江西樟树。　畋（tián）：打猎。　麋麑（mí ní）：幼鹿，小鹿。麋，即麋鹿。麑，鹿之幼仔。

〔2〕畜之：把小鹿养起来。

〔3〕垂涎：流口水。

〔4〕怛（dá）：惊惧，恐吓。

〔5〕自是：从此。　日：每日。　就：靠近。

〔6〕习:常常。　示之:使狗看。

〔7〕稍:逐渐。　使与之戏:让狗与麋麑玩。

〔8〕积久:经过很长时间。

〔9〕良我友:确实是我的朋友。良,确实。

〔10〕抵触:用头相撞。　偃(yǎn)仆:此指翻滚。偃,仰面躺倒。仆,面向下卧倒。

〔11〕益狎(xiá):更加亲昵。狎,亲近而态度不庄重。

〔12〕俯仰甚善:顺从而相处得很好。

〔13〕啖(dàn)其舌:指下意识流露出来的想吃麋麑的馋嘴模样。啖,本指吃,此应解释为"舔"。

〔14〕为戏:做游戏。

〔15〕喜且怒:因小麋自己送到口边而喜,又因小麋竟敢冒犯自己而怒。

〔16〕狼藉:凌乱的样子。

新评

中国的寓言,早在先秦时期已经非常发达了,但那时的寓言作品,多散见于议论散文或历史散文中。由于依附于别的文体,因而虽然精彩但缺陷很多,比如,情节过于简单,形象过于单薄,即使有个别作品已经相当成熟,但对其他文体的依附却使其没有独立成篇。因此,中国寓言以独立的文体登上中国文坛不能不归功于柳宗元。

《临江之麋》借助一个极为浅近的故事,却说明了一个做人必须记取的大道理:在任何时候,都应该明白自己的身份、能力,正确估价自己,不要因为可以借助于外物而产生自己无所不能的错觉。本文中所阐述的做人的深刻道理,不仅在当时有着很强的现实意义,即使在今天抑或是将来,其意义和影响都是极为深远的。用小故事说明大道理,本是寓言这种文学样式的长处,而柳宗元可以说将这个长处发挥到了极致。

另外,本文的形象性很强,描写生动而风趣,作者不仅考虑到故事情节的完整性,而且还能在叙述过程中捕捉到描写对象的微妙心理。只是柳宗元将人们普遍喜爱的麋麑作为悲剧的承担者,令读者在感情上总是觉得疙疙瘩瘩。

黔之驴

题解

这则寓言通过对黔驴自不量力,出技怒强的描写,讽刺生活中那些徒有其表而无其实,又好卖弄自己的外强中干者。形象的故事和深邃的哲理相结合,以致"黔驴技穷"一词,直到今天仍是家喻户晓的成语。

黔无驴〔1〕,有好事者船载以入〔2〕。至则无可用,放之山下。虎见之,庞然大物也，以为神[3]。蔽林间窥之[4]，稍出近之，慭慭然莫相知[5]。

他日，驴一鸣，虎大骇[6]，远遁[7]。以为且噬己也[8]，甚恐。然往来视之，觉无异能者[9]。益习其声[10]，又近出前后，终不敢搏[11]。稍近，益狎，荡倚冲冒[12]。驴不胜怒，蹄之[13]。虎因喜，计之曰[14]："技止此耳[15]！"因跳踉大㘎[16]，断其喉，尽其肉，乃去。

噫[17]！形之庞也类有德[18]，声之宏也类有能[19]。向不出其技[20]，虎虽猛，疑畏[21]，卒不敢取[22]。今若是焉[23]，悲夫[24]！

注释

〔1〕黔：指唐时的黔中道，其辖地包括现在湖南西部、湖北西南部、重庆市东南部和贵州北部一带。

〔2〕船载以入：用船载着进入。"以"字在此连接两个有先后关系的动词。

〔3〕神：神奇。

〔4〕蔽：隐蔽，暗藏。　窥：偷看。

〔5〕慭慭（yìnyìn）然：小心谨慎的样子。　莫相知：不了解驴的底细。

〔6〕骇：惊恐，害怕。

〔7〕遁（dùn）：逃避。

〔8〕且：将要。　噬（shì）：咬。

〔9〕异能：特殊的本领。　……者：……的样子。

〔10〕习：习惯。

〔11〕搏：搏击，此谓攫取。

〔12〕荡倚冲冒：形容虎对驴用各种动作作进一步的试探。荡，摇晃，此指碰撞。倚，依靠。冲，冲撞。冒，冒犯。

〔13〕蹄之：此"蹄"字名词用为动词，即用蹄子踢。

〔14〕计：估量，盘算。

〔15〕技止此耳：本领只不过如此罢了。

〔16〕跳踉（liáng）：纵跃，跳跃。　大㘎（hǎn）：大声怒吼。

〔17〕噫：叹词，相当于现代汉语的"唉"。

〔18〕类：似，像。　德：品德。

〔19〕宏：大也。　能：能力，本领。

〔20〕向：假设，如果。

〔21〕疑畏：惊疑畏惧。

〔22〕卒：终究。　取：这里有"侵犯"的意思。

〔23〕若是：如此，这样。

〔24〕夫：表示感叹的语气词。

新评

这是柳宗元寓言作品中流传最广的一篇，可以说，是柳宗元寓言的代表作。此文篇幅虽短，但故事性很强。从标题来看，文章刻画的重点当然是黔之驴，但在具体描写过程中，作者却多是从老虎的角度着眼，用老虎的机智、谨慎、量力而行来衬托那匹愚蠢、盲目、不自量力的驴子，在两相对比中，将老虎和驴子这两个形象用极为简洁的语言刻画得非常到位，这是很巧妙奇特的一种写作角度。

行文过程中有叙述、有描写、有议论，甚至还有老虎心理的细腻刻画。不愧为语言简练、思想深刻的上乘之作。

永某氏之鼠

题解

本则寓言以鼠喻人，生动形象，对社会上那些恃宠而骄，凭借某种势力而肆无忌惮地作威作福的人，给予了强烈讽刺。文章篇幅虽短，但是构思巧妙，幽默诙谐，托物寓意，耐人寻味。

永有某氏者，畏日[1]，拘忌异甚[2]。以为己生岁直子[3]，鼠，子神也[4]。因爱鼠，不畜猫犬，禁僮勿击鼠[5]。仓廪庖厨[6]，悉以恣鼠[7]，不问。由是鼠相告，皆来某氏，饱食而无祸。某氏室无完器，椸无完衣[8]，饮食大率鼠之馀也。昼累累与人兼行[9]，夜则窃啮斗暴[10]，其声万状，不可以寝。终不厌。

数岁，某氏徙居他州[11]。后人来居，鼠为态如故[12]。其人曰："是阴类恶物也[13]，盗暴尤甚[14]，且何以至是乎哉[15]！"假五六猫[16]，阖门撤瓦[17]，灌穴[18]，购僮罗捕之[19]。杀鼠如丘，弃之隐处[20]，臭数月乃已[21]。

呜呼！彼以其饱食无祸为可恒也哉[22]！

注释

〔1〕畏日：害怕触犯每日的禁忌。古人用迷信的方法，推算出每天该干什么，不该干什么。违背了这些禁忌，就会招来灾祸。

〔2〕拘忌异甚：忌讳得特别厉害。

〔3〕直：通"值"。当，临。

〔4〕子神：按照十二生肖，子年属鼠，故称鼠为子神。

〔5〕僮（tóng）：本指未成年的人，这里指家中的少年奴仆。

〔6〕仓廪：储藏米谷之所。古时候以谷仓为仓，以米仓为廪。　庖厨：厨房。

〔7〕悉：全都。　恣：放纵，无拘束。

〔8〕椸（yí）：衣架。

〔9〕累累：众多的样子。　兼行：并行。

〔10〕窃啮(niè):偷啃东西。　斗暴:斗殴肆暴。

〔11〕徙(xǐ)居:迁居。

〔12〕为态:所作所为。　如故:照旧。

〔13〕是:此。　阴类恶物:在阴暗处作恶的坏东西。

〔14〕盗:指偷食吃。　暴:指啃衣物、咬架等活动。

〔15〕且:发语词,表层进的意思。　何以:为什么。　至是:达到如此(程度)。

〔16〕假:借也。

〔17〕阖:关闭。　撤:除去。

〔18〕灌穴:用水灌老鼠洞。

〔19〕购僮:这里是出钱雇佣或奖赏的意思。

〔20〕隐处:偏僻的地方。

〔21〕臭:指死老鼠发出的臭味。　乃已:才停止。

〔22〕可恒:可长久。

新评

一般说来,寓言并不要求有过于复杂的故事情节,以免深邃的哲理淹没于繁复的叙事情节中,并且,一则寓言中多数情况下也只集中塑造一个形象。这是众所周知的常识,不必赘言。

柳宗元的寓言却常常打破了这些清规戒律,因为他的寓言篇幅相对加长,因此,他作品的寓意就显得十分深厚,不仅游刃有馀地在其中塑造了主要形象,而且,偶然提到的其他人或物,也往往有耐人琢磨的寓意,譬如《黔之驴》中,除了外强中干的驴子,那只既不鲁莽冒险又不轻言放弃、锲而不舍、终于达到目的的老虎,写得异常成功,其栩栩如生的形象和高远的含义也让读者寻味半天;又比如在《永某氏之鼠》中,作品主要刻画的是窃时肆暴的老鼠,但那个极度迷信、纵鼠成灾的"某氏"和果敢而彻底地清除了鼠害的新主人其所代表的形象似乎也有某种特定的意义。

蝜蝂传

题解

此文作于永州,是柳宗元寓言文学的又一代表作。蝜蝂(fùbǎn),一种小虫的名字,其形状习性已无可考。文章以虫之性,喻人之性,生动形象,寓意深刻。辛辣地讽刺了现实生活中那些贪得无厌,拼命追逐高官厚禄或者不择手段聚敛钱财的人。

蝜蝂者,善负小虫也〔1〕。行遇物,辄持取〔2〕,卬其首负之〔3〕。背愈重,虽困剧不止也〔4〕。其背甚涩〔5〕,物积因不散,卒踬仆不能起〔6〕。人或怜之，为去其负[7]。苟能行[8]，又持取如故。又好上高，极其力不已[9]，至坠地死。

今世之嗜取者[10]，遇货不避[11]，以厚其室[12]，不知为己累也[13]，唯恐其不积[14]。及其怠而踬也[15]，黜弃之[16]，迁徙之[17]，亦以病矣[18]。苟能起，又不艾[19]，日思高其位，大其禄[20]，而贪取滋甚[21]，以近于危坠[22]，观前之死亡不知戒[23]。虽其形魁然大者也[24]，其名人也，而智则小虫也[25]，亦足哀夫[26]！

注释

〔1〕善：擅长。　负：背也。

〔2〕辄：副词，立即，就。

〔3〕卬：通“昂”，抬起。

〔4〕困：疲惫，困乏。　剧：甚，很。

〔5〕涩（sè）：此指不光滑。

〔6〕卒：终于。　踬（zhì）仆：跌倒。

〔7〕去：除去，拿掉。　负：指背上的东西。

〔8〕苟：如果。

〔9〕极：穷，尽。

〔10〕嗜（shì）取：贪婪求取。嗜，贪求。

〔11〕货：钱财。　不避：不辞让，意即一定要捞取。

〔12〕厚：动词。增益，增加。　室：家产。

〔13〕累（lèi）：忧患，祸害。

〔14〕积：多。

〔15〕及：至，到。　怠：借作“殆”，危险。

〔16〕黜（chù）弃：罢免不用。

〔17〕迁徙：贬斥放逐。

〔18〕以：因。此处“以”下省去“之”字。　病：损害。

〔19〕艾（ài）：止，绝。

〔20〕大：引申为多。　禄：俸禄。

〔21〕滋甚：更加厉害。

〔22〕以：顺接连词，表示后一个行为是前一个行为的结果，犹今言“以至”。

〔23〕前之死亡：指前面因贪财而死亡的人。　戒：鉴戒。

〔24〕形：形状，形体。　魁然：高大的样子。

〔25〕智：智力，智慧。

〔26〕哀夫：可悲啊！夫，表示感叹语气。

新评

这篇文章，既具备了寓言所需的各种要素，又加进了我国古代散文的特点——惜字如金而又含蓄隽永。从寓言角度体现的特点，已在题解中谈过，此不赘。在此，让我们主要从散文艺术的角度谈几句。

从文章结构上看，柳宗元先概括介绍了蝜蝂的习性，然后具体描写其“遇物辄持取”，“虽困剧不止”，紧接着再插叙一笔，特意强调“其背甚涩，物积因不散”，因而居然使它“踬仆不能起”。接下去又宕开一笔，出人意料地添加上“人或怜之，为去其负”，情节于是又从头开始，并用极为简练之笔完成第二次叙述的循环：“苟能行，又持取如故”。其后再出一新境：“又好上高，极其力不已”，最后终于“至坠地死”。不足百字的描写部分，可谓极跌宕起伏、生动曲折之能事。

从叙述手法上看，全文有总写，有分写，以顺叙为主，中间还有插叙。文中的“卬其首负之”、“其背甚涩”、“卒踬仆不能起”、“又好上高，极其力不已”等句，准确、生动，虽简洁至极却极富文学色彩。

文章后半部分为议论，将讽刺矛头直指“日思高其位，大其禄”而智若小虫的贪婪者，用语精警，立意深刻，给人留下深长的思考和回味。

永州铁炉步志

题解

本文作于元和八年(813)。铁炉步，是永州城北的一个渡口，因曾有锻者在此冶铁而得名。步，渡口，“埠”的通假。

江之浒，凡舟可縻而上下者曰步[1]。永州北郭有步，曰铁炉步。余乘舟来，居九年，往来求其所以为铁炉者无有。问之人，曰：“盖尝有锻者居，其人去而炉毁者不知年矣，独有其号冒而存。”

余曰：“嘻！世固有事去名存而冒焉若是耶？”

步之人曰：“子何独怪是？今世有负其姓而立于天下者，曰：‘吾门大，他不我敌也[2]。’问其位与德，曰：‘久矣其先也。’然而彼犹曰‘我大’，世亦曰‘某氏大’。某冒于号有以异于兹步者乎？向使有闻兹步之号，而不足釜锜、钱镈、刀铁者[3]，怀价而来[4]，能有得其欲乎？则求位与德于彼，其不可得亦犹是也。位存焉而德无有，犹不足大其门，然世且乐为之下。子胡不怪彼而独怪于是？大者桀冒禹，纣冒汤，幽、厉冒文、武，以傲天下。由不知推其本而姑大其故号，以至于败，为世笑僇，斯可以甚惧。若求兹步之实，而不得釜锜、钱镈、刀铁者，则去而之他，又何害乎？子之惊于是，末矣。”

余以为古有太史，观民风，采民言。若是者，则有得矣。嘉其言可采，书以为志。

注释

〔1〕縻：牛缰绳。此处指拴，系。
〔2〕不我敌：不敌我的倒装，比不上我家。
〔3〕釜：无脚的锅。 锜：有脚的锅。 钱镈（bó）：农具，即铁铲。 鈇：斧。
〔4〕怀价：怀中揣着钱。即带着钱的形象说法。

新评

柳宗元有感于当时社会的习俗，借铁炉步名存实亡的事实，作此篇批判、讽刺了唐代重门第的社会习俗，并希望为统治者所重视，从而使有才能的人不因门第的低下被阻。本文是“记”，但重点不是记事，而是议论，这种写法对宋代的影响很大，欧、苏等人的杂记几乎很少例外。读此类文章的关键有二：一是事与论的关系是否贴切，二是议论的技巧如何，本文在这两方面都提供了范例。

谪龙说

题解

柳宗元在永贞元年（805）参加王叔文的政治改革失败后，同年被贬为永州司马。在永州期间，他曾不断遭受到毁谤和攻击。这篇寓言即作于此时。

扶风马孺子言〔1〕：年十五六时，在泽州〔2〕，与群儿戏郊亭上。顷然，有奇女坠地，有光晔然，被緅裘白纹之里〔3〕，首步摇之冠〔4〕。贵游少年骇且悦之，稍狎焉。奇女頩尔怒曰〔5〕：“不可。吾故居钧天帝宫〔6〕，下上星辰，呼嘘阴阳，薄蓬莱，羞昆仑而不即者。帝以吾心侈大，怒而谪来，七日当复。今吾虽辱尘土中，非若俪也〔7〕。吾复，且害若。”众恐而退。遂入居佛寺讲室焉。及期，进取杯水饮之，嘘成云气，五色翛翛也〔8〕。因取裘反之，化为白龙，回翔登天，莫知其所终。亦怪甚矣。

呜呼！非其类而狎其谪不可哉。孺子不妄人也，故记其说。

注释

〔1〕扶风：古郡名，故治在今陕西扶风县。 马孺子：人名，或解为姓马的年轻人。
〔2〕泽州：唐州名，在今山西沁水县一带。
〔3〕緅（zōu）：黑红色。

〔4〕步摇之冠:即步摇冠,古时妇女头上戴的一种冠,上面缀挂着许多装饰品,走路时装饰品随步摇摆,故称为“步摇”。

〔5〕頩(pǐng)尔:敛容,板起脸孔的样子。

〔6〕钧天:古人把天分为九个区域,中央叫钧天。　帝宫:天帝住的宫殿。这里是借帝宫来喻指朝廷。

〔7〕若:你们。　俪:伴,同类。

〔8〕翛翛(xiāo):原指鸟的羽毛凋零,这里泛指散落飘飞的样子。

新评

作者在文中以龙女自比,通过对龙女被贬人间,怒斥贵族少年的戏弄,尔后重返天宫的描写,表达了作者在遭受贬谪后的愤慨及不愿与“非同类”之人同流合污的昂扬气概。作品短小精悍,寓意深刻,其中对龙女外形和性格的描写,高洁而不低俗,而龙女对贵族少年的严词申斥则简短而有力。对主题的揭示,也是点到为止,含义隽永。

憎王孙文

题解

王孙,指猢狲。这是一篇寓言性质的文章,由前半段的序文和后半段的骚体诗组成。是柳子晚年的作品。

猿、王孙居异山,德异性,不能相容。猿之德静以恒,类仁让孝慈〔1〕。居相爱,食相先,行有列,饮有序。不幸乖离,则其鸣哀。有难,则内其柔弱者。不践稼蔬。木实未熟,相与视之谨;既熟,啸呼群萃,然后食,衎衎焉〔2〕。山之小草木,必环而行遂其植。故猿之居山恒郁然。王孙之德躁以嚣,勃诤号呶〔3〕,唶唶强强〔4〕,虽群不相善也。食相噬啮,行无列,饮无序。乖离而不思。有难,推其柔弱者以免。好践稼蔬,所过狼藉披攘。木实未熟,辄龁咬投注〔5〕。窃取人食,皆知自实其嗛〔6〕。山之小草木,必凌挫折挽,使之瘁然后已。故王孙之居山恒蒿然。以是猿群众则逐王孙,王孙群众亦齚猿〔7〕。猿弃去,终不与抗。然则物之甚可憎,莫王孙若也。余弃山间久,见其趣如是,作《憎王孙》云。

湘水之浟浟兮〔8〕,其上群山。胡兹郁而彼瘁兮,善恶异居其间。恶者王孙兮善者猿,环行遂植兮止暴残。王孙兮甚可憎!噫,山之灵兮〔9〕,胡不贼旃〔10〕?跳踉叫嚣兮,冲目宣龂〔11〕。外以败物兮,内以争群。排斗善类兮,哗骇披纷。盗取民食兮,私己不分。充嗛果腹兮,骄傲欢欣,嘉华美木兮硕而繁，群披竞啮兮枯株根。毁成败实兮更怒喧，居民怨苦兮号穹旻[12]。王孙兮甚可憎！噫，山之灵兮，胡独不闻？

猿之仁兮，受逐不校；退优游兮，唯德是效。廉、来同兮圣囚[13]，禹、稷合兮凶诛[14]。群小遂兮君子违[15]，大人聚兮孽无馀[16]。善与恶不同乡兮，否泰既兆其盈虚[17]。伊细大之固然兮，乃祸福之攸趋。王孙兮甚可憎！噫，山之灵兮，胡逸而居？

注释

〔1〕类：都，大抵。

〔2〕衎（kàn）衎：和气欢乐的样子。

〔3〕勃诤：相争。　号呶：号叫。

〔4〕啧（zé）啧：大声呼叫。　强强：相随的样子。

〔5〕龁（hé）：咬。

〔6〕嗛：猴类两颊内藏食物的皮囊。

〔7〕齚（zé）：咬。

〔8〕湔湔：水流的样子。

〔9〕山之灵：山神（影射当时在位的皇帝，即唐宪宗）。

〔10〕贼：诛杀。　旃（zhān）：“之焉”二字的合音。

〔11〕宣龂（yín）：露出牙根肉。

〔12〕穹旻（qióngmín）：苍天。

〔13〕廉、来：指飞廉和恶来，相传是殷纣王的臣子。　圣：指周文王。　囚：周文王曾被殷纣王囚禁在羑（yǒu）里（今河南牖城）。

〔14〕禹、稷：夏禹和后稷，是舜向尧推荐的二位贤臣。　凶：指“四凶”，相传是被舜放逐的四个恶人浑敦、穷奇、梼杌（táowù）、饕餮（tāotiè）。

〔15〕遂：得逞。　违：遭殃。

〔16〕孽：妖害。

〔17〕否：厄运，倒霉。　泰：好运，顺利。

简评

文章通过对猿和猢狲善恶不同的品德的描写，借此影射以王叔文为首的政治革新集团和以宦官、藩镇为主体的守旧顽固势力之间势不两立的矛盾斗争。作者满腔热情地赞颂了革新集团美好的品德，无情地鞭挞了顽固守旧势力排斥异己、祸国殃民的种种罪行。文末还对妍媸不分、纵恶为非的最高统治者提出严正的责问，表现了一个失败的改革者难得的自信和勇气。

罴说

题解

本文作于永州司马任上。文中借鹿、貙、虎、罴一物制一物来比喻那些“不善内而恃外者”、只知假借外力而不思自强的愚蠢行为，讽刺了唐王朝采取的“以藩制藩”的政策，具有很强的针对性。罴(pí)，熊的一种，俗称人熊，黄白色，性凶猛。

鹿畏貙[1]，貙畏虎，虎畏罴。罴之状，被发人立[2]，绝有力而甚害人焉。楚之南有猎者，能吹竹为百兽之音[3]。昔云持弓矢罂火而即之山[4]，为鹿鸣以感其类[5]，伺其至，发火而射之。貙闻其鹿也，趋而至[6]。其人恐，因为虎而骇之。貙走而虎至，愈恐，则又为罴。虎亦亡去[7]。罴闻而求其类，至则人也，捽搏挽裂而食之[8]。

今夫不善内而恃外者[9]，未有不为罴之食也。

注释

〔1〕貙(chū)：兽名，似狸。

〔2〕被发人立：头上披着长毛，能像人一样站立。被，同“披”。

〔3〕竹：竹管。　为：做，这里指模仿。　音：声音，引申为动物的鸣叫声。

〔4〕罂火：装在瓦罐里的灯火。罂，大腹小口的瓦器。

〔5〕感：感召，引诱。

〔6〕趋：疾行。

〔7〕亡：逃走。

〔8〕捽(zuó)：揪住。　搏：抓，扑。　挽：拉。

〔9〕不善内：不重视加强自身力量。　恃：依靠，凭借。

新评

文章刻画了一个没有真实本领的猎人形象，叙述了他打猎不成反被吃掉的经过，表面上看，似乎与现实无关，而最后一句“今夫不善内而恃外者，未有不为罴之食也”，则点明主旨，暗喻了朝廷在藩镇割据的严重威胁下，如果不加强中央集权，实行政治革新，必然会落得和楚之南的猎人同样的下场。这篇寓言的想象丰富奇特，语言犀利精练，篇幅虽然短小而寓意深刻，嬉笑怒骂，因物肖形，表现了高度的幽默讽刺艺术。

鹘　说

题解

本文写于柳宗元贬居永州期间，是他的一篇讽刺杂文。鹘，又名鹘鸠，体小、短尾、黑色的猛禽，是鸷鸟的一种。

有鸷曰鹘者[1]，穴于长安荐福浮图有年矣[2]。浮图之人室宇于其下者[3]，伺之甚熟[4]，为余说之曰："冬日之夕，是鹘也，必取鸟之盈握者完而致之[5]，以燠其爪掌[6]，左右而易之[7]。旦则执而上浮图之跂焉[8]，纵之[9]，延其首以望[10]，极其所如往[11]，必背而去焉[12]。苟东矣[13]，则是日也不东逐[14]，南北西亦然。"

呜呼！孰谓爪吻毛翮之物而不为仁义器耶[15]？是固无号位爵禄之欲[16]，里闾亲戚朋友之爱也[17]，出乎鷇卵[18]，而知攫食决裂之事尔[19]，不为其他。凡食类之饥[20]，唯旦为甚，今忍而释之[21]，以有报也[22]。是不亦卓然有立者乎[23]？用其力而爱其死[24]，以忘其饥，又远而违之[25]，非仁义之道耶？恒其道[26]，一其志[27]，不欺其心，斯固世之所难得也。

余又疾夫今之说曰[28]：以煦煦而嘿[29]，徐徐而俯者[30]，善之徒；以翘翘而厉[31]，炳炳而白者[32]，暴之徒。今夫枭鸺[33]，晦于昼而神于夜；鼠不穴寝庙[34]，循墙而走[35]，是不近于煦煦者耶？今夫鹘，其立趯然[36]，其动砉然[37]，其视的然[38]，其鸣革然[39]，是不近于翘翘者耶？由是而观其所为，则今之说为未得也[40]。孰若鹘者，吾愿从之[41]。毛耶翮耶，胡不我施[42]？寂寥太清[43]，乐以忘饥。

注释

〔1〕鸷（zhì）：鹰类猛禽。　鹘（hú）：老鹰一类的猛禽。

〔2〕穴：巢居。　荐福：唐佛寺名。　浮图：亦写作"浮屠"，有二义，一为塔，如本句中"荐福浮图"；一为佛，如下句中"浮图之人"。　有年：多年。

〔3〕浮图之人：指僧人。

〔4〕伺之：观察它。

〔5〕盈握者：指鸟体满一握。　完而致之：完好无损地活捉回巢里。

〔6〕燠（yù）：暖，热。　其：指鹘。

〔7〕左右而易之：左右两只爪子交替地握小鸟。

〔8〕旦：清晨。　浮图之跂：塔的最高处。跂，通"企"，提起脚跟，以求身高，引申有高义。

〔9〕纵之:把所抓的小鸟放掉。

〔10〕延:伸长。 其:指鹘。

〔11〕极:极限,指鹘视力的极限。 其:指小鸟。

〔12〕背:相反的方向。

〔13〕苟:如果。

〔14〕是:这。 东:东向而飞。

〔15〕爪吻毛翮(hé)之物:飞禽。 翮,羽茎,也代指鸟翼。 仁义器:有仁爱之心的物类。

〔16〕号:名号。 位:职位。 爵:封爵。 禄:俸禄。

〔17〕里闾:乡里。

〔18〕鷇(kòu):初生的小鸟。

〔19〕攫食:用爪抓取食物。 决裂:撕碎(食物)。

〔20〕食类:吃食物的鸟兽。

〔21〕释之:指放了被捕捉的小鸟。

〔22〕以有报也:以此来报温爪之恩。

〔23〕卓然:杰出超群。 有立:有所建树。

〔24〕爱:怜惜,不忍。

〔25〕远:远离。 违之:离开它。指上文"背而去焉"。

〔26〕恒:常,永久。

〔27〕一:专一,坚定。

〔28〕疾:厌恶,憎恨。 说:说法。 曰:说,动词。

〔29〕以:认为。 煦煦:和悦貌。 嘿:同"默",闭口不言。

〔30〕徐徐:缓慢稳重,温和。 俯:俯首躬身。

〔31〕翘翘:高亢。 厉:猛烈。

〔32〕炳炳:光明的样子。 白:率真,清楚。

〔33〕枭鸺(xiāoxiū):猫头鹰,昼伏夜出。

〔34〕穴:用作动词,指打鼠洞。 寝庙:古代天子诸侯供奉祖先的殿堂。前殿祭祀祖先曰庙,后殿放置衣物曰寝,合称寝庙。

〔35〕循墙:顺墙。 走:逃窜。

〔36〕趯(tì):跳跃。

〔37〕砉(huā):象声词,动作迅速的声音。

〔38〕的:鲜明,明亮。

〔39〕革:与"亟"通,急。

〔40〕得:合适,适当,正确。

〔41〕"孰若"二句:有谁的品德像鹘,我愿意跟随他。

〔42〕胡不我施:即"胡不施我",为什么不给予我(毛、翮)呢?

〔43〕寂寥:广阔。 太清:天空。

新评

中唐时代,宦官擅权,朋党相轧,藩镇跋扈,腥风逆气弥漫宇内,仁人君子为之恸哭。作者时贬永州,通过这篇寓言,巧借形似之物抨击现实,表达了对由自己推荐而身居高位却对自己的贬谪不闻不问者的不满，鞭挞了当时官场中那种忘恩负义的恶劣习气。茅坤《唐宋八大家文钞》卷九："柳子疾世之获其利而复挤之死者，故有是文，亦可以刺世矣。"

敌戒

题解

本篇作于永州司马任上。"敌"指敌人，"戒"即鉴戒、警戒之意。把标题翻译成今天的话，就是论说敌人的存在对自己的鉴戒作用。在文章中，柳宗元紧紧围绕着"敌"字展开议论，深刻、透辟地把"敌存"、"敌去"与"利"、"害"之间的辩证关系申述透彻，见解新颖，发人深省。关于柳宗元写作此文的动机，有人以为是作者在贬谪的无奈中，劝勉自己辩证地看待政敌的迫害；也有人以为是针对唐宪宗削平淮西藩镇割据后，日渐骄横昏聩的现实而发的。

皆知敌之仇，而不知为益之尤[1]；皆知敌之害，而不知为利之大。秦有六国，兢兢以强[2]；六国既除，訑訑乃亡[3]。晋败楚鄢，范文为患，厉之不图，举国造怨[4]。孟孙恶臧，孟死臧恤："药石去矣，吾亡无日[5]。"智能知之，犹卒以危[6]；矧今之人，曾不是思[7]。敌存而惧，敌去而舞，废备自盈，只益为瘉[8]。敌存灭祸，敌去召过。有能知此，道大名播[9]。惩病克寿，矜壮死暴[10]。纵欲不戒，匪愚伊耄[11]。我作戒诗，思者无咎[12]。

注释

〔1〕尤：甚，非常。

〔2〕六国：战国时期与秦同时存在的其他六国，即齐、楚、燕、赵、韩、魏。　兢兢：小心谨慎的样子。

〔3〕訑（yí）訑：骄傲自满的样子。

〔4〕鄢（yān）：鄢陵，春秋时郑国地名，在今河南鄢陵县西北。　范文：即范文子，名士燮（xiè），当时任晋国大夫。　患：忧虑，担心。　厉：即晋厉公，晋国国君，名寿曼。　不图：不谋划，不考虑。　造：兴起。据《左传》记载，公元前575年，晋厉公在鄢陵战败楚军。当时，晋国大夫范文子认为"外宁必有内忧"，要晋厉公警惕。晋厉公不听劝说，骄奢淫逸、滥杀无辜，不久，政局果然大乱，晋厉公也被栾书、中行偃等人囚杀。

〔5〕孟孙：即孟孙速，春秋时鲁国大夫。　恶（wù）：厌恶，憎恨。　臧（zāng）：即臧孙纥（hé），其时亦为鲁国大夫。　恤：悲伤，忧虑。　药石：古时用来治病的药物和砭石。　无日：没有几天了。据史书记载，孟孙平时非常憎恨臧孙，但孟孙死后，臧孙却非常忧伤地在他的灵前边哭边说：孟孙是我的药石，药石没有了，我灭亡的日子也不会太长了。事详见《左传·襄公二十三年》。

〔6〕智：智慧。　知之：指理解敌人的存在对自己有好处。　卒：最后，终了。

〔7〕矧（shěn）：况且，何况。　曾不是思：从不思是。是，指上面讲的道理。

〔8〕废备：解除戒备。　自盈：自满。　益：更加，越发。　瘉（yù）：疾病，引申为祸患。

〔9〕道：道德，有人解释为“道义”，亦通。　名播：声名远播。

〔10〕惩：警戒，警惕。　克：能。　矜(jīn)：自恃，自负。　暴：突然。

〔11〕匪：同“非”，不是。　伊：是。　耄(mào)：年老，引申为糊涂。

〔12〕咎(jiù)：过失，灾祸。

新评

这是一篇颇富哲理的短文。柳宗元以独具的慧眼，运用朴素的辩证法思想，通过确凿的历史事实，总结出生活中常见而往往被人忽视了的“敌存灭祸，敌去召过”的经验教训。他深刻地指出：敌人的存在在一般人看来是坏事，但若正确对待，可以使自己“兢兢以强”——坏事可以转变为好事；反之，如果因为彻底消灭了敌人而放松警惕，甚至骄奢淫逸，则会招致非常严重的可怕后果。为了把问题说得更透彻，也为了更能令读者警觉起来，柳宗元还举出历史上曾经发生过的典型事例来进一步论证：晋厉公大败楚国后，大夫范文子曾担心并提醒过他；臧孙在政敌孟孙死后，甚至连他自己也意识到这个道理，但最终还是因为重视不够而没有躲避开灾祸。作者进而指出：今天，居然没有人想过这个道理，只知道“敌存而惧，敌去而舞”，其后果当然是触目惊心的！

艺术上，文章篇幅虽短但论据相当充实，语言简洁整饬但论述相当到位，尤其是分析问题时的新颖、独到、准确、全面，更是不能不令人拍案叫绝。

或许正如前人所说，柳宗元当初写此文时，的确是有感而发的，但如果我们换一种角度，把这篇文章作为自己日常生活的座右铭，也未尝不可。果若如此，这篇小小的文章对于我们做人、处世，以至学习、工作都会有莫大的启迪和促进作用的。

对贺者

题解

本文作于永州司马任上。柳宗元本是一个过于执着的人，更何况他无罪而被弃置蛮荒。永州十年，无所事事，令他悲愤万分，这篇文章，他借释朋友之疑的机会，抒发了自己被迫用“浩浩”之貌掩盖“戚戚之尤”的痛苦。

柳子以罪贬永州[1]，有自京师来者，既见，曰：“余闻子坐事斥逐[2]，余适将唁子[3]。今余视子之貌浩浩然也[4]，能是达矣[5]，余无以唁矣，敢更以为贺。”柳子曰：“子诚以貌乎则可也[6]，然吾岂若是而无志者耶[7]？姑以戚戚为无益乎道[8]，故若是而已耳。吾之罪大，会主上方以宽理人[9]，用和天下[10],故吾得在此。凡吾之贬斥幸矣,而又戚戚焉何哉?夫为天子尚书郎,谋画无所陈,而群比以为名[11],蒙耻遇僇[12],以待不测之诛[13]。苟人尔,有不汗栗危厉偲偲然者哉[14]!吾尝静处以思,独行以求,自以上不得自列于圣朝,下无以奉宗祀,近丘墓[15],徒欲苟生幸存,庶几似续之不废[16]。是以傥荡其心[17],倡佯其形[18]。茫乎若升高以望[19],溃乎若乘海而无所往[20],故其容貌如是。子诚以浩浩而贺我,其孰承之乎?嬉笑之怒,甚乎裂眦[21]。长歌之哀,过乎恸哭。庸讵知吾之浩浩非戚戚之尤者乎[22]?子休矣。"

注释

〔1〕永贞元年九月,柳宗元自礼部员外贬邵州刺史。十一月,又贬永州司马。

〔2〕坐事:因事获罪。

〔3〕唁:对遭遇不幸的人表示慰问。古代吊生曰唁,吊死曰吊。

〔4〕浩浩:胸怀开阔坦荡。

〔5〕达:放达,旷达。

〔6〕诚:果真,如果。

〔7〕若是:如此,这样。

〔8〕戚戚:忧惧貌。

〔9〕方:正好。　理:治。我国封建社会有为帝王和尊长避讳的礼教。对于帝王的名字用字,不能直接说出,书写时也避免直接使用,而用其他义同或义近的字代替,这就叫避讳。柳宗元为了避唐高宗李治的讳,以"理"字代"治"。

〔10〕用和天下:意思是用宽容态度来治理对待人,以此来缓和天下。用,因,由。和,缓和。

〔11〕群比:朋党。　名:声名,名誉。

〔12〕这句是互文,也可以说成蒙僇遇耻。蒙、遇:受,遭受。耻、僇:侮辱,耻辱。

〔13〕待:候,等待。　诛:惩罚。

〔14〕偲偲(sī):互相勉励督促的样子。

〔15〕丘:孔子,名丘,字仲尼。春秋时鲁国人。儒家的创始者。

〔16〕庶几:但愿。表示希望。

〔17〕傥荡:放任。

〔18〕倡佯:逍遥,自在纵情的样子。

〔19〕茫乎:失意的样子。

〔20〕溃乎:愤怒的样子。

〔21〕裂眦:因瞪眼,眼眶都要裂开,形容盛怒的样子。

〔22〕庸讵:难道。　尤:更,特别。

新评

本文采用对答方式,言志抒怀,抒发了自己被贬被弃的一腔幽愤。柳宗元被贬永州,首先是仕途受阻,政治理想破灭;其次是当时处境的"末路孤危":上有衔恨含怒的宪宗，下有嫉才妨贤的权臣；第三是到永州后一系列的遭遇：地处荒蛮，老母病逝，屡遭火灾等，其心中的哀怨可想而知。对哀愁的表达，历代文人有不同的途径和方法，李白有“抽刀断水水更流，举杯销愁愁更愁”，辛弃疾有“而今识尽愁滋味，欲说还休，欲说还休，却道天凉好个秋”，而柳宗元所推崇的却是“嘻笑之怒，甚乎裂眦。长歌之哀，过乎恸哭”的美学境界，即以冷峻之笔来抒哀泄愁。

读到“庸讵知吾之浩浩非戚戚之尤者乎”，方知“知我者谓我心忧，不知我者谓我何求”的感慨。自京师来唁者，被柳宗元浩浩然之貌所折服，转以为贺。孰不知他达观的表面下深藏着矛盾与痛苦，仍然一直被深深的悲愤所煎熬着，貌似浩浩悠闲，而实际却是戚戚哀怨。一句“子休矣”道出了智者的孤独不被人理解的痛苦。

封建论

题解

本文中的“封建”一词，意为封国土建诸侯，这是沿袭部落制度逐渐形成的奴隶主贵族分封制。它是我国古代的一种政治制度，与我们今天所说的五种社会形态之一的“封建社会”的“封建”概念不同。

商、周时期实行封建制。秦统一天下后，分天下为郡县，作为直辖于中央的地方行政单位。郡县制显然是适应地主阶级统一集权的进步制度。汉代以下，某些朝代的统治者误认为秦的速亡是由于王室孤立，缺乏辅佐，盲目向往三代，因而在沿袭郡县制的同时，又兼行封建制。关于封建制和郡县制的优劣，引起了历史上许多政治家和学者的争论。中唐时期藩镇割据的情况愈演愈烈，并且藩镇割据者又在搞父子相传的世袭制，和这种政治局面相适应，封建制的论调又开始抬头。针对这种情况，柳宗元在永贞革新失败后，写下了这篇著名的政论文。

天地果无初乎[1]？吾不得而知之也。生人果有初乎[2]？吾不得而知之也。然则孰为近[3]？曰：有初为近。孰明之[4]？由封建而明之也。彼封建者，更古圣王尧、舜、禹、汤、文、武而莫能去之[5]。盖非不欲去之也[6]，势不可也[7]。势之来，其生人之初乎[8]？不初，无以有封建。封建，非圣人意也[9]。

彼其初与万物皆生[10]，草木榛榛[11]，鹿豕狉狉[12]，人不能搏噬，而且无毛羽，莫克自奉自卫[13]，荀卿有言：“必将假物以为用”者也[14]。夫假物者必争[15]，争而不已，必就其能断曲直者而听命焉[16]。其智而明者，所伏必众[17]；告之以直而不改[18]，必痛之而后畏[19]；由是君长刑政生焉[20]。故近者聚而为群[21]。群之分，其争必大，大而后有兵有德[22]。又有大者，众群之长又就而听命焉[23]，以安其属[24]，于是有诸侯之列。则其争又有大者焉。德又大者，诸侯之列又就而听命焉，以安其封[25]，于是有方伯、连帅之类[26]。则其争又有大者焉。德又大者，方伯、连帅之类，又就而听命焉，以安其人[27]，然后天下会于一[28]。是故有里胥而后有县大夫[29]，有县大夫而后有诸侯，有诸侯而后有方伯、连帅，有方伯、连帅而后有天子。自天子至于里胥，其德在人者[30]，死必求其嗣而奉之[31]。故封建非圣人意也，势也。

夫尧、舜、禹、汤之事远矣，及有周而甚详[32]。周有天下，裂土田而瓜分之，设五等[33]，邦群后[34]，布履星罗[35]，四周于天下，轮运而辐集[36]。合为朝觐会同[37]，离为守臣捍城[38]。然而降于夷王，害礼伤尊[39]，下堂而迎觐者。历于宣王[40]，挟中兴复古之德[41]，雄南征北伐之威[42]，卒不能定鲁侯之嗣[43]。陵夷迄于幽、厉[44]，王室东徙[45]，而自列为诸侯矣。厥后，问鼎之轻重者有之[46]，射王中肩者有之[47]，伐凡伯、诛苌弘者有之[48]，天下乖盭[49]，无君君之心[50]。余以为周之丧久矣，徒建空名于公侯之上耳！得非诸侯之盛强[51]，末大不掉之咎欤[52]？遂判为十二[53]，合为七国[54]，威分于陪臣之邦[55]，国殄于后封之秦[56]。则周之败端，其在乎此矣[57]。

秦有天下，裂都会而为之郡邑[58]，废侯卫而为之守宰[59]，据天下之雄图[60]，都六合之上游[61]，摄制四海，运于掌握之内，此其所以为得也[62]。不数载而天下大坏，其有由矣。亟役万人[63]，暴其威刑，竭其货贿[64]。负锄梃谪戍之徒[65]，圜视而合从[66]，大呼而成群。时则有叛人而无叛吏[67]，人怨于下而吏畏于上，天下相合[68]，杀守劫令而并起。咎在人怨，非郡邑之制失也[69]。

汉有天下，矫秦之枉[70]，徇周之制，剖海内而立宗子[71]，封功臣。数年之间，奔命扶伤之不暇[72]。困平城[73]，病流矢[74]，陵迟不救者三代[75]。后乃谋臣献画[76]，而离削自守矣[77]。然而封建之始[78]，郡邑居半[79]，时则有叛国而无叛郡[80]。秦制之得，亦以明矣。继汉而帝者，虽百代可知也[81]。

唐兴，制州邑，立守宰，此其所以为宜也。然犹桀猾时起[82]，虐害方域者[83]，失不在于州而在于兵[84]，时则有叛将而无叛州。州县之设，固不可革也[85]。

或者曰[86]:“封建者,必私其土,子其人,适其俗,修其理,施化易也[87]。守宰者,苟其心,思迁其秩而矣,何能理乎[88]?”余又非之[89]。周之事迹,断可见矣[90]。列侯骄盈[91],黩货事戎[92]。大凡乱国多,理国寡。侯伯不得变其政[93],天子不得变其君[94]。私土子人者,百不有一。失在于制,不在于政,周事然也。秦之事迹,亦断可见矣。有理人之制[95],而不委郡邑[96],是矣;有理人之臣[97],而不使守宰[98],是矣。郡邑不得正其制,守宰不得行其理[99],酷刑苦役,而万人侧目[100]。失在于政,不在于制。秦事然也。汉兴,天子之政行于郡,不行于国;制其守宰,不制其侯王。侯王虽乱[101],不可变也;国人虽病[102],不可除也。及夫大逆不道[103],然后掩捕而迁之[104],勒兵而夷之耳[105]。大逆未彰[106],奸利浚财[107],怙势作威,大刻于民者[108],无如之何[109]。及夫郡邑,可谓理且安矣。何以言之?且汉知孟舒于田叔[110],得魏尚于冯唐[111],闻黄霸之明审[112],睹汲黯之简靖[113],拜之可也,复其位可也,卧而委之以辑一方可也[114]。有罪得以黜,有能得以赏。朝拜而不道[115],夕斥之矣[116];夕受而不法,朝斥之矣。设使汉室尽城邑而侯王之[117],纵令其乱人[118],戚之而已。孟舒、魏尚之术,莫能而施;黄霸,汲黯之化,莫能而行。明谴而导之[119],拜受而退已违矣[120]。下令而削之,缔交和从之谋[121],周于同列[122],则相顾裂眦[123],勃然而起[124]。幸而不起,则削其半[125]。削其半,民犹瘁矣[126],曷若举而移之以全其人乎[127]?汉事然也。今国家尽制郡邑,连置守宰,其不可变也固矣。善制兵,谨择守,则理平矣。

或者又曰:“夏、商、周、汉封建而延[128],秦郡邑而促[129]。”尤非所谓知理者也。魏之承汉也,封爵犹建[130]。晋之承魏也,因循不革[131]。而二姓陵替,不闻延祚[132]。今矫而变之,垂二百祀[133],大业弥固,何系于诸侯哉?

或者又以为:“殷、周[134],圣王也,而不革其制,固不当复议也。”是大不然[135]。夫殷、周之不革者,是不得已也。盖以诸侯归殷者三千焉,资以黜夏,汤不得而废[136];归周者八百焉,资以胜殷,武王不得而易[137]。徇之以为安[138],仍之以为俗[139],汤、武之所不得已也。夫不得已,非公之大者也,私其利于己也,私其卫于子孙也[140]。秦之所以革之者,其为制,公之大者也;其情[141],私也,私其一己之威也[142],私其尽臣畜于我也[143]。然而公天下之端自秦始[144]。

夫天下之道，理安[145]，斯得人者也。使贤者居上，不肖者居下[146]，而后可以理安。今夫封建者，继世而理[147]。继世而理者，上果贤乎？下果不肖乎？则生人之理乱未可知也。将欲利其社稷[148]，以一其人之视听[149]，则又有世大夫世食禄邑[150]，以尽其封略[151]。圣贤生于其时，亦无以立于天下，封建者为之也。岂圣人之制使至于是乎[152]？吾固曰："非圣人之意也，势也。"

注释

〔1〕天地：指自然界。　果：真的。　初：开端，指原始阶段。

〔2〕生人：即生民(唐人避唐太宗李世民讳，用"代"代替"世"，用"人"代替"民")，这里指人类，可引申为人类社会。

〔3〕然则：那么。　孰：疑问代词，哪个。　近：接近事实。这句意为：那么，(有原始阶段和没有原始阶段这两种说法)哪一种比较接近事实呢？

〔4〕孰明之：凭什么证明这种说法。

〔5〕更：经历。　尧、舜、禹、汤、文、武：唐尧、虞舜、夏禹、商汤、周文王、周武王，他们在封建社会被认为是圣明的君主。　去：废除。

〔6〕盖：句首助词，大概。

〔7〕势：客观形势，历史趋势。

〔8〕其：大概。这句的意思是：这种客观形势的产生，大概就是人类有原始阶段的证明吧？

〔9〕圣人意：圣人的主观意愿。这两句的意思是：若是没有最初的原始阶段，就不会有分封制。它的产生，不是圣人个人的意志决定的。

〔10〕彼：他们，指原始人。　其：助词。　皆生：并生，指与万物生存在一起。

〔11〕榛榛(zhēn)：形容草木杂乱丛生的样子。

〔12〕豕(shǐ)：野猪。　狉狉(pī)：形容野兽成群奔走的样子。

〔13〕克：能。　自奉：指只凭本身的爪扑牙咬取得食物，这里承搏噬说。奉，供养。　自卫：保卫自己，这里承毛羽说。

〔14〕荀卿：名况，战国晚期赵国人，杰出的思想家。其《荀子·劝学》云："假舆马者，非利足也，而致千里；假舟楫者，非能水也，而绝江河。君子生非异也，善假于物也。"这里概括它的大意。　假物以为用：凭借外物让它起维护自己生存的作用。假，借。

〔15〕这句意思是：利用外物自奉自卫，一定会发生争夺。

〔16〕就：接近，走向，有"去找"的意思。　能断曲直者：能判断是非的人。

〔17〕所伏：服从的人。伏，服从。

〔18〕告之以直：用正确的道理告诫他们。　不改：指不按照所告正确之道去改正自己原来所犯的错误。

〔19〕痛之：使他们痛苦，指惩罚他们。　畏：害怕，畏惧。

〔20〕君长：君主官吏。　刑政：刑法政令。

〔21〕近者：关系密切的人，当指血缘关系。　群：群体，部落。

〔22〕兵：武器，军队，战事。　德：威望，道德。

〔23〕大者：指在武力和文教两方面更有权威的人。

〔24〕安:安定。　属:部属,即指部落。

〔25〕封:封疆,领地。这里指领地中的民众。

〔26〕方伯:一方诸侯的首领。　连帅:十国诸侯的首领。

〔27〕人:人民,百姓。

〔28〕会于一:指统一听命于天子。会,合。

〔29〕里胥:一里之长,古代乡官。相当于后代的保长、乡长之类。　县大夫:一县的长官,又叫县正。

〔30〕德在人者:对民众有恩德的人。

〔31〕嗣:继承者,后代子孙。　奉:尊奉。

〔32〕及:到。　有:常常加在朝代名称前面,无实义。

〔33〕五等:周朝把诸侯分为公、侯、伯、子、男五等爵位,按爵位定封地的大小。

〔34〕邦群后:即分封诸侯。邦,作动词用,分封。后,君长。这里指诸侯。

〔35〕布履星罗:指诸侯国遍布天下,有如繁星罗布。布,分布。

〔36〕轮运:像车轮一样围绕中心转动。　辐集:像辐一样集中在轴心上。辐(fú),轮中直木条。这是指西周盛时,周天子能控制全国,运转自如。

〔37〕合:聚合。　朝觐会同:《周礼·春官·大宗伯》记载周代诸侯朝见天子的名目:春天去见,叫朝;秋天去见,叫觐;随时去见,叫会;一起去见,叫同。

〔38〕离:分散。　守臣:为天子守卫疆土之臣,指诸侯。　捍:捍卫。

〔39〕降:下传。　夷王:周夷王,西周第九代君主,公元前869—前858年在位。他叔父孝王死后,诸侯拥立他作周天子。按照周礼规定,天子在堂上接见诸侯,而周夷王竟然下堂迎接觐见者。这样做破坏了礼制,损伤了天子的尊严。事见《礼记·郊特性》。

〔40〕历:经过,这里是直到的意思。　宣王:周宣王,西周第十一代君主,公元前827—前782年在位。

〔41〕挟:凭着,倚仗。　中兴:由衰落恢复到强盛。　复古:指周宣王在一定程度上恢复到西周初年的强盛局面。　德:功德。

〔42〕雄:逞雄,用作动词。　南征北伐:公元前827年周宣王即位后,举兵北伐西戎和玁狁。次年又南征荆蛮、淮夷、徐戎等部族,都取得了胜利。史称"宣王中兴"。　威:威风。

〔43〕卒:终于。　鲁侯:鲁武公。　嗣:继承人。《国语·周语上》记载公元前817年,鲁武公带着长子括和少子戏朝见周宣王,宣王立戏为武公继承人。武公死后,杀戏而立括为君。宣王兴师伐鲁,另立戏之弟称,诸侯从此不服。

〔44〕陵夷:衰落,衰微。　迄:到。　幽:周幽王,西周第十二代国君,宣王之子,公元前781—前771年在位。因为宠爱褒姒,失掉诸侯的拥戴,被犬戎杀死在骊山下。厉:周厉王,西周第十代国君,宣王之父亲,公元前871—前842年在位。因他无道,被臣子放逐。"幽厉"是古代对西周末期昏王的习惯称呼。

〔45〕王室东徙:周幽王死后,其子宜臼立,为平王,为了躲避犬戎等西方部族的侵扰,将国都由镐迁到洛邑。史称东周。周朝从此衰落,徒有王朝虚名,实际上等于一个诸侯国。

〔46〕问鼎之轻重:《左传·宣公三年》记载楚庄王伐陆浑之戎,兵经洛阳,周定王派王孙满劳军,庄王问宗庙里的九鼎的重量,表示出楚王夺取周王朝天下的意图。鼎,相传为夏禹时铸造的三足而方的青铜容器,共九具,世称"九鼎"。象征夏王朝的权力,传至周朝视为国宝。

〔47〕射王中肩:据《左传·桓公五年》记载,公元前707年,周桓王伐郑庄公,大败。郑大夫祝聃射中周桓王的肩膀。

〔48〕伐:本义为讨伐,这里指劫夺绑架。　凡伯:周桓王大臣。《左传·隐公七年》记载周威王派凡伯出使鲁国,归途经过楚丘(今山东曹县)被戎人劫持。　苌弘:是周卿士刘文公属下的大夫。周敬王

二十三年（前497）晋国发生政争，晋大夫范吉射和赵鞅相攻伐，范吉射败。刘文公与范氏为婚姻，所以在这次政争中苌弘支持范氏。范氏失败后，敬王二十八年（前492），赵鞅责问周王偏袒范氏，周王被迫杀死苌弘，表示向赵道歉。事见《左传·哀公三年》及《国语·周语下》。

〔49〕乖盭：反常，相互对抗。

〔50〕君君：尊君，前一君字作动词用，尊敬；第二个君字是名词，指周天子。

〔51〕得非：岂非，难道不是。

〔52〕末大不掉：语出《左传·昭公十一年》："末大必折，尾大不掉。"作者合两句为一句，义同"尾大不掉"，比喻诸侯势力强大，天子指挥不灵。末，原指树枝，这里与尾义同。掉，摇摆。　咎：过失。

〔53〕判：分。　十二：指春秋时的鲁、齐、晋、秦、楚、宋、卫、陈、蔡、曹、郑、燕十二个主要诸侯国。

〔54〕合：兼并。　七国：指春秋时各诸侯国相互兼并，到战国时合并为秦、楚、齐、燕、韩、赵、魏七个强国。

〔55〕陪臣之邦：陪臣建立的诸侯国。这里指战国时的韩、赵、魏及田氏齐。韩、赵、魏三国之君，原都是晋国大夫，公元前403年，三家将晋国瓜分，自立为诸侯。齐大臣田和在公元前386年夺取君位，自立为齐侯。所以称这些诸侯国为陪臣之邦。陪臣，诸侯国的大夫对天子的自称。

〔56〕殄：灭亡。　后封之秦：周平王东迁（前770），秦襄公带兵护送有功，才被封为诸侯。受封在齐、鲁各国之后，所以称后封之秦。公元前249年，秦始皇的父亲庄襄王灭东周。

〔57〕此：指前文"裂土田而瓜分之"，即实行分封制。

〔58〕裂：废除。　都会：指为秦所灭的六个诸侯国的都城，这里用来代替六国土地。　郡邑：郡县。秦始皇统一中国后，废除分封制，实行郡县制，把全国分为三十六郡，郡下设县，由中央统一任命官吏，建立了中央集权制，结束了春秋战国时期的诸侯国分裂割据局面。

〔59〕侯卫：泛指诸侯。周代将王畿之外的土地依地域远近划分为九服（服，服侍天子之仪），侯、卫是其中二服，距天子直属领地近的诸侯称"侯服"，较远的称"卫服"。　守宰：郡的长官叫守，称郡守；县的长官叫令，称县令。宰，即令。

〔60〕雄图：形势雄伟险要之地。

〔61〕都：建都。　六合：古以上、下和东、南、西、北四方称六合，意即天下或全国。　上游：秦朝建都咸阳（今陕西咸阳市），位于中国的西北方，地势居高临下，故称上游。

〔62〕得：得当，正确。

〔63〕亟：屡次，多次。　万人：万民，百姓。

〔64〕货贿：钱财，财物。

〔65〕梃：木棍。　谪戍之徒：指秦末农民起义领袖陈胜、吴广等。谪戍，被惩罚去防守边境。

〔66〕圜视：向四面注视着，互相顾看。　合从：合群，联合起来。这里指陈胜、吴广领导下的起义暴动。

〔67〕叛人：即叛民，指起义的老百姓。　叛吏：反秦的官吏。

〔68〕合：呼应，配合。

〔69〕"咎在"二句：过错在于秦的暴虐激起了人民的怨恨，并不是因为郡县制不好。

〔70〕矫：纠正。　枉：弯曲，引申为偏差，错误。

〔71〕剖：分，划分。　宗子：一般指嫡长子，这里指皇室子弟。

〔72〕奔命：奔走应急，手忙脚乱的意思。　扶伤：指解救危机。这里指刘邦分封诸侯王之后，各地诸侯一再反叛，汉王朝忙于平定叛乱，不得安宁。

〔73〕困平城：据《汉书·高帝纪》载，汉高祖六年（前201），韩王信勾结匈奴作乱，次年，刘邦亲自率领军队去讨伐，在平城被匈奴围困了七天，后用陈平秘计方才脱身。

〔74〕病：受伤。　流矢：飞箭。据《汉书·高帝纪》载：汉高祖十一年（前196），淮南王英布叛乱，刘

邦亲往镇压，被飞箭射中，次年四月，因箭伤发病而死去。

〔75〕陵迟：逐渐衰落。　不救：不振。　三代：指汉高祖刘邦以后的惠帝刘盈、文帝刘恒和景帝刘启。

〔76〕谋臣：出谋划策的臣子。　献画：献策。

〔77〕离削：指分散削弱诸侯国的势力。

〔78〕封建之始：指汉初在部分地区封建诸侯。

〔79〕郡邑居半：汉初分封制与郡县制并行，郡县占全国版图的二分之一。

〔80〕有叛国而无叛郡：汉高帝时韩信、彭越、英布、卢绾等的反叛，景帝时吴、楚等七国的反叛，都是诸侯国的反叛，但无反叛的郡邑。

〔81〕这句意为：继汉代而统治天下的人，即使再过一百代，也可以推知郡县制比分封制好。

〔82〕桀猾：凶恶狡猾的人。这里指安史之乱后反叛作乱的藩镇军阀。

〔83〕虐害：危害。　方域：地方，指州县。

〔84〕兵：指兵制，地方藩镇拥有重兵。

〔85〕固：确实，肯定。　革：改变，废除。

〔86〕或者：有人。

〔87〕封建者：指分封的世袭贵族。　私、子：都作动词用。　理：治，用作名词，指政事。唐代为了避唐高宗李治讳，以“理”字代“治”字。下文用“理”均同。

〔88〕苟其心：抱着得过且过的心理。苟，苟且，得过且过。　思：想。　迁：升迁。　秩：官职的品级，官阶。

〔89〕非：作动词用，否定。　之：指上面的那种说法。

〔90〕断：断然，确实。

〔91〕列侯：各国诸侯。　骄盈：骄横傲慢。

〔92〕黩货：贪污财物。　事戎：从事战争，这里指好战。

〔93〕侯伯：指诸侯的首领。

〔94〕君：指诸侯国的国君。

〔95〕理人之制：能治理百姓的统一制度，指郡县制。

〔96〕委：下放权力。

〔97〕有理人之臣：朝廷有管理各项事务的大臣。

〔98〕使：让，放任。

〔99〕此二句意为：郡县不得随意改变朝廷的法令规章，地方官吏不得施行他自己的政治主张。正，作动词用，改变，修改。

〔100〕侧目：斜着眼睛看，这里指怒目而视，形容愤怒的样子。

〔101〕乱：昏乱，指胡作非为。

〔102〕国人：诸侯国的人民。　病：痛苦。

〔103〕及夫：等到。　大逆不道：指诸侯王叛乱。

〔104〕掩捕：乘其不备而予以逮捕。　迁之：把他流放。

〔105〕勒兵：统率军队。　夷：平，剿灭。

〔106〕彰：明显，暴露。

〔107〕奸利：非法取利。　浚财：搜刮钱财。

〔108〕大刻：非常苛刻，尽情剥削。

〔109〕无如之何：不能把他们怎样。

〔110〕孟舒：云中郡守。当时，匈奴常来骚扰，一次在作战中死亡士卒数百人，因此被免官。后来文

帝即位，问汉中郡守田叔："公天下长者乎？"田叔回答："古云中守孟舒长者也。"于是文帝复任孟舒为云中郡守。见于《史记·田叔列传》。

〔111〕汉文帝时魏尚曾为云中郡守，防御匈奴屡有战功，因上报杀敌首级比实际多六颗，被削去官爵。后冯唐在文帝面前为之辩明功过，又恢复了他的官职。(见《史记·冯唐列传》)

〔112〕明审：精明审慎。西汉宣帝时，黄霸任颍川郡守，为政清明，官至丞相。(见《汉书·循吏传》)

〔113〕睹：这里为赏识。汲黯汉武帝时任东海郡守，为政奉黄老之学，清静无为，宽简安民。后汉武帝因淮阳民官不睦，需借其重望，召其任淮阳郡守，他因病推辞，但武帝嘱咐他有病不要紧，尽管躺在床上办事就可以了。下文"卧而委之"即指此事。　简靖：简政安民。

〔114〕辑：和睦，这里是安抚的意思。

〔115〕拜：任命。　不道：不行正道，与下文"不法"同义互文。

〔116〕斥：斥退，罢免。

〔117〕设使：假使。　侯王：作动词，即分封诸侯王。

〔118〕纵令：即使。　乱人：扰乱人民。

〔119〕谴：指责。　导：开导。　之：指诸侯王。

〔120〕拜受：当面接受。本句指诸侯王当面接受，回到本国又违反了。

〔121〕谋：策划叛乱的阴谋。

〔122〕周于同列：指所有的诸侯王都参与了反抗朝廷的同盟。周，遍。同列，指各诸侯王。

〔123〕裂眦：因瞪眼，眼眶都要裂开，形容盛怒的样子。

〔124〕起：起兵反叛。

〔125〕"幸而不起"二句：即使侥幸不反的诸侯王，朝廷也只能削减他们封地的一半。

〔126〕瘁：劳累而得病，这里指受苦受难。

〔127〕举：全部。　移之：改行郡县制。　全：保全。这句意思是：何不把诸侯完全废除掉，以保全那里的人民呢？

〔128〕延：延续而长久，指三代延续长久。

〔129〕促：短促，指秦二世而亡。

〔130〕封爵犹建：指魏文帝曹丕于220年受汉禅而建立魏朝，仍然实行分封制。

〔131〕因循不革：指晋武帝司马炎受魏禅而建立晋朝，仍沿袭分封制没有改变。

〔132〕二姓：指魏朝皇室曹氏和晋朝皇室司马氏。　陵替：衰亡。　延祚：延长统治年代。祚，帝位。

〔133〕垂：将近。　祀：年。

〔134〕殷、周：指商朝的开国之君汤和周朝的开国之君武王。

〔135〕是大不然：这种说法极不正确。

〔136〕资：凭借，借助。　黜：废除。这里是说，夏朝末年，有三千诸侯归附商汤，商汤借助三千诸侯的力量才灭夏建商，所以商汤不能废除分封制。

〔137〕易：改变分封制。

〔138〕徇：沿用。

〔139〕仍：因袭。

〔140〕"私其"二句：出于让诸侯为自己出力的私心，出于让诸侯保卫自己子孙的私心。

〔141〕情：情志，主观愿望。

〔142〕一己之威：个人权威。

〔143〕尽臣畜于我：天下之人皆为我之臣民，天下之物皆为我所有。

〔144〕公天下:废除分封制,即把诸侯世袭的领地收归国家管理,实行地主阶级占有制,而并非真正的“公天下”。

〔145〕理安:治理,安定,政治清明。

〔146〕不肖者:不贤,没有才能。 居下:被统治。

〔147〕继世而理:世袭统治。

〔148〕社稷:土地、五谷之神,泛指国家。

〔149〕一:统一。 视听:指人们的思想和行为。

〔150〕世大夫:世袭的大夫。 禄邑:封地。

〔151〕封略:疆域,指国土封界。

〔152〕本句的意思是:难道是圣人创立分封制要使天下达到这样的地步吗?

新评

《封建论》对分封制进行了全面的历史的分析,雄辩地论证了郡县制的巨大优越性,肯定了郡县制代替分封制是历史发展的必然,任何人也无力改变这一历史发展的趋势,痛斥了鼓吹分封制的各种谬论。可以说,本文是历史上关于分封制和郡县制孰优孰劣争论的一个理论总结。《东坡续集·论封建》曰:“昔之论封建者,曹元首、陆机、刘颂及唐太宗时魏徵、李百药、颜师古,其后则刘秩、杜佑、柳宗元。宗元之论出,而诸子之论废矣。虽圣人复起,不能易焉。”

本文的理论价值还在于,它提出了“势”的观点,认为分封制的产生和郡县制代替分封制,都是历史发展的必然趋势。柳宗元用进步的历史观,分析说明了人类社会历史的发展过程。他继承了荀子“假物以为用”的观点,试图用社会内部的原因去解释社会现象,认为国家是从人与人之间争夺生活资料开始逐渐形成的,从而得出了分封制的产生“非圣人之意也,势也”的著名结论。显而易见,柳宗元这种进步的历史观比较符合历史发展的客观实际。但是,作者把国家形成归于统治者的贤明,甚至认为“郡县制”是最好的制度,又体现了他的局限性。

本文识见卓越,重点突出,结构严谨,条理清晰;虽多论古事,却针砭时弊,具有很强的针对性和现实意义;文中论据充分,既有正面论述,也讲反面教训,酣畅淋漓中见出严密的逻辑性,具有极强的说服力;语言上,多用排偶句式,骈散相间,语言凝练,语气清峻,使全文开阖宏肆,气势磅礴,确为我国古代不可多得的政论散文。

观八骏图说

题解

本文写于永州司马任上,是柳宗元的一篇讽刺杂文。八骏图,指描绘西周第五代君主周穆王所乘的八匹骏马的图。

古之书有记周穆王驰八骏升昆仑之墟者[1]，后之好事者为之图[2]，宋、齐以下传之[3]。观其状甚怪，咸若骞若翔[4]，若龙凤麒麟[5]，若螳螂然。其书尤不经[6]，世多有，然不足采[7]。世闻其骏也，因以异形求之[8]。则其言圣人者，亦类是矣[9]。故传伏羲曰牛首[10]，女娲曰其形类蛇[11]，孔子如倛头[12]，若是者甚众[13]。孟子曰："何以异于人哉？尧、舜与人同耳[14]！"

今夫马者，驾而乘之，或一里而汗，或十里而汗，或千百里而不汗者，视之，毛物尾鬣[15]，四足而蹄，龁草饮水[16]，一也[17]。推是而至于骏，亦类也[18]。今夫人，有不足为负贩者[19]，有不足为吏者，有不足为士大夫者，有足为者，视之，圆首横目，食谷而饱肉[20]，絺而清[21]，裘而燠[22]，一也。推是而至于圣，亦类也。然则伏羲氏、女娲氏、孔子氏，是亦人而已矣。骅骝、白羲、山子之类，若果有之，是亦马而已矣。又乌得为牛[23]，为蛇，为倛头，为龙、凤、麒麟、螳螂然也哉？

然而世之慕骏者[24]，不求之马，而必是图之似[25]，故终不能有得于骏也。慕圣人者，不求之人，而必若牛、若蛇、若倛头之问[26]，故终不能有得于圣人也。诚使天下有是图者[27]，举而焚之[28]，则骏马与圣人出矣。

注释

〔1〕周穆王：西周第五代君王，姓姬，名满。传说周穆王不理国事，驾八匹骏马，恣意远游，西至昆仑山。详见《穆天子传》和《列子》。　八骏：据上列二书，名为赤骥，盗骊（lí），白羲（xī），踰輪，山子，渠黄，骅骝（huáliú），绿耳。　墟：山丘。

〔2〕为之图：画成《八骏图》。

〔3〕宋、齐：指南朝时的宋（420—479）、齐（479—502）两个朝代。

〔4〕骞：振翅飞起。　翔：盘旋地飞。

〔5〕龙凤麒麟：古代传说中的几种象征吉祥的珍禽异兽。

〔6〕其书：指宋齐以后记八骏的书。　不经：不合于常理，没有根据，荒诞不可信。

〔7〕采：采用，可取。

〔8〕异形：奇形怪状。　求之：追寻它，这里意为想象它。

〔9〕类是：与此类似。

〔10〕伏羲：传说中的上古帝王。

〔11〕女娲（wā）：传说中的曾炼五色石补天的上古女帝王。

〔12〕倛（qī）：古代迷信活动中驱瘟逐邪时戴的一种形象凶恶的假面具。

〔13〕若是者：类似这样的说法。

〔14〕孟轲这两句话见《孟子·离娄下》。孟子游齐，齐宣王认为孟轲很有才能，长相一定与众不同，因此派人去看他到底和一般人有什么不同的地方，孟轲对看他的人说了上面的话。意思是圣人与众人的相貌是一样的。

〔15〕毛：皮毛。　物：这里指身躯。　鬣(liè)：马鬃。

〔16〕龁(hé)：咬嚼，吞吃。

〔17〕一也：相同。

〔18〕亦类也：自然也是一样。

〔19〕负贩：背着货物做生意的小商贩。

〔20〕饱肉：吃肉而饱。古代以肉食为贵，这里是以肉食为贵的意思。

〔21〕絺(chī)：细葛布。这里用作动词，指穿细葛布衣服。　清：凉爽。

〔22〕裘：皮衣。这里用作动词，指穿皮衣。　燠(yù)：暖和。

〔23〕乌：哪里，怎么。

〔24〕慕：爱慕，想慕，这里是要得到的意思。

〔25〕必是图之似：一定要寻求像《八骏图》上那样的。

〔26〕问：访求。

〔27〕诚使：假如。

〔28〕举而焚之：拿起来烧掉。举，拿起来。

新评

本文从题目上看，好像是一篇画评，但实际上《八骏图》只是文章的引子，作者从批判按异形求骏马的错误做法入手，痛斥了所谓“圣人”相貌与众不同的谬论，并借用孟子的话进一步阐明自己的观点，表达了柳宗元求圣人于凡人之中，求贤才于众人之中的思想。这就抹去了圣人头上的神圣光环，起到了反对盲目崇拜偶像，打破世俗偏见，不拘一格选用人才的作用。

文章行文曲折，笔力矫健，通篇表现出作者抛弃俗见、不囿成说的英气。由于借题发挥自然巧妙，也使这篇杂文显得曲折摇曳，另有情趣。

牛　赋

题解

本文作于永州司马任上。文章中，作者把自己和同道比作“利满天下”而“常在草野”的牛，而那些“不耕不驾”、“趋炎附势”、“当道长鸣”的“羸驴”、“驽马”则代表着朝中阿谀奉承、善于钻营的官僚。通过这两种形象截然不同的遭遇，鲜明地表达了作者的爱憎和立场，表明了自己“甘为孺子牛”的决心，揭露了投机钻营者的丑恶嘴脸，曲折地表达了对朝廷用人不当的愤慨。

若知牛乎〔1〕？牛之为物，魁形巨首。垂耳抱角〔2〕，毛革疏厚〔3〕。牟然而鸣〔4〕，黄钟满脰〔5〕。抵触隆曦〔6〕，日耕百亩。往来修直〔7〕，植乃禾黍〔8〕。自种自敛，服箱以走〔9〕。输入官仓，己不适口。富穷饱饥〔10〕，功用不有〔11〕。陷泥蹙块[12]，常在草野。人不惭愧，利满天下。皮角见用，肩尻莫保[13]。或穿绒縢[14]，或实俎豆[15]。由是观之，物无逾者。

不如羸驴，服逐驽马[16]。曲意随势，不择处所。不耕不驾，藿菽自与[17]。腾踏康庄[18]，出入轻举。喜则齐鼻[19]，怒则奋踯[20]。当道长鸣，闻者惊辟[21]。善识门户[22]，终身不惕[23]。

牛虽有功，于己何益？命有好丑，非若能力[24]。慎勿怨尤，以受多福！

注释

〔1〕若：你。

〔2〕抱角：两角向上弯曲环抱。

〔3〕毛革疏厚：即毛疏革厚。革，牛皮。

〔4〕牟：同“哞”，牛叫声。

〔5〕黄钟：我国古代的一种乐调，声音浑厚而低沉。这里用黄钟形容牛的叫声。　脰（dòu）：脖子。

〔6〕抵触：冒犯，冒着。　隆曦：烈日。隆，盛大。曦，太阳。

〔7〕往来修直：往来耕种的地垄又长又直。修，长。

〔8〕乃：你们，人们。　禾黍：泛指农作物。

〔9〕服：事，拉。　箱：车箱。

〔10〕富穷饱饥：使穷的富了，饿的饱了。富饱，都作使动词用。

〔11〕功用：功劳。

〔12〕蹙：踢，踏。　块：土块。

〔13〕肩：指前腿部分。　尻（kāo）：臀部。这里用“肩尻”指代全身的骨肉。

〔14〕或：不定代词，有的。　绒縢：绳子。

〔15〕实：充实，引申为装。　俎豆：都是古代祭祀时用来盛祭品的器具。

〔16〕服：服从，顺从。　逐：追逐，跟随。　驽马：劣马，走不快的马。羸驴、驽马都是比喻那些腐败官僚。

〔17〕藿菽：泛指精饲料。藿，豆叶。菽，豆类的总称。

〔18〕腾踏：奔跑。　康庄：大路。

〔19〕齐鼻：翘鼻子。齐（jī），通“跻”。登，升。

〔20〕踯：蹬踏。

〔21〕辟：通“避”。

〔22〕门户：指豪门贵族。

〔23〕惕：恐惧。

〔24〕若：你。

新评

这篇文章全用四言，句式整齐，节奏鲜明，语意连贯，一气呵成，先写牛的毫不利己、勤勤恳恳，再对比羸驴的不劳而获、善于钻营，一褒一贬，态度鲜明，表面上是咏物，实际上寄托了作者的讽刺和爱憎。特别是文章最后的“慎勿怨尤，以受多福”表达了作者既对当时黑暗现实的不满，又心甘情愿继续做“利满天下”的孺子牛的复杂心情。

师友箴并序

题解

本文作于永州时期。箴(zhēn)，是一种以规劝告诫为主的文体。刘勰《文心雕龙·铭箴》中说：“箴者，所以攻疾防患，喻针石也。”“师友箴”是针对人们在日常生活中的从师交友提出自己的劝告。

今之世，为人师者众笑之，举世不师，故道益离[1]；为人友者，不以道而以利[2]，举世无友，故道益弃。呜呼！生于是病矣[3]，歌以为箴[4]。既以儆己[5]，又以诫人。

不师如之何？吾何以成[6]！不友如之何？吾何以增！吾欲从师，可从者谁？借有可从[7]，举世笑之。吾欲取友，谁可取者？借有可取，中道或舍[8]。仲尼不生[9]，牙也久死[10]，二人可作[11]，惧吾不似[12]。中焉可师，耻焉可友，谨是二物，用惕尔后[13]。道苟在焉，佣丐为偶[14]；道之反是[15]，公侯以走[16]。内考诸古[17]，外考诸物[18]，师乎友乎，敬尔无忽！

注释

〔1〕道：即下文“中焉可师”的“中”，指理想中的政治标准和道德规范。

〔2〕以：用。　道：道义。

〔3〕生：作者自谦之辞。　病：感到痛心。

〔4〕歌以为箴：歌以为文，写下这首歌作为箴文。

〔5〕儆己：警诫自己。

〔6〕何以：以何，怎么。　成：成就。

〔7〕借：假如，假使。

〔8〕中道：中途。

〔9〕仲尼：即孔丘，字仲尼。

〔10〕牙：即鲍叔牙。鲍叔牙是管仲的好朋友，鲍叔牙辅佐公子小白，管仲辅佐公子纠，二公子因争夺君位而明争暗斗，后小白胜，取得君位，即齐桓公。鲍叔牙在齐桓公面前极力推荐管仲为相。古人把管、鲍二人作为交友的典范。

〔11〕作：人突然站起为“作”。此处引申为复活。

〔12〕不似：此处指“道”不同。

〔13〕惕：戒惧。

〔14〕佣：佣人。　丐：乞丐。　偶：伴，即师友。

〔15〕反是：背离这个。

〔16〕走：离开。

〔17〕古：古代的历史记载。

〔18〕物：事物。

新评

在这篇文章中，柳宗元针对当时社会上"为人师者，众笑之"，"为人友者，不以道而以利"的不正之风发出告诫。他以"大中之道"为从师交友的准则，"中焉可师"，即认为言行合乎中道的人就可以为师，也就是韩愈所说的"道之所在，师之所存"；"耻焉可友"，懂得以利为耻的人就可以交友。由此可见他对社会上以利交友的风气何等深恶痛绝，他甚至以为"道苟在焉，佣丐为偶；道之反是，公侯以走"。文章篇幅虽短，但却将道理说得非常明白透彻。序文中，作者在交代创作缘起时，语气非常谦虚委婉，但在正文中，却显得斩钉截铁，气势凌厉，这固然是因为文中所用的四言句式，本身就具有句短语促、不拖泥带水的特点，但更因为作者理直而气壮，胆正而言畅，自然就具备了一种震撼的力量。

设渔者对智伯

题解

这是一篇富有战斗性的寓言，写于作者被贬永州之时。文章以春秋末年晋国的智伯同赵氏所进行的一场战争为引子，通过渔者和智伯的对话，揭示了智伯那种自恃强大、"求食无厌"的贪婪本性和最终被人"裂而食之"的可悲下场。智伯即智襄子，名瑶，周贞定王十一年，率领韩、赵、魏而伐范、中行氏，共分其地以为邑，公元前453年，韩、赵、魏三家联合灭了智伯，也瓜分了他的领地。

智氏既灭范、中行〔1〕，志益大，合韩、魏围赵，水晋阳〔2〕。智伯瑶乘舟以临赵，且又往来观水之所自，务速取焉。

群渔者有一人坐渔，智伯怪之，问焉。曰："若渔几何〔3〕？"曰："臣始渔于河中，今渔于海，今主大兹水〔4〕，臣是以来。"曰："若之渔何如？"曰："臣幼而好渔。始臣之渔于河，有鲂〔5〕、鱮〔6〕、鳣〔7〕、鰋〔8〕者，不能自食〔9〕，以好臣之饵，日收者百焉。臣以为小，去而之龙门之下〔10〕，伺大鲔焉〔11〕。夫鲔之来也，从鲂鲤数万〔12〕，垂涎流沫，后者得食焉。然其饥也，亦返吞其后。愈肆其力，逆流而上，慕为螭龙[13]。及夫抵大石[14]，乱飞涛，折鳍秃翼，颠倒顿踣[15]，顺流而下，宛委冒懵[16]，环坻溆而不能出[17]。向之从鱼之大者，幸而啄食之，臣亦徒手得焉。犹以为小。闻古之渔有任公子者[18]，其得益大。于是去而之海上，北浮于碣石[19]，求大鲸焉。臣之具未及施，见大鲸驱群鲛[20]，逐肥鱼于渤澥之尾[21]，震动大海，簸掉巨岛，一啜而食若舟者数十[22]，勇而未已，贪而不能止，北蹙于碣石[23]，槁焉[24]。向之以为食者，反相与食之，臣亦徒手得焉。犹以为小。闻古之渔有太公者，其得益大，钓而得文王。于是舍而来。"

智伯曰："今若遇我也如何？"渔者曰："向者臣已言其端矣[25]。始晋之侈家[26]，若栾氏[27]、祁氏[28]、郤氏[29]、羊舌氏[30]以十数，不能自保，以贪晋国之利而不见其害，主之家与五卿[31]，尝裂而食之矣，是无异鲨、鳙、鳣、鳗也。脑流骨腐于主之故鼎[32]，可以惩矣[33]，然而犹不肯寤[34]。又有大者焉，若范氏、中行氏，贪人之土田，侵人之势力，慕为诸侯而不见其害。主与三卿又裂而食之矣[35]，脱其鳞，鲙其肉[36]，刳其肠[37]，断其首而弃之，鲲鲕遗胤[38]，莫不备俎豆[39]，是无异夫大鲔也。可以惩矣，然而犹不肯寤。又有大者焉，吞范、中行以益其肥[40]，犹以为不足，力愈大而求夫愈无餍，驱韩、魏以为群鲛，以逐赵之肥鱼，而不见其害。食肥之势，将不止于赵，臣见韩、魏惧其将及也[41]，亦幸主之蹙于晋阳[42]。其目动矣[43]，而主乃傲然[44]，以为咸在机俎之上[45]，方磨其舌。抑臣有恐焉，今辅果舍族而退[46]，不肯同祸，段规深怨而造谋[47]，主之不寤，臣恐主为大鲸，首解于邯郸[48]，鬣摧于安邑[49]，胸披于上党[50]，尾断于中山之外[51]，而肠流于大陆[52]，为鲜薨[53]，以充三家子孙之腹。臣所以大惧。不然，主之勇力强大，于文王何有？"

智伯不悦，然终以不寤。于是韩、魏与赵合灭智氏，其地三分。

注释

〔1〕范：范昭子吉射。　中行：中行文子荀寅。

〔2〕水：用水淹。　晋阳：地名，在山西太原一带，当时赵的重要领地。

〔3〕若：你。　几何：多长时间。

〔4〕主：春秋战国时，卿大夫的家臣对卿大夫的称呼，这里指渔者对智伯的尊称。　大：扩大。兹水：指汾水。

〔5〕鲨(shā)：鲨。

〔6〕鳙(xù)：古指鲢鱼。

〔7〕鳣(zhān):鲟鳇鱼,江东呼为黄鱼。
〔8〕鰋(yǎn):鲇也。体青无鳞,狭长而扁,尾短无叉。
〔9〕食:动词,寻找食物。
〔10〕去:离开。　之:往。　龙门:指陕西韩城东北的龙门山。
〔11〕鲔(wěi):一种大鱼,青黑色,大者七八尺。
〔12〕鲂(fáng):与鳊鱼相似,易捕。
〔13〕慕:希望。　螭(chī):龙之无角者。
〔14〕抵:触,撞。
〔15〕顿踣(bó):因劳累而倒下去。
〔16〕宛委:曲折。　冒懵(měng):冒冒失失,神志昏迷不清。
〔17〕坻溆(chíxù):指水中的暗礁。坻,水中高地。溆,浅滩。
〔18〕任公子:《庄子·外物篇》中记载的一个能钓到大鱼的人。
〔19〕浮:乘船。　碣石:山名,在河北昌黎西北。
〔20〕鲛(jiāo):海鱼也。
〔21〕渤澥:渤海别名。
〔22〕啜(chuò):尝。
〔23〕蹙:紧迫,窘迫。指鲸鱼搁浅,不能动弹。
〔24〕槁:干枯,这里指搁浅缺水而枯死。
〔25〕端:原因,这里指渔者来这里的原因。
〔26〕侈家:大贵族。
〔27〕栾氏:晋靖侯之孙栾宾的家族。
〔28〕祁氏:晋大夫祁奚的家族。
〔29〕郤(xì)氏:晋大夫郤芮、郤缺的家族。
〔30〕羊舌氏:晋大夫羊舌职的家族。　数:计算。
〔31〕五卿:即范、中行、韩、赵、魏。
〔32〕故鼎:旧鼎。鼎,古代的一种炊具,有三足。
〔33〕惩:警戒,警惕。
〔34〕寤:醒悟。
〔35〕三卿:韩、赵、魏三家。
〔36〕鲙(kuài):同"脍",细切的肉,这里作动词,即切成细肉的意思。
〔37〕刳(kū):剖挖。
〔38〕鲲鲕遗胤:比喻范氏、中行氏的子孙像小鱼那样。鲲鲕(kūn ér),鱼苗,小鱼。胤,后嗣。
〔39〕俎豆:古代祭祀时用来盛祭品的器具,在这里指盛菜的器具。
〔40〕肥:大,指地盘、地势的大。
〔41〕及:来到。
〔42〕幸:希望。
〔43〕目动:说话时眼睛乱转,表示恐惧。
〔44〕慠:倨傲。
〔45〕机:指捕兽用的机关。　俎:切菜用的砧板,这里指随时可供擒拿宰割的境地。
〔46〕辅果:智果。智宣子要立瑶为储君,智果认为不妥,宣子不听,智果于是出走到辅,后韩、赵、魏

三家消灭了智氏，只有智果得以保全。

〔47〕段规：韩康子相。根据《国语》记载，智襄子伐郑归来，在蓝台宴请三卿，智襄子戏韩康子而侮段规。及晋阳之难，段规反首难而杀智伯于师。

〔48〕邯郸：地名，今河北西南的邯郸。

〔49〕鬣(lèi)：本指马、狮等动物颈上的长毛，这里指鱼翅。 摧：折断。 安邑：地名，今绛州夏县。

〔50〕披：分裂。 上党：地名，指山西东南部地区。

〔51〕中山：古国名，今河北中部偏西地区。

〔52〕大陆：湖泊名，在今河北任县东北。

〔53〕鲜(xiān)：鲜鱼。 薧(kǎo)：干枯，这里指鱼干。

新评

文章主要采用渔者与智伯的问答形式，以渔猎对比扩张土地的行为，表达了作者对中唐时期那些贪婪成性又日渐壮大的藩镇的担忧，同时体现了作者的政治热情和强烈的社会责任感。文章的最后一部分举重若轻，对一意孤行的智伯作了辛辣讽刺，同时也暗示当时的统治者，如果不接受正确的意见，就会和智伯有同样的下场。

本文语言幽默而犀利，想象丰富而夸张，题旨明确，寓意深刻，在幽默诙谐之中不乏沉郁悲愤的特色，具有很高的现实意义和思想价值。

宋清传

题解

此文作于永州司马任上。其中所写的宋清，并不是一个具有远大抱负，特立独行的异士仁人。但是他能不为利益驱使去做利令智昏的事情，而是顾及自身的长远利益，并且坚持不懈，最后终于实现了自己的富裕。联系作者被贬为永州司马后，他往日的朋友大都趋炎附势，不愿为他荐引，使他深深体味到了世态的炎凉，故写此文以讽之。

宋清，长安西部药市人也。居善药〔1〕。有自山泽来者，必归宋清氏〔2〕，清优主之〔3〕。长安医工得清药辅其方，辄易雠〔4〕，咸誉清〔5〕。疾病疕疡者〔6〕，亦皆乐就清求药〔7〕，冀速已〔8〕。清皆乐然响应，虽不持钱者，皆与善药，积券如山〔9〕，未尝诣取直〔10〕。或不识遥与券〔11〕，清不为辞〔12〕。岁终，度不能报〔13〕，辄焚券，终不复言。市人以其异，皆笑之，曰：“清，蚩妄人也〔14〕。”或曰：“清其有道者欤？”清闻之曰：“清逐利以活妻子耳〔15〕，非有道也，然谓我蚩妄者亦谬。”

清居药四十年，所焚券者百数十人，或至大官，或连数州[16]，受俸博[17]，其馈遗清者[18]，相属于户。虽不能立报，而以赊死者千百[19]，不害清之为富也[20]。清之取利远，远故大，岂若小市人哉？一不得直，则怫然怒[21]，再则骂而仇耳[22]。彼之为利，不亦翦翦乎[23]！吾见蚩之有在也。清诚以是得大利，又不为妄，执其道不废[24]，卒以富[25]。求者益众，其应益广。或斥弃沉废，亲与交[26]；视之落然者[27]，清不以怠，遇其人，必与善药如故。一旦复柄用[28]，益厚报清。其远取利，皆类此[29]。

吾观今之交乎人者，炎而附[30]，寒而弃，鲜有能类清之为者[31]。世之言，徒曰"市道交"。呜呼！清，市人也，今之交有能望报如清之远者乎[32]？幸而庶几[33]，则天下之穷困废辱得不死亡者众矣，"市道交"岂可少耶？或曰："清，非市道人也。"柳先生曰："清居市不为市之道，然而居朝廷[34]、居官府、居庠塾乡党以士大夫自名者[35]，反争为之不已，悲夫！然则清非独异于市人也。"

注释

〔1〕居：积蓄，囤积。　善药：好药。

〔2〕归：送归，送至。

〔3〕优主之：格外注重他们。优，通"尤"，格外，更加。主，注重，看重。

〔4〕辄（zhé）易雠：便容易出售。辄，便，立刻。易，容易。雠，售，卖。

〔5〕咸誉清：都称赞宋清。誉，此作动词，称扬，赞美。

〔6〕疾病：生病，轻者为疾，重者为病。　疕（bǐ）：头疮，秃头。　疡（yáng）：疮。

〔7〕就：趋，从。

〔8〕冀速已：希望快速治愈。冀，希望。已，治愈。

〔9〕券：契据。

〔10〕诣（yì）：前往。

〔11〕不识：不认识。　遥：指时间长。

〔12〕辞：推辞。

〔13〕度：推测。　报：回报，此处指送钱。

〔14〕蚩妄人：无知妄为的人。蚩，痴貌。妄，虚妄，不实。

〔15〕逐：追求。　活：名词做动词，养活。

〔16〕连：周代王畿千里以外的行政区划名，十国为连，连有师。此做动词，为掌管数州之意。

〔17〕俸：俸禄，旧时官吏所得的薪水。　博：多，丰富。

〔18〕馈：赠送。　遗：赠予，致送。

〔19〕赊：赊欠。

〔20〕害：妨碍。

〔21〕怫（fú）然：发怒变色貌。

〔22〕仇：仇恨。

〔23〕翦（jiǎn）翦：浅狭貌。《庄子·在宥》："而佞人之心翦翦者，又奚足以语至道？"

〔24〕执：保持。　废：废除，停止。

〔25〕卒：终于，最后。

〔26〕亲与交：父母、亲戚和朋友。亲，父母，亲戚。交，交游，朋友。

〔27〕落然：失意的样子。

〔28〕复柄用：重新掌权。

〔29〕类：相似。

〔30〕炎而附：有了炙人的权势时就来依从。

〔31〕鲜（xiǎn）有：少有。

〔32〕望报：希望回报。

〔33〕幸而庶几：有幸或许这样的话。庶几，或许可以，表示希望或推测。

〔34〕居：处于，位于。

〔35〕庠：古代乡学名。　塾：古代私人设立教学的地方。　乡党：犹乡里。

新评

文章叙述了宋清出售良药，扶危济贫，焚券助人，终于致富的事迹，充分赞扬了宋清"居市不为市之道"的难能可贵的品质。"逐利以活妻子"的宋清能坚持不用市侩的势利手段与人做交易，然而那些无论是文化层次还是社会地位都比宋清高出许多的在朝为官者，却"炎而附，寒而弃"，不知以"市道交"为耻。鲜明的对比，使清者愈清，浊者愈浊，从而不动声色地鞭挞了士大夫中间的市侩行为。

借助现实生活中的具体的人或事，稍加点评，便达到了讽刺世道炎凉的目的。这种"四两拨千斤"的巧妙构思，实在令人拍案称奇。

段太尉逸事状

题解

段太尉，名秀实，字成公。唐汧（qiān）阳（今陕西千阳县）人。官至泾州刺史兼泾、原、郑、颍节度使。唐德宗建中元年（780）召为司农卿。建中四年（783），泾原士兵在京哗变，唐德宗仓皇出奔，叛军遂拥戴原卢龙节度使朱泚为帝。段秀实当面以"狂贼"斥之，并以朝笏击朱泚面额，遂被害。后追赠太尉（见新、旧《唐书》本传）。

状是旧时详记死者世系、名字、爵位及生平事迹的一种文体。逸事状专录人物逸事，已见前人记载的不再详细记录，是状的一种变体。

太尉始为泾州刺史时〔1〕，汾阳王以副元帅居蒲〔2〕，王子晞为尚书〔3〕，领行营节度使〔4〕，寓军邠州〔5〕，纵士卒无赖〔6〕。邠人偷嗜暴恶者，卒以货窜名军伍中[7]，则肆志[8]，吏不得问。日群行丐取于市[9]，不嗛[10]，辄奋击折人手足，椎釜鬲瓮盎盈道上[11]，袒臂徐去，至撞杀孕妇人。邠宁节度使白孝德以王故[12]，戚不敢言[13]。

太尉自州以状白府[14]，愿计事，至则曰："天子以生人付公理[15]，公见人被暴害，因恬然，且大乱，若何？"孝德曰："愿奉教。"太尉曰："某为泾州甚适，少事，今不忍人无寇暴死，以乱天子边事。公诚以都虞候命某者[16]，能为公已乱，使公之人不得害。"孝德曰："幸甚！"如太尉请。既署一月，晞军士十七人入市取酒，又以刃刺酒翁，坏酿器，酒流沟中。太尉列卒取十七人，皆断头注槊上[17]，植市门外[18]。晞一营大噪，尽甲。孝德震恐，召太尉曰："将奈何？"太尉曰："无伤也。请辞于军。"孝德使数十人从太尉，太尉尽辞去，解佩刀，选老躄者一人持马[19]，至晞门下。甲者出，太尉笑且入曰："杀一老卒，何甲也？吾戴吾头来矣。"甲者愕。因谕曰："尚书固负若属耶[20]？副元帅固负若属耶？奈何欲以乱败郭氏？为白尚书，出听我言。"晞出，见太尉，太尉曰："副元帅勋塞天地，当务始终。今尚书恣卒为暴，暴且乱，乱天子边，欲谁归罪？罪且及副元帅。今邠人恶子弟以货窜名军籍中，杀害人，如是不止，几日不大乱？大乱由尚书出，人皆曰尚书倚副元帅不戢士[21]，然则郭氏功名其与存者几何？"言未毕，晞再拜曰："公幸教晞以道，恩甚大，愿奉军以从。"顾叱左右曰："皆解甲，散还火伍中[22]，敢哗者死！"太尉曰："吾未晡食[23]，请假设草具[24]。"既食，曰："吾疾作，愿留宿门下。"命持马者去，旦日来。遂卧军中。晞不解衣，戒候卒击柝卫太尉[25]。旦，俱至孝德所，谢不能，请改过。邠州由是无祸。

先是太尉在泾州，为营田官[26]。泾大将焦令谌取人田，自占数十顷，给与农，曰："且熟，归我半。"是岁大旱，野无草，农以告谌。谌曰："我知入数而已，不知旱也。"督责益急。且饥死，无以偿，即告太尉。太尉判状辞甚巽[27]，使人求谕谌。谌盛怒，召农者曰："我畏段某耶？何敢言我！"取判铺背上，以大杖击二十，垂死，舆来庭中。太尉大泣曰："乃我困汝。"即自取水洗去血，裂裳衣疮，手注善药[28]，旦夕自哺农者，然后食。取骑马卖，市谷代偿，使勿知。淮西寓军帅尹少荣，刚直士也，入见谌，大骂曰："汝诚人耶？泾州野如赭[29]，人且饥死，而必得谷，又用大杖击无罪者。段公，仁信大人也，而汝不知敬。今段公唯一马，贱卖市谷入汝，汝又取不耻。凡为人，傲天灾、犯大人、击无罪者，又取仁者谷，使主人出无马，汝将何以视天地，尚不愧奴隶耶？”谌虽暴抗，然闻言则大愧流汗，不能食，曰：“吾终不可以见段公。”一夕自恨死。

及太尉自泾州以司农征[30]，戒其族：过岐[31]，朱泚幸致货币[32]，慎勿纳。及过，泚固致大绫三百匹，太尉婿韦晤坚拒，不得命。至都，太尉怒曰：“果不用吾言！”晤谢曰：“处贱，无以拒也。”太尉曰：“然终不以在吾第。”以如司农治事堂[33]，栖之梁木上。泚反，太尉终，吏以告泚，泚取视，其故封识具存[34]。

太尉逸事如右[35]。

元和九年月日，永州司马员外置同正员柳宗元谨上史馆[36]。今之称太尉大节者，出入[37]，以为武人一时奋不虑死，以取名天下，不知太尉之所立如是。宗元尝出入岐、周、邠、斄间[38]，过真定[39]，北上马岭[40]，历亭障堡戍，窃好问老校退卒[41]，能言其事。太尉为人姁姁[42]，常低首拱手行步，言气卑弱[43]，未尝以色待物[44]，人视之，儒者也。遇不可，必达其志，决非偶然者。会州刺史崔公来[45]，言信行直，备得太尉遗事，覆校无疑[46]。或恐尚逸坠[47]，未集太史氏[48]，敢以状私于执事[49]。谨状。

注释

〔1〕太尉句：唐代宗广德二年（764），因邠宁节度使白孝德的推荐，段秀实任泾州（治所在今甘肃泾川县北）刺史。这里以段秀实死后追赠的官名称呼他，以示尊敬。

〔2〕汾阳王：即郭子仪。郭子仪平定“安史之乱”有功，于唐肃宗宝应元年（762）进封汾阳王。唐代宗广德二年正月，郭子仪兼任关内、河东副元帅，河中节度、观察使，出镇河中。　蒲：州名，唐为河中府（治所在今山西永济）。

〔3〕王子晞：郭晞，汾阳王郭子仪第三子，随父征伐，屡建战功。唐代宗广德二年（764），吐蕃侵边，郭晞奉命率朔方军支援邠州，时任御史中丞、转御史大夫，后于大历中追赠兵部尚书。《资治通鉴》胡三省注：“据《实录》，时晞官为左常侍，宗元云尚书，误也。”

〔4〕领：兼任。

〔5〕寓军：在辖区之外驻军。　邠（bīn）州：治所在今陕西彬州。

〔6〕无赖：横行。

〔7〕货：财物，这里指贿赂。　窜：混入。

〔8〕肆志：大胆妄为。

〔9〕丐取：这里是随意拿东西的意思。

〔10〕嗛（qiè）：满足。

〔11〕椎：同“槌”，动词，打碎。　釜：锅。　鬲（lì）：古代炊器。用于烧煮或烹炒的锅，特指类似于鼎状的炊具。　瓮（wèng）：盛酒的陶器。　盎：腹大口小的瓦盆。　盈：满。

〔12〕白孝德：安西（治所在今新疆库车）人，李光弼部将，广德二年任邠宁节度使。

〔13〕戚：忧愁。

〔14〕状：官府一种陈述事实的文书。　白：禀告。

〔15〕生人：生民，百姓。　付：交给。　理：治。唐代为避李世民、李治讳而改“民”为“人”，改“治”为“理”。

〔16〕都虞候：军队中的执法官。

〔17〕注：附着。　槊：长矛。

〔18〕植：竖立。

〔19〕躄（bì）：跛脚。

〔20〕若属：你们。

〔21〕戢（jí）：管束，约束。

〔22〕火伍：队伍。唐代兵制，十人为火，五人为伍。

〔23〕晡（bū）食：晚餐。晡，申时，下午三至五时。

〔24〕假设：代为备办。　草具：粗劣的食物。

〔25〕柝（tuò）：古代巡夜打更用的梆子。

〔26〕营田官：即营田副使。唐制，诸军万人以上置营田副使一人，掌管军队屯垦。

〔27〕巽（xùn）：通“逊”，委婉。

〔28〕手注善药：注，敷。善药，好药。亲手敷上好药。

〔29〕野如赭（zhě）：形容天旱严重，田地被烤成焦土。赭，赤褐色。

〔30〕“及太尉”句：唐德宗建中元年（780）二月，段秀实自泾原节度使被召为司农卿。司农卿，为司农寺长官，掌国家储粮用粮之事。

〔31〕岐：州名，治所在今陕西凤翔南。

〔32〕朱泚（cǐ）：昌平（今北京昌平）人，时为凤翔府尹。　幸：幸或，可能。　致：赠送。　货币：物品和钱币。

〔33〕以如：以之如，即将大绫送往。如，送往。

〔34〕封识（zhì）：包装时的标记。

〔35〕太尉逸事如右：这是表示正文结束的话。

〔36〕永州句：当时柳宗元任永州司马，这是他官职的全称。史馆，国家修史机构。

〔37〕出入：大抵，不外乎。

〔38〕宗元句：柳宗元于贞元十年（794）曾游历邠州一带。周，在岐山下，今陕西眉县一带。斄（tái），同“邰”，在今陕西武功县西。

〔39〕真定：不可考，或是“真宁”之误。真宁即今甘肃正宁县。

〔40〕马岭：山名，在今甘肃庆阳西北。

〔41〕窃：私下。　校：中下级军官。

〔42〕姁（xǔ）姁：和好的样子。

〔43〕言气卑弱：说话的态度、语气谦虚温顺。

〔44〕以色待物：以严辞厉色待人。

〔45〕崔公：即崔能，字子才，元和九年为永州刺史。

〔46〕覆校：核对。

〔47〕逸坠：遗失散落。

〔48〕太史氏：史官。

〔49〕执事：指专管某方面事务的官吏。

新评

作者写这篇“逸事状”，是为了给史官撰写段秀实的传记提供材料。由于本文史实可靠，剪裁得当，文笔生动，欧阳修、宋祁在《新唐书》中为段秀实立传时，几乎采用了本文所提供的全部材料。

在行文过程中，作者完全让事实说话，他精心选取了段秀实生活中的三则逸事，充分展示其性格特点，并有意把他和其他官吏对照着描写，这样更能显示其不畏强暴、嫉恶如仇的可贵品质。全文虽有叙无论，但在叙事记人中，褒贬自见。三则逸事从发生的时间顺序来看，卖马偿债本在感化郭晞之前，文中之所以先写感化郭晞，是因为这件事最能见出段太尉的胆略，显出他性格的主要特征。再者，此事情节紧张，极富故事性，也最能吸引人的注意力。写后两件事在于使人物性格更显得完整，表现手法也有了变化：写制服焦令谌，主要是用侧面表现的手法；写拒收朱泚礼物，则是用极简单的文字略作交代。文章可谓有主有次，有张有弛，难怪历代文人均爱不释手。

饶娥碑

题解

碑，是古代的一种文体，它的应用范围很广，有封禅和纪功的碑文，有寺观、桥梁等建筑物的碑文，当然更多的是墓碑。它一般由两部分组成：前一部分多用散文以记事，称为“碑”；后一部分用韵文以赞颂，称为“铭”或“颂”。这篇碑文通过写饶娥闻父溺死而“走哭水上”，最终“耳鼻流血，气尽伏死”之事，突出表现了一个感情丰富，具有至亲至孝高尚品德的烈女形象，同时也表达了人民群众对这位烈女的敬佩、爱戴之情。饶娥，字琼姬，饶州乐平人。饶州，即今天的江西上饶。

饶娥，饶人，饶姓娥名，世渔鄱水。娥为室女〔1〕，渊懿靖专〔2〕，虽小家〔3〕，未尝出游。治絺葛〔4〕，供女事修整，乡闾敬式，娥父醉渔，风卒起〔5〕，不能舟，遂以溺死。求尸不得。娥闻父死，走哭水上〔6〕，三日不食，耳鼻流血，气尽伏死。明日尸出，鼋鱼鼍蛟浮死万数〔7〕，塞川下流。鄱旁下民悲感怨号，以为神奇。县人乡人会钱具仪〔8〕，葬娥鄱水西横道上。追思不足，相与作石〔9〕，以诒〔10〕后世。其辞曰：

生德无类，气灵而休，嗟兹孝娥〔11〕，惟行之周〔12〕。渊懿含贞，好靖不游。纤葛絺纻，克供以修。蒸蒸在家〔13〕，其父世渔。饮酒不节，死乎风涛。

匍匐来哭，号天以呼。颜目耳鼻，膏血交流[14]，三日顿踣[15]，气竭形枯。父尸既出，孝质已殂[16]。龟鳖鼋鼍，有蛟洎鱼[17]，充流溢岸，旁出仰浮。见怪形异，适与我谋。鄞民哀号，或以颂歌。齐女色忧，伤槐罢诛[18]。赵姬完父[19]，操棹爰讴[20]。肉刑不施，汉美淳于[21]。烈烈孝娥，水死上虞[22]。娥之至德，实与为俦[23]。恒人[24]有言，惟教是图。懿兹德女[25]，家世不儒。奇行特出，神道莫酬[26]。穷哀罔泄，终古以留。乡人好礼，爰立兹丘[27]。建铭当道，过者下车。

注释

〔1〕室女：闺女，未出嫁的女子。

〔2〕渊懿靖专：静默美好的样子。渊，静默的样子。懿，美好。

〔3〕小家：平民之家。

〔4〕絺(chī)葛：细葛布。

〔5〕卒：通“猝”，突然。

〔6〕走：跑。

〔7〕鼋(yuán)鱼：大鳖。　鼍：即今天的扬子鳄，又名猪婆龙。　蛟：传说中的一种能发水的龙。

〔8〕会：会合，集合。　具：准备，备办。

〔9〕石：石碑。

〔10〕诒(yí)：流传，传给。

〔11〕嗟：叹词。　兹：这个。

〔12〕周：周到，周全，体贴。

〔13〕蒸蒸：孝顺。

〔14〕膏：溶化的油脂。

〔15〕顿踣(bó)：跌倒。

〔16〕质：形体。　殂：死亡。

〔17〕洎(jì)：到，及。

〔18〕刘向《列女传》中记载，齐景公因为喜爱槐树而颁布法令不许任何人损伤槐树，有个叫衍的人因为醉酒伤槐而被景公逮捕，他的女儿婧对晏子说：如果国君因为喜爱树木而轻贱人命，那么别的国家知道了将会如何看待呢？通过晏子的劝诫，景公就废除了伤槐的法令，释放了伤槐的犯人。

〔19〕完：保全。

〔20〕刘向《列女传》中记载，赵简子攻打楚国，经过一个渡口要过河，发现掌管渡口的官吏喝醉了，正在睡觉，一怒之下要杀他，官吏的女儿娟走上前说：父亲是听说国君要来，怕水神骤起风波，所以设酒祷告祭祀水神，不胜酒力才喝醉的。赵简子渡河的时候发现少一个划桨的人，这个叫娟的女子又说愿意代替父亲划桨，行到河中间的时候，她还为简子唱了《河激之歌》，赵简子非常高兴，娶她为妻。

〔21〕《史记》记载，汉文帝十三年，齐太仓令淳于意有罪当刑，他最小的女儿缇萦上书替父亲求情，天子怜惜她的孝顺，于是在五月废除了肉刑。

〔22〕邯郸淳《曹娥碑》记载，上虞一个叫曹盱的人能按节而歌，婆娑乐神，汉安二年五月，由于迎接国君，逆涛而上，为水所淹，不见其尸。他的女儿娥当时十四岁，在水边哀哭不止，然后投江而死，过了

五天，抱着父亲的尸体浮出水面，于是人们设了祭台，写了诔文来纪念。

〔23〕俦：同类。

〔24〕恒人：平常的人。

〔25〕懿：美好。

〔26〕酬：应对，对答。

〔27〕爰：于是，乃。

新评

这篇文章采用的是墓志铭一类的文体，按通行的写法，本应详细记载饶娥的生平，但作者却选取了人物最具特征的片段进行描写，因而使文章既有鲜明的人物形象，又有典型的性格特征，突出地赞美了饶娥感天动地的孝行，特别是“明日尸出，鼋鱼鼍蛟浮死万数，塞川下流”的交代，带有很强的神话色彩。可以毫不夸张地说，本文在歌颂饶娥的同时也提升了祭祀类文章的文学价值。这是当时的同类文章所不具备的。

文章四字一句，语言短促，感情真挚，用典精辟，具有一定的浪漫主义色彩。

箕子碑

题解

箕子，名胥余，殷纣王的叔父，曾任太师之职，封于箕(今山西太谷东北)。他因劝谏纣王，被囚禁。周灭殷之后，周武王将他释放。据传，他不愿仕周，逃亡到朝鲜，周武王就将朝鲜封给了他。柳宗元因参加王叔文集团，实行政治革新而获罪，被贬谪到荒远的边郡为官。他的遭遇与古代贤者箕子的遭遇有类似之处，因此，这篇碑文是作者以他人酒杯浇自己块垒之作，作者借赞美箕子寄托了自己的信念和抱负。所以文章虽以议论为主，但行文中却蕴含着深厚的感情和无限的感慨。

凡大人之道有三〔1〕：一曰正蒙难〔2〕，二曰法授圣〔3〕，三曰化及民。殷有仁人曰箕子，实具兹道，以立于世，故孔子述“六经”之旨，尤殷勤焉〔4〕。当纣之时，大道悖乱，天威之动不能戒〔5〕，圣人之言无所用。进死以并命〔6〕，诚仁矣，无益吾祀故不为〔7〕；委身以存祀，诚仁矣，与去吾国故不忍〔8〕。具是二道，有行之者矣。是用保其明哲，与之俯仰〔9〕，晦是謩范〔10〕，辱于囚奴，昏而无邪〔11〕，隤而不息〔12〕。故在《易》曰“箕子之明夷〔13〕”，正蒙难也。及天命既改，生人以正。乃出大法，用为圣师，周人得以序彝伦而立大典〔14〕。故在《书》曰“以箕子归，作《洪范》〔15〕”，法授圣也。及封朝鲜，推道训俗，惟德无陋〔16〕，惟人无远，用广殷祀〔17〕，俾夷为华〔18〕，化及民也。

率是大道[19]，藂于厥躬[20]，天地变化，我得其正[21]，其大人欤？

於乎！当其周时未至[22]，殷祀未殄，比干已死，微子已去，向使纣恶未稔而自毙[23]，武庚念乱以图存[24]，国无其人，谁与兴理？是固人事之或然者也。然则先生隐忍而为此，其有志于斯乎[25]？唐某年作庙汲郡[26]，岁时致祀[27]。嘉先生独列于易象[28]，作是颂云：

蒙难以正，授圣以谟。宗祀用繁[29]，夷民其苏。宪宪大人[30]，显晦不渝[31]。圣人之仁，道合隆污[32]。明哲在躬，不陋为奴。冲让居礼，不盈称孤[33]。高而无危，卑不可逾。非死非去，有怀故都。时诎而伸[34]，卒为世模。易象是列，文王为徒。大明宣昭，崇祀式孚[35]。古阙颂辞，继在后儒。

注释

〔1〕大人：伟大的人。

〔2〕正：正直。　蒙：遭受。　难：危难。

〔3〕圣：圣明的君主。

〔4〕殷勤：这里引申为重视。

〔5〕戒：禁止。

〔6〕并：通“摒”。

〔7〕祀：世代传承，宗祀。

〔8〕去：去掉，除掉，引申为灭亡。

〔9〕与：随着，随从。　俯仰：低头和抬头，泛指随便应付。

〔10〕晦：隐蔽。　謩（mó）：同“谟”，计谋，谋略。　范：法则。

〔11〕昏：昏聩，糊涂。　邪：邪恶。

〔12〕隤（tuí）：柔顺的样子。

〔13〕明夷：《周易》卦名。明指太阳。夷，灭，指太阳落山。这里的意思是说箕子能韬晦，在艰难之中保持正直的品德。

〔14〕彝伦：即指伦理道德。

〔15〕洪范：《尚书》中的一篇。洪，大。范，法。

〔16〕惟：助词，用于句首，无实义。

〔17〕广：扩大。　殷祀：殷朝的人口。

〔18〕俾：使。

〔19〕率：皆，都。

〔20〕藂：即“丛”，聚集。　厥：同“其”，他的。　躬：身体。

〔21〕我：自己。

〔22〕时：时机，机会。

〔23〕未稔：这里指罪恶没有发展起来。稔，原指庄稼成熟。

〔24〕武庚：纣王之子。武王灭商后，仍封他为殷君。周成王时，他发动叛乱，为周公旦所灭。　念：忧虑。

〔25〕志：未表露出来的长远而大的打算。

〔26〕汲郡：即唐代卫州，在今河南新乡一带。

〔27〕岁：过年的时候。

〔28〕易象：《易经》中的"象"卦。

〔29〕繁：繁衍。

〔30〕宪宪：欣欣，喜乐的样子。

〔31〕渝：改变。

〔32〕污：衰微的。

〔33〕盈：自满。

〔34〕诎(qū)：通"屈"，弯曲。

〔35〕式：法度，规矩。　孚：信用，信誉。

新评

这篇文章主要体现了柳宗元为民效力的思想。箕子在屡次劝谏纣王无效的情况下，披发佯狂为奴，因此被纣王囚禁。周武王灭纣，释放了箕子，他却因为不忍失去故国而出走朝鲜。据说他在朝鲜推行德治，训化民俗，终于使得老百姓路不拾遗，夜不闭户，人民丰衣足食，礼仪有加。这一"谏"一"狂"，一"囚"一"释"，一"拒"一"任"，恰恰表现了箕子为黎民百姓的利益而"时诎而伸，卒为世模"的高贵品质。这与柳宗元"吏为民役"(《送薛存义序》)的思想是一致的。

文章结构严谨，感情真挚，金圣叹曾经评论这篇文章为："如天外三峰，卓然峭峙。末忽换笔，变作天风海涛，可谓大奇也。"

唐故特进赠开府仪同三司扬州大都督南府君睢阳庙碑并序

题解

本文是作者贬谪永州时，应南承嗣之请为其父南霁云所写的碑文。南霁云，魏州顿丘人。安禄山反，张巡、许远守睢阳，南霁云佐守，后张巡遣南霁云乞师于贺兰进明，不果。十月城陷，与张巡、许远等同时被害。初赠开府仪同三司，再赠扬州大都督。特进，唐代散官名衔，位在三公之下。府君，旧时对已故者的敬称，多用于碑版文字。

急病让夷义之先〔1〕，图国忘死贞之大〔2〕。利合而动，乃市贾之相求；恩加而感〔3〕，则报施之常道〔4〕。睢阳所以不阶王命〔5〕，横绝凶威〔6〕，超千祀而挺生[7]，奋百代而特立者也[8]。

时惟南公，天与拳勇，神资机智[9]，艺穷百中[10]，豪出千人。不遇兴词，郁龙眉之都尉[11]；数奇见惜[12]，挫猿臂之将军[13]。

天宝末[14]，寇剧凭陵[15]，隳突河、华[16]。天旋亏斗极之位[17]，地圮积狐狸之穴[18]。亲贤在庭，子骏陈谟以佐命[19]；元老用武，夷甫委师而劝进[20]。惟公与南阳张公巡、高阳许公远[21]，义气悬合，吁谋大同[22]。誓鸠武旅[23]，以遏横溃[24]。裂裳而千里来应[25]，左袒而一呼皆至。柱厉不知而死难[26]，狼瞫见黜而奔师[27]。忠谋朗然，万夫齐力。公以推让，且专奋击，为马军兵马使。出战则群校同强[28]，入守而百雉齐固[29]。初据雍丘[30]，谓非要害；将保江、淮之臣庶，通南北之奏复[31]，拔我义类[32]，扼于睢阳。前后捕斩要遮[33]，凶气连沮[34]。汉兵已绝，守疏勒而弥坚[35]；虏骑虽强[36]，顿盱眙而不进[37]。

贼徒乃弃疾于我，悉众合围。技虽穷于九攻[38]，志益专于三板[39]。偪阳悬布之劲[40]，汧城凿穴之奇[41]。息意牵羊[42]，羞郑师之大临；甘心易子，鄙宋臣之病告[43]。诸侯环顾而莫救，国命阻绝而无归。以有尽之疲人，敌无已之强寇。公乃跃马溃围，驰出万众，抵贺兰进明乞师[44]。进明乃张乐侑食[45]，以好聘待之[46]。公曰："弊邑父子相食，而君辱以燕礼[47]，独何心欤？"乃自噬其指曰："啖此足矣[48]！"遂恸哭而返，即死孤城。首碎秦庭，终懵《无衣》之赋[49]；身离楚野，徒伤带剑之辞[50]。至德二年十月，城陷遇害。无傅燮之叹息[51]，有周苛之慷慨[52]。闻义能徙[53]，果其初心[54]。烈士抗词，痛臧洪之同日[55]；直臣致愤，惜蔡恭于累旬[56]。

朝廷加赠特进扬州大都督，定功为第一等，与张氏、许氏并立庙睢阳，岁时致祭。男在襁褓，皆受显秩，赐之土田。葬刻鲍信之形[57]，陵图庞德之状[58]。纳官其子[59]，见勾践之心[60]；羽林字孤[61]，知孝武之志[62]。举门关于周典[63]，征印绶于汉仪[64]。王猷以光[65]，宠锡斯备[66]。

于戏！睢阳之事，不唯以能死为勇，善守为功；所以出奇以耻敌，立慬以怒寇[67]，俾其专力于东南[68]，而去备于西北[69]。力专则坚城必陷，备去则天讨可行[70]。是故即城陷之辰，为克敌之日。世徒知力保于江、淮，而不知功靖乎丑虏[71]。论者或未之思欤！

公讳霁云，字某，范阳人[72]。有子曰承嗣，七岁为婺州别驾[73]，赐绯鱼袋[74]，历刺施、涪二州[75]。服忠思孝，无替负荷[76]。惧祠宇久远，德音不形，愿斫坚石[77]，假辞纪美。惟公信以许其友[78]，刚以固其志，仁以残其肌，勇以振其气，忠以摧其敌，烈以死其事，出乎内者合于贞，行乎外者贯于义，是其所以奋百代而超千祀者矣。其志不亦宜乎？庙貌斯存，碑表攸托[79]。洛阳城下，思乡之梦倘来[80]；麒麟阁中，即图之词可继[81]。铭曰：

贞以图国，义惟急病。临难忘身，见危致命。汉宠死事[82]，周崇死政。烈烈南公，忠出其性。控扼地利，奋扬兵柄。东护吴、楚[83]，西临周、郑[84]。婪婪群凶，害气弥盛。长蛇封豕[85]，踊跃不定。屹彼睢阳，制其要领。横溃不流，疾风斯劲。梯冲外舞[86]，缶穴中侦[87]。铃马非艰[88]，析骸犹竞[89]。浩浩列士，不闻济师[90]。兵食歼焉，守逾三时[91]，公奋其勇，单车载驰。投躯无告[92]，噬指而归。力穷就执，犹抗其辞。圭璧可碎[93]，坚贞不亏。寇力东尽，凶威西恧[94]。孤城既拔，渠魁受戮[95]。雷霆之诛，由我而速。巢穴之固，由我而覆。江、汉、淮、湖，群生咸育。倬焉勋烈[96]，孰与齐躅[97]？天子震悼，陟是元功[98]，旌褒有加，命秩斯崇，位尊九牧[99]，礼视三公。建兹祠宇，式是形容[100]。牲牢伊硕[101]，黍稷伊丰。虔虔孝嗣[102]，望慕无穷。刊碑河浒，万古英风。

注释

〔1〕病：指危难。　让：放弃……的处境。　夷：平安。

〔2〕图国：为国家着想。　贞：忠诚。

〔3〕恩加：恩惠施加到自己的头上。

〔4〕报施：报答恩惠。　常道：封建常理。

〔5〕阶：由，凭借。

〔6〕横绝：阻截，阻止。　凶威：凶恶的威势，指安禄山叛军。

〔7〕千祀：千年。　挺生：挺立如生。

〔8〕奋：振奋。　特立：巍然独立。

〔9〕资：智慧能力。

〔10〕艺：指武艺。　穷：极，达到。

〔11〕郁：忧郁，苦闷。　庞(máng)眉之督尉：指西汉时的颜驷，详见《汉武故事》。这里借颜驷比喻南霁云的不得志。庞眉，眉毛斑白，形容年迈。

〔12〕数奇(jī)：命运不好。　见惜：被(人)惋惜。

〔13〕挫：压抑。　猿臂将军：指的是西汉将军李广，这里借李广比喻南霁云的不得重用。

〔14〕天宝：唐玄宗李隆基的第三个年号(742—756年)。

〔15〕剧：烈，气焰很凶猛。　凭陵：依仗某种势力而欺凌别人。

〔16〕豗突：冲撞，毁坏。　河华：黄河和华山。这里代指中原地区。

〔17〕亏：损坏。　斗极之位：古人用以喻指帝位。

〔18〕圮（pǐ）：毁坏。　狐狸之穴：狐狸的洞穴。此处比喻安史叛军所占领的地方，赤地千里，不见人影，唯见狐狸洞穴而已。

〔19〕子俊：刘歆，字子俊，王莽时官至国师。　谟：计谋。

〔20〕夷甫：晋王衍，字夷甫。西晋末年，朝廷命王衍率兵与石勒作战，兵败被捉，他竟劝石勒称帝。

〔21〕张公巡：张巡，南阳人，天宝末任真源县令。安禄山反，起兵讨叛军。后应邀至睢阳，与许远守危城，城陷被害。　许公远：许远，杭州盐官（今浙江海宁）人，"安史之乱"时任睢阳太守，城陷被俘，不屈而死。

〔22〕吁谋：大谋，深谋远虑。

〔23〕鸠：集结，聚集。

〔24〕横溃：横决，横流，比喻危急的形势。

〔25〕裂裳：指撕裂衣裳作旗帜。

〔26〕柱厉：指柱厉叔，春秋时人。柱厉叔事莒敖公，自以为不被重用，去居海上。及公有难，乃往死之。

〔27〕狼瞫（shěn）：春秋时晋国人，因有勇力，被晋襄公提拔为车右。后晋秦交战，被中军主帅先轸免职，但他仍率先向秦军冲锋，终于战死沙场。　黜（chù）：被罢免。　奔师：指向敌军冲锋。

〔28〕群校：众将士。　同强：同样勇猛顽强。

〔29〕雉（zhì）：古代计算城墙面积的单位，长三丈、高一丈为一雉。百雉代全城。　齐固：都得到固守。

〔30〕雍丘：古地名，在今河南杞县。

〔31〕奏复：臣子回答帝王的问话。此句指南方的消息能够上通给皇帝。

〔32〕义类：坚持正义的人们。

〔33〕要遮：中途拦截，阻止。

〔34〕连沮：接连被打下去。

〔35〕疏勒：汉时西域地方政权，在今新疆喀什一带。此指汉永平十七年，班超驻守疏勒国。后焉耆、龟兹、姑墨等不断攻打疏勒，班超虽孤立无援，但仍然坚守了一年。

〔36〕虏骑：对安史叛军的蔑称。

〔37〕顿：停止不前。　盱眙（xūyí）：此借指睢阳。南朝宋文帝元嘉二十八年，北魏拓跋焘攻打盱眙，辅国将军臧质坚守，北魏兵死伤万计，历三旬而仍无法攻下。

〔38〕技：进攻的技术。　穷：用尽。　九攻：指的是各种进攻方法。春秋时公输般和墨子在楚王面前比试攻城、守城的技术，公输般九次进攻，都被墨子击退。

〔39〕三板：指非常紧急的处境。公元前454年，晋国大夫智伯会同韩、魏攻赵，引汾水灌晋阳城，城被淹没得只剩三板。板，古代筑城的工具，每板宽二尺。

〔40〕偪（fù）阳：春秋时诸侯国，故址在今山东枣庄市峄城区东南。《左传·襄公十年》载，此年晋国攻打偪阳，偪阳人从城墙悬下麻布引诱晋军，待晋军攀布临近城头，则割断麻布。　劲：强悍，勇敢。

〔41〕汧（qiān）城凿穴：西晋惠帝时，羌族首领万齐年攻汧城，晋汧城都督马敦率兵挖地洞，顶门板，固守孤城。汧城，今陕西千阳。

〔42〕息意：无意。　牵羊：这里代表投降。《左传·宣公十二年》载，楚人攻下郑国国都，郑襄公袒臂牵羊向楚军投降。

〔43〕鄙：鄙视。　病告：告病，诉苦。《左传·宣公十五年》载，楚围宋，宋使华元夜入楚师，说宋国已困难到了交换儿子吃的地步了，愿与楚定盟。

〔44〕贺兰进明：时任河南节度使。　乞师：请求救兵。

〔45〕张乐：陈设音乐歌舞。　侑（yòu）食：劝食，为宴会助兴。

〔46〕好聘：隆重的礼节。

〔47〕燕礼：本指古代天子、诸侯与群臣宴饮之礼。这里形容贺兰进明张乐设宴，气氛热烈，颇像和平时期欢聚的宴会。

〔48〕噉(dàn)：同“啖”，吃。

〔49〕懵(měng)：不懂，不明白。《左传·定公四年》载，吴攻楚，楚大夫申包胥到秦求援，叩首出血淋漓，秦哀公受感动，赋《无衣》诗，答应出兵。

〔50〕身离：身躯与首级分离，指战死。　带剑之辞：指屈原《九歌·国殇》中的“带长剑兮挟秦弓，首身离兮心不惩”。这里赞叹南霁云的视死如归。

〔51〕傅燮(xiè)之叹息：《后汉书·傅燮传》记载，傅燮，字南容，为汉阳太守。东汉末韩遂围汉阳，众人劝傅燮回乡里躲避。燮慨然叹曰：“吾行何之？吾必死于此。”

〔52〕周苛之慷慨：《史记·张丞相列传》记载，楚汉之争，周苛守荥阳，后被项羽攻下，周苛被俘不降，大骂项羽，被烹煮而死。

〔53〕闻义能徙：指南霁云被俘虏时，张巡约他一起就义，二人随后果然一同就义。徙，奔赴，前往。

〔54〕果：实现。　初心：早已立下的志向。

〔55〕痛臧洪之同日：《三国志·魏书·臧洪传》记载，臧洪，字子原，曾任东郡太守。后袁绍破城执臧洪，骂而不降，遂遇害。东郡丞陈容亦大骂袁绍说：“你杀忠义之士，天不可容，我愿和臧洪同日死，不与你同日生。”于是亦被杀。人们惋惜说：怎么一天就杀了两位忠义节烈之士！这里是对南霁云和张巡一同赴死表示惋惜、愤慨。

〔56〕蔡恭：即蔡道恭，南朝梁时任司州刺史。梁武帝天监三年(504)，魏兵围攻义阳，蔡道恭坚守三个月，后病死。郢州刺史曹景宗也受命讨伐北魏兵，但景宗却按兵不动，遂使义阳被攻陷。御史中丞任昉后来弹劾曹景宗，说蔡道恭去世后，义阳城还坚守了几十天；曹景宗虽然活着，却眼看着义阳城被攻陷。这里是指责贺兰进明等人。

〔57〕葬刻鲍信之形：鲍信，东汉末年人。汉献帝初平三年(192)，鲍信在平定黄巾军时被杀死，人们没有找到他的尸首，便用木刻其形以葬之，详见《三国志·魏书·武帝纪》。

〔58〕陵图庞德之状：三国时魏将庞德与关羽作战，后被俘，宁死不降。曹丕命人将庞德呵斥关羽的图形画下来，附在曹操陵庙的墙壁上。图，动词，画也。

〔59〕纳宦：接到官府(抚养)。　其子：为国战死的南霁云等人的后代。

〔60〕勾践：春秋末年越国君主。越国被吴国打败后，勾践为了积蓄力量，下令官府收养战死者的儿子。

〔61〕羽林：汉时皇宫的禁卫军。　字：抚养(儿子)。

〔62〕孝武：指汉武帝。武帝时为加强军备，下令把军中战死者的儿子都收养在羽林军中，进行训练。

〔63〕举：兴。　门关：守城门的检查机关。　典：即《周礼》规定，检查出入行人所带的财物，违禁者没收，用罚没的财物赡养为国战死者的家属。

〔64〕征：验证。　印绶：汉时印佩，代指官吏职衔。

〔65〕王猷：帝王的治国之道。

〔66〕宠：荣。　锡：通“赐”，赏赐。　备：完备。

〔67〕立懦：振作勇气。

〔68〕俾(bǐ)：使。　专力：集中兵力。　东南：指睢阳一带。

〔69〕去备：撤去防御力量。　西北：指当时国都长安一带。

〔70〕天讨：朝廷(对叛军)的讨伐。

〔71〕靖(jìng)：平定。

〔72〕范阳：郡名。故址在今河北涿州。

〔73〕婺(wù)州：今浙江金华一带。　别驾：州刺史的助理官。

〔74〕绯：浅红色。　鱼袋：盛放鱼符的袋子。唐代五品以上的官员，朝廷授予鱼袋以表明身份。

〔75〕施州：今湖北恩施一带。　涪(fú)州：今重庆涪陵一带。

〔76〕替：废止，辜负。　负荷：承担。这里指继承先人的勋业。

〔77〕斫(zhuó)：砍削雕刻。

〔78〕许：答应(誓死为国尽忠)。

〔79〕表：碑文。　攸(yōu)托：永远的寄托。

〔80〕思乡之梦：东汉温序，字次房，为护羌校尉，被割据的隗嚣部下所杀，汉光武帝把他葬到洛阳城旁。温序的三个儿子都被封官，后儿子常梦见他想回家，经皇帝批准，就把温序的坟墓迁回家乡。

〔81〕即图之词可继：西汉大将赵充国抵抗匈奴、西羌有功，他死后，汉宣帝把他的画像挂在麒麟阁中。成帝时，西羌再反，成帝就对着他的画像作诗歌颂他。

〔82〕死事：指为国家而死。下句中的"死政"同此义。　崇：尊崇，推崇。

〔83〕吴、楚：春秋时吴国和楚国所处的江淮、两湖一带。

〔84〕周、郑：周朝直接管辖的陕西和春秋时郑国所处的河南一带。

〔85〕封豕(shǐ)：大猪，这里比喻叛军。

〔86〕梯：云梯。　冲：冲车(攻城用具)。

〔87〕缶(fǒu)穴：挖洞。　侦：暗中察看。

〔88〕钤(qián)马：古代军中缺粮时，为了迷惑敌人，给马口中加上衔木，看上去马在咀嚼草料却不能下咽，使敌人以为自己还有很多粮草。钤，通"钳"。

〔89〕析骸：指把人骨劈开当柴烧。

〔90〕济师：前来救援的部队。

〔91〕三时：三个季度。指睢阳保卫战坚持了九个多月，度过春、夏、秋三个季节。

〔92〕投躯：豁出性命。　无告：没有地方可以请求。时许叔冀在谯郡，尚衡在彭城，贺兰进明在临淮，皆拥兵不救。

〔93〕圭璧：圭、璧二者都是玉器，此比喻南霁云等人宁可玉碎，不愿瓦全。

〔94〕恧(nǜ)：惭愧，这里是退缩的意思。

〔95〕渠魁：大头目，指叛军的首领。

〔96〕倬(zhuō)：伟大，显著。　勋烈：功业。

〔97〕躅(zhú)：足迹。

〔98〕陟(zhì)：提升。　元功：大功。

〔99〕九牧：九州的长官。

〔100〕式：指按样子雕塑。　形容：形象。

〔101〕牲牢：供祭祀用的牲畜。　硕：肥大。

〔102〕虔虔：恭敬的样子。　嗣：后代，指南承嗣。

简评

文章热情赞颂了张巡、南霁云为保卫睢阳、牵制叛军所作的艰苦卓绝的努力，高度肯定了他们"图国忘死"的英雄举动和为最终平定"安史叛乱"、重建唐朝政权所建立的不朽功绩，借以批判当时那些割据的藩镇，表达了柳宗元维护统一、反对分裂的进步主张。

由于作者对张巡、南霁云这些英雄人物充满崇敬之情，故这篇骈文虽然写得俪采竞繁，文辞华美，但却字字句句充满激情，读来通畅流转，豪气激射。文中严格遵循骈文的审美要求，广征博引，大量运用典故，既显示了柳宗元深厚的文学修养和学富五车的才气，又用得如盐着水，丝毫不令人感到牵强堆砌。语言上，以骈为主，时见散句，骈散结合，字字珠玑，是现存骈文中不可多得的优秀篇章。

童区寄传

题解

从文中“桂部从事杜周士为余言之”一句来看，此文当作于柳州刺史任上。区(ōu)寄，小孩名，即文中所写的主人公。

柳先生曰[1]：越人少恩[2]，生男女必货视之[3]。自毁齿已上[4]，父兄鬻卖，以觊其利。不足，则取他室[5]，束缚钳梏之[6]。至有须鬣者，力不胜，皆屈为僮。当道相贼杀以为俗。幸得壮大，则缚取么弱者。汉官因以为己利[7]，苟得僮，恣所为不问。以是越中户口滋耗。少得自脱，惟童区寄以十一岁胜，斯亦奇矣。桂部从事杜周士为余言之[8]。

童寄者，柳州荛牧儿也[9]。行牧且荛[10]，二豪贼劫持反接，布囊其口，去逾四十里之墟所卖之。寄伪儿啼，恐栗为儿恒状。贼易之，对饮酒醉。一人去为市，一人卧，植刃道上[11]。童微伺其睡[12]，以缚背刃[13]，力上下，得绝，因取其刃杀之。逃未及远，市者还[14]，得童大骇。将杀童，遽曰：“为两郎僮，孰若为一郎僮耶？彼不我恩也。郎诚见完与恩[15]，无所不可。”市者良久计曰：“与其杀是僮，孰若卖之；与其卖而分，孰若吾得专焉。幸而杀彼，甚善。”即藏其尸，持童抵主人所，愈束缚牢甚。夜半，童自转，以缚即炉火烧绝之，虽疮手勿惮，复取刃杀市者。因大号，一墟皆惊。童曰：“我区氏儿也，不当为僮。贼二人得我，我幸皆杀之矣，愿以闻于官。”

墟吏白州，州白大府，大府召视，儿幼愿耳。刺史颜证奇之[16]，留为小吏，不肯。与衣裳，吏护还之乡。乡之行劫缚者，侧目莫敢过其门。皆曰：“是儿少秦武阳二岁，而讨杀二豪，岂可近耶[17]！”

注释

〔1〕柳先生:柳宗元自称。

〔2〕越人:这里指两广、福建一带的居民。越,同“粤”。

〔3〕货视之:把他当商品看待。

〔4〕毁齿:小孩换牙。这里借以表示年龄,指七八岁。

〔5〕他室:别人家。

〔6〕钳:用铁箍束缚。

〔7〕汉官:唐朝派出的治理少数民族地区的汉族官员。

〔8〕桂部:指当时桂管经略观察使的辖区,今广西桂林等地。

〔9〕荛(ráo)牧儿:即砍柴放牛的孩子。荛,打柴。

〔10〕行:出去。

〔11〕为市:谈生意,指找买主。　植刃:把刀插在地上。

〔12〕微伺:暗暗观察等待。

〔13〕以缚背刃:把绑手的绳子背靠着刀口。

〔14〕市者:找买主的强盗。

〔15〕见完:保全我。

〔16〕颜证:贞元二十年(804)任桂管观察使兼桂州刺史。

〔17〕秦武阳:战国时燕国人,十三岁就杀人。燕太子丹谋杀秦始皇,派荆轲当刺客,秦武阳做荆轲的助手。

新评

文章生动地描述了少年区寄不甘心做奴隶,机智勇敢地杀死两个强盗的英勇事迹,热情歌颂了他不畏强暴、善于斗争的反抗精神,并通过描写当时广西一带掳掠贩卖人口成风、户口耗减的现象,对中唐时期的政治腐败和社会黑暗进行了揭露,反映了作者要求改革现状的强烈愿望。文章使用反衬手法,突出了区寄的机智、勇敢、坚毅和果决。文章结构完整,人物语言、行动和心理活动准确再现,使得其生动有趣,给人以深刻的印象。

零陵郡复乳穴记

题解

宋人韩醇说:“题作‘零陵’,字之误也。据《地理志》,零陵乃永州郡名,今言石钟乳‘连之人告尽者五年’,而题以零陵何也?唐《地理志》载连州连山郡贡钟乳。《本草》唐注亦载其次出连州,未尝言永州出。以年考之,元和四年,永州刺史崔简,连州刺史乃崔君敏。二太守之姓同,故题亦从而差耳。题以《连山郡复乳穴记》则于文为合。”韩氏所言大致不错,但说永州刺史为崔简实误(详见文后注释六)。乳穴,指产钟乳石的山洞。

石钟乳，饵之最良者也[1]。楚、越之山多产焉[2]，于连于韶者[3]，独名于世。连之人告尽焉者五载矣，以贡[4]，则买诸他部[5]。今刺史崔公至[6]，逾月，穴人来以乳复告[7]。邦人悦是祥也[8]，杂然谣曰[9]："氓之熙熙[10]，崔公之来。公化所彻[11]，土石蒙烈[12]。以为不信，起视乳穴。"穴人笑之曰："是恶知所谓祥耶[13]？向吾以刺史之贪戾嗜利[14]，徒吾役而不吾货也[15]，吾是以病而绐焉[16]。今吾刺史令明而志洁，先赖而后力[17]，欺诬屏息[18]，信顺休洽[19]，吾以是诚告焉[20]。且夫乳穴必在深山穷林，冰雪之所储，豺虎之所庐[21]。由而入者[22]，触昏雾[23]，捍龙蛇[24]。束火以知其物[25]，縻绳以志其返[26]。其勤若是，出又不得吾直[27]，吾用是安得不以尽告[28]？今而乃诚，吾告故也。何祥之为[29]！"

士闻之曰[30]："谣者之祥也[31]，乃其所谓怪者也；笑者之非祥也[32]，乃其所谓真祥者也。君子之祥也，以政不以怪[33]，诚乎物而信乎道[34]，人乐用命，熙熙然以效其力。斯其为政也[35]，而独非祥也欤！"

注释

〔1〕饵：药饵。古人以为服食石钟乳可以延年益寿。

〔2〕楚：今湖南、湖北一带。　越：指今广东、广西一带。

〔3〕连：今广东连州。　韶：韶州，在今广东曲江。

〔4〕贡：旧时定期给皇家缴纳的土特产叫"贡"。

〔5〕他部：别处，其他地方。

〔6〕崔公：此指连州刺史崔简，韩醇以为元和四年(809)崔敏任连州刺史，但据郁贤皓先生的《唐刺史考全编》考定，元和三年到六年(808—811)，连州刺史应为崔简。崔简，字子敬，柳宗元的姐夫。

〔7〕穴人：指采钟乳石的人。

〔8〕邦人：指连州当地人。　祥：指钟乳石尽而复生。

〔9〕杂然：纷纷貌。　谣：人民群众编的反映自己生活的歌叫谣。

〔10〕氓(méng)：此指老百姓。　熙熙：温和欢乐的样子。

〔11〕化：教化。　彻：贯通，透彻。

〔12〕蒙：承受。　烈：谓功绩，功烈也。

〔13〕恶(wū)知：哪里知道。恶，哪里，怎么。

〔14〕向：以前，过去。　贪戾(lì)：贪婪暴戾。

〔15〕徒：白白地，徒然。　货：钱币也。

〔16〕病：不满。　绐(dài)：欺骗。

〔17〕赖：利，好处。　力：此指出力干活。

〔18〕屏(bǐng)息：消失，消除。

〔19〕信顺休洽：诚信和顺，美善融洽。

〔20〕以是：因此。

〔21〕庐：名词用为动词，栖息的意思。

〔22〕由：顺随。

〔23〕昏雾：形容对人有害的雾气。

〔24〕捍：抵御。

〔25〕束火：指火把。　物：此指钟乳石。

〔26〕縻（mí）绳：拴绳。　志其返：标记返回的路。

〔27〕直（zhí）：同“值”，价值。这里指劳动后应得的报酬。

〔28〕用是：因此。

〔29〕为：助词。用在句末，常与“何”、“奚”等相配合，表疑问或反诘。

〔30〕士：古代对读书人的通称。

〔31〕谣者：指编写歌谣的人。

〔32〕笑者：指上面批驳祥瑞的“穴人”。　非祥：不是祥瑞。

〔33〕政：政事。　怪：怪异。

〔34〕诚：诚实，讲信用。　信：信守。　道：此指为政的规则。

〔35〕斯：这，这样。

新评

前人分析此文，往往从破除迷信的角度着眼，这当然没有错，但问题是，如果我们的理解仅仅停留在这个层次上，那就辜负了柳宗元写此文的苦心。实际上柳宗元在此文中，提到了一个更为严肃的命题，即普通百姓的诚信与否，和为政者的关系极为密切。政清则百姓推心对上，乐于用命；政苛则百姓不得不欺诬瞒骗，以牙还牙。因此，他认为“君子之祥，以政不以怪”。

写法上，作者紧紧围绕着连山郡钟乳石的“尽”而“复”，借端说理，批评了前任刺史的“贪戾嗜利”，赞美了崔简的“令明而志洁”，使人民“先赖而后力”，以至于使自己的辖区内“欺诬屏息，信顺休洽”，虽通篇出之以议论，但由于识见高妙，读之并不觉得枯燥，倒觉得理趣横生，引人入胜。

报崔黯秀才论为文书

题解

此文作于柳州刺史任上。崔黯（àn），字直卿，卫州（今河南卫辉）人。唐文宗大和年间进士及第，开成初，为监察御史，累迁谏议大夫。本文是柳宗元与崔黯讨论文学问题的信。报，回答。为文，写文章。

崔生足下：辱书及文章，辞意良高，所向慕不凡近〔1〕，诚有意乎圣人之言〔2〕。然圣人之言，期以明道，学者务求诸道而遗其辞〔3〕。辞之传于世者，必由于书[4]。道假辞而明[5]，辞假书而传[6]，要之，之道而已耳[7]。道之及，及乎物而已耳[8]，斯取道之内者也[9]。

今世因贵辞而矜书[10]，粉泽以为工[11]，遒密以为能[12]，不亦外乎[13]？吾子之所言道，匪辞而书，其所望于仆，亦匪辞而书，是不亦去及物之道愈以远乎[14]？仆尝学圣人之道，身虽穷，志求之不已，庶几可以语于古[15]。恨与吾子不同州部，闭口无所发明[16]。观吾子文章，自秀士可通圣人之说[17]。今吾子求于道也外[18]，而望于余也愈外，是其可惜欤！吾且不言，是负吾子数千里不弃朽废者之意[19]，故复云尔也。凡人好辞工书者[20]，皆病癖也[21]。吾不幸蚤得二病[22]。学道以来，日思砭针攻熨[23]，卒不能去，缠结心腑牢甚，愿斯须忘之而不克，窃尝自毒[24]。今吾子乃始钦钦思易吾病[25]，不亦惑乎？斯固有潜块积瘕[26]，中子之内藏[27]，恬而不悟[28]，可怜哉！其卒与我何异？均之二病[29]，书字益下[30]，而子之意又益下，则子之病又益笃。甚矣，子癖于伎也[31]。

吾尝见病心腹人，有思啗土炭、嗜酸咸者[32]，不得则大戚[33]。其亲爱之者不忍其戚，因探而与之。观吾子之意，亦已戚矣。吾虽未得亲爱吾子，然亦重来意之勤[34]，有不忍矣[35]。诚欲分吾土炭酸咸，吾不敢爱[36]，但远言其证不可也[37]，俟面乃悉陈吾状[38]。未相见，且试求良医为方已之。苟能已，大善，则及物之道，专而易通[39]。若积结既定，医无所能已，幸期相见时，吾决分子其啗嗜者[40]。不具。宗元白。

注释

〔1〕凡近：平凡浅近。

〔2〕有意：向往。

〔3〕遗其辞：放弃文辞。

〔4〕书：书写。

〔5〕假：借。

〔6〕传：流传。

〔7〕之道：追求真理，获得真理。

〔8〕及：到，落实。

〔9〕道之内：道的内在本质。

〔10〕贵辞：崇尚文辞。　矜书：夸耀书法。

〔11〕粉泽：修饰文辞。

〔12〕遒(qiú)密：本是书法用语，这里指文章华丽而没有骨力。

〔13〕不亦外乎：这不是追求外在表现形式吗？

〔14〕是不亦去及物之道愈以远乎：这不是与结合实际事物的真理越来越远了吗？

〔15〕语于古：谈论古代圣贤之道。

〔16〕发明：阐发。

〔17〕秀士：优秀的人。

〔18〕外：这里指文辞、书法。

〔19〕朽废者：作者自谦。

〔20〕好辞：崇尚文辞。　工书：钻研书法。

〔21〕癖：嗜好。

〔22〕二病：好辞、工书。

〔23〕砭(biān)针：古代用以治病的石针。　攻：治疗。　熨：用药热敷。

〔24〕自毒：自恨。

〔25〕钦钦：念念不忘的样子。　易吾病：也得我这种病。

〔26〕潜块：体内的病块。　积瘕(jiǎ)：积存的肿瘤。

〔27〕中(zhòng)：攻入。　内藏：内脏。

〔28〕恬：安然。

〔29〕均：同钧，衡量。

〔30〕益：更加，

〔31〕癖于伎(jì)：嗜好技巧。伎，通"技"。技艺，本领。

〔32〕啗(dàn)：同"啖"，吃。　炭：草木灰。　嗜(shì)：喜欢。

〔33〕大戚：极悲痛。

〔34〕重：看重。

〔35〕有不忍：有所不忍。

〔36〕爱：吝惜。

〔37〕证：同"症"，指疾病的症状。

〔38〕俟(sì)面：等到见面。

〔39〕专而易通：虽然是专门的学问，却很容易理解。

〔40〕啗嗜者：指崔黯嗜好的文章书法技巧。

新评

唐人重视科举，书法优秀者往往能得到考官的青睐，甚至能得到令人羡慕的官职。所以崇尚文辞和书法，成为当时的文坛风尚。不用说，柳宗元无论文章还是书法，在当时都深为同辈后学所推崇。但在此文中他教诲崔黯时，明确提出"道假辞而明，辞假书而传，要之，之道而已耳"的主张，批评"今世因贵辞而矜书，粉泽以为工，遒密以为能，不亦外乎？"要求崔黯写文章时应把"之道"看成是最主要的追求，至于文辞和书法，目的是"明道"，当然也要予以关注，但不能本末倒置。

从文章结构上看，柳宗元先肯定了崔黯文章"辞意良高，所向慕不凡近，诚有意乎圣人之言"的长处，言外之意是鼓励他持之以恒，必有所成；然后针对其文章中所表现出的严重偏颇和不足，用自己初学文时的经验教训，苦口婆心地予以教诲；最后，再用生活中的“病心腹人”为例，点明崔黯注重文辞和书法的倾向已经到了不得不改的地步，再次提醒他一定注意。从行文的语气上看，作者把长者的责任、为师的耐心和朋友的热情同时倾注在文章的字里行间，谆谆诱善的同时不失其严厉，庄重严谨的说理过程中时见幽默，充分发挥了书信体散文的特点。

柳州山水近治可游者记

题解

本文作于柳州刺史任上。更具体的年月已不可考。近治，临近州治。可游者，可以游览、观赏的地方。

古之州治[1]，在浔水南山石间[2]。今徙在水北[3]，直平四十里[4]，南北东西皆水汇。

北有双山，夹道崭然[5]，曰背石山。有支川[6]，东流入于浔水[7]。浔水因是北而东，尽大壁下[8]。其壁曰龙壁。其下多秀石，可砚[9]。

南绝水[10]，有山无麓[11]，广百寻，高五丈，下上若一，曰甑山。山之南，皆大山，多奇。又南且西，曰驾鹤山，壮耸环立，古州治负焉[12]。有泉在坎下[13]，恒盈而不流[14]。南有山，正方而崇[15]，类屏者，曰屏山，其西曰四姥山，皆独立不倚[16]。北沉浔水濑下[17]。

又西曰仙弈之山。山之西可上。其上有穴，穴有屏，有室，有宇[18]。其宇下有流石成形[19]，如肺肝，如茄房[20]，或积于下，如人，如禽，如器物，甚众。东西九十尺，南北少半[21]。东登入小穴，常有四尺[22]，则廓然甚大。无窍[23]，正黑，烛之，高仅见其宇，皆流石怪状。由屏南室中入小穴，倍常而上，始黑，已而大明，为上室。由上室而上，有穴，北出之，乃临大野[24]，飞鸟皆视其背[25]。其始登者，得石枰于上[26]，黑肌而赤脉[27]，十有八道，可弈[28]，故以云。其山多柽[29]，多槠[30]，多筼筜之竹[31]，多橐吾[32]。其鸟多秭归[33]。

石鱼之山，全石，无大草木，山小而高，其形如立鱼[34]，尤多秭归[35]。西有穴，类仙弈。入其穴，东出，其西北灵泉在东趾下[36]，有麓环之。泉大类毂雷鸣[37]，西奔二十尺[38]，有洄[39]，在石涧，因伏无所见[40]，多绿青之鱼[41]，多石鲫[42]，多鯈[43]。

雷山，两崖皆东西[44]，雷水出焉，蓄崖中曰雷塘，能出云气，作雷雨，变见有光[45]。祷用俎鱼、豆彘、脩形、糈粽、阴酒，虔则应[46]。在立鱼南，其间多美山，无名而深[47]。峨山在野中[48]，无麓，峨水出焉，东流入于浔水。

注释

〔1〕州治：指柳州刺史官衙所在地。

〔2〕浔水：即浔江，在今广西东部。

〔3〕徙：迁徙。这句的意思是说柳州城在浔水之北。

〔4〕直平四十里：方圆四十里。

〔5〕崭然：高耸的样子。

〔6〕支川：支流。

〔7〕东：向东。

〔8〕尽：停止。大壁：如墙壁的搭上。即下文的龙壁。

〔9〕可砚：可以制成砚台。

〔10〕绝水：没有水。

〔11〕麓：山脚。这句是说山势很陡，没有缓坡。

〔12〕负：背着。

〔13〕坎：地面低陷之处。

〔14〕恒：经常。盈：充满。

〔15〕崇：高。

〔16〕独立不倚：自己站着，不倚靠别的山。

〔17〕沉：沉没。这句上面可能有衍文。

〔18〕宇：房檐。这里指石穴上突出部分好像房檐。

〔19〕流石：钟乳石。

〔20〕茄房：莲蓬。

〔21〕南北少半：仙弈山南北长度少于东西的一半。

〔22〕常有四尺：一常又多四尺。常，十六尺。

〔23〕窍：小孔。

〔24〕大野：广阔的平地。

〔25〕这句的意思是：因为山高，可以看到飞鸟的脊背。

〔26〕枰（píng）：棋盘。

〔27〕黑肌而赤脉：黑色的表面有红色的脉络。

〔28〕弈：下棋。

〔29〕柽（chēng）：树名。

〔30〕槠（zhū）：树名。

〔31〕筼筜（yúndāng）：生长在水边的大竹子。

〔32〕橐（tuó）吾：草名。

〔33〕秭（zǐ）归：即子规，杜鹃。

〔34〕立鱼：站立的鱼。

〔35〕尤：更是。

〔36〕东趾：东侧山脚。

〔37〕大类：很像。　毂（gǔ）：车轮中间的圆木，这里指车轮。

〔38〕西奔：向西流去。

〔39〕洄：回旋的水流。

〔40〕伏：隐伏。这句是说隐伏在洞中，因此看不见。

〔41〕绿青：鱼的颜色。

〔42〕石鲫：鱼名。

〔43〕鯈（tiáo）：古同“鲦”，一种鱼名，即白鲦。

〔44〕皆东西：两崖都是直向东西，没有曲折。

〔45〕变见有光：发出闪电。

〔46〕祷：祈福。　俎鱼：盛于俎中的鱼。俎，礼器。　豆彘（zhì）：盛于豆中的猪肉。豆，高脚木盘。　脩：干肉。　形：“铏”的假借字。铏是一种器皿。这里指铏中祭神之物。　糈稌（xǔtú）：祭神的谷物。糈，精米。稌，稻子。　阴酒：釉酒。这几句的意思是用祭品虔诚地祈祷就会灵验。

〔47〕深：山谷幽邃。

〔48〕峨山：即鹅山。

新评

这篇《柳州山水近治可游者记》，题目兼及山水，而内容则着重记山。与柳宗元其他山水游记相比较，此文几乎全是纯客观的描述，作者在文中不立重点，不作照应，不发议论，只是信笔写来，纯用白描，然文字有详有略，叙述有条有理，用极为简洁的笔非常形象到位地记叙了柳州州治附近的山川形胜，将其各自具有的美景一一展现在读者面前。明人茅坤评此文时说：“全是叙事，不著一句议论感慨，却淡宕风雅”。若能与“永州八记”等其他同类作品对照着阅读，可看出柳宗元晚年散淡的心境，以及另一副截然不同的笔墨。这种风格对清代桐城派的山水游记影响极大。

◎附 录

柳宗元年谱简编

唐代宗大历八年(773),一岁

柳宗元祖籍河东(今山西永济市),出生于长安(今陕西西安市)。

父亲柳镇,时任长安主簿。

母亲卢氏。

唐代宗大历十一年(776),四岁

父亲在吴地为祖父守丧,母亲带柳宗元居长安城西,教其颂古赋。

唐代宗大历十四年(779),七岁

父亲柳镇为宣城令,柳宗元随父居宣城(今安徽宣州)。

唐德宗建中四年(783),十一岁

柳镇调任阌乡县令,柳宗元随父居阌乡县(今属河南)。

唐德宗兴元元年(784),十二岁

柳镇调任鄂岳沔都团练使判官,柳宗元随父到夏口(今湖北武昌西)。

唐德宗贞元元年(785),十三岁

随父至江西,曾游长沙。此年,柳宗元写了《为崔中丞贺平李怀光表》一文,遂有“奇名”。

唐德宗贞元四年(788),十六岁

柳镇调到朝廷任殿中侍御史。柳宗元随父回到长安。

唐德宗贞元五年(789),十七岁

柳宗元求进士,未及第。

柳镇遭到宰相窦参等人的陷害,被贬为夔州(今重庆奉节)司马。

唐德宗贞元八年(792),二十岁

窦参因获罪被杀,柳镇重回长安,复任殿中侍御史。

唐德宗贞元九年(793),二十一岁

二月,柳宗元和刘禹锡等人同登进士第。

五月,柳镇病卒于长安。

唐德宗贞元十年(794),二十二岁

本年,柳宗元曾到邠州(今陕西彬州一带)探望军中任职的叔父,接触了一些下层士兵,为后来写《段太尉逸事状》积累了素材。

唐德宗贞元十二年(796),二十四岁

任秘书省校书郎。

与礼部郎中杨凭女结婚。

唐德宗贞元十四年(798),二十六岁

本年,柳宗元考中博学宏词科,被任命为集贤殿正字。此后几年,与刘禹锡、韩泰、吕温、李景俭等交往甚密。

《与太学生喜诣阙留阳城司业书》写于是年。

唐德宗贞元十五年(799),二十七岁

在集贤殿为正字。妻子杨氏去世,柳宗元写有《亡妻弘农杨氏志》,以志哀悼。

本年淮西节度使吴少诚叛乱,柳宗元作《辩侵伐论》,提醒朝廷征募天下义士,讨伐藩镇,表明了作者希望天下太平的愿望。

唐德宗贞元十六年(800),二十八岁

五月,徐泗濠节度使张建封死,其子张愔自称"留后",骄横跋扈,肆意妄为,原张建封部下韦道安劝阻无效,愤而自杀。柳宗元作《韦道安》诗,赞扬韦道安这一抗议分裂割据的行为。

唐德宗贞元十七年(801),二十九岁

由集贤殿正字调任蓝田县(今陕西蓝田)县尉。

唐德宗贞元十九年(803),三十一岁

闰十月,从蓝田调回朝廷,任监察御史里行,此时韩愈、刘禹锡同为监察御史。

唐德宗贞元二十一年(805),三十三岁

正月,德宗崩,顺宗李诵即位。在顺宗支持下,王叔文、王伾着手进行改革,并吸收一大批有改革志向且有才能的年轻人参与其事。柳宗元被提升为礼部员外郎,与挚友刘禹锡、韩泰、吕温等以极大的热情参与了这次革新,并以自己杰出的政治才干,很快成为革新集团的核心。在"二王刘柳"等人的努力下,朝廷推行了一系列改革措施。

八月,顺宗被迫让位于太子李纯,即唐宪宗。改革失败。宪宗改本年为永贞元年,贬王叔文为渝州(今重庆)司户,贬王伾为开州司马。

九月,柳宗元被贬为邵州(今湖南邵阳市)刺史,还未到任,中途被加贬为永州(今湖南永州)司马。刘禹锡和其他改革派主要人物韩泰、韩晔、凌准、陈谏、程异、韦执谊等七人也被贬为远州司马,史称"八司马事件"。

在任礼部员外郎期间,柳宗元开始写作他的名著《贞符》,为改革政治造舆论,这篇作品到永州后才写成。同时,还写了《梓人传》、《种树郭橐驼传》、《桐叶封弟辩》等文。

十一月，柳宗元到达永州。赴永州途中，柳宗元写了《吊屈原赋》等文。

唐宪宗元和元年(806)，三十四岁

在永州司马任上。

正月，宪宗改年号为元和，同时大赦天下。但有诏规定：八司马“纵逢恩赦，不在量移之限”。

柳宗元六十八岁的母亲卢氏病死在永州龙兴寺。

王叔文被杀，王伾、凌准相继忧愤而逝。

柳宗元写有《永州龙兴寺息壤记》、《哭连州凌员外司马》等诗文。

唐宪宗元和二年(807)，三十五岁

在永州。《先侍御府君神道表》等写于此年。

唐宪宗元和三年(808)，三十六岁

在永州。这年，吴武陵因事被流放永州，柳宗元同他结下深厚友谊。

唐宪宗元和四年(809)，三十七岁

在永州。

七月，柳宗元的岳父杨凭由京兆尹贬为临贺尉。

柳宗元于此年写完《非国语》六十七篇，写信与吕温、吴武陵征求意见。作于同年的著名作品还有《始得西山宴游记》、《钴鉧潭记》、《钴鉧潭西小丘记》、《至小丘西小石潭记》、《与杨京兆凭书》、《全义县复北门记》等文。

唐宪宗元和五年(810)，三十八岁

在永州。

自龙兴寺移居冉溪旁，改冉溪为愚溪。有《溪居》、《冉溪》、《愚溪诗序》、《愚溪对》等诗文。

唐宪宗元和六年(811)，三十九岁

在永州。

吕温卒于衡州刺史任上。柳宗元写了《同刘二十八哭吕衡州》、《祭吕衡州温文》、《唐故衡州刺史东平吕君诔》等诗文。

唐宪宗元和七年(812)，四十岁

在永州。

杨凭改任杭州长史。

《袁家渴记》、《石渠记》、《石涧记》、《小石城山记》等文章作于此年。

唐宪宗元和八年(813)，四十一岁

在永州。

《永州铁炉步志》、《答韦中立论师道书》等文章作于此年。

唐宪宗元和九年(814),四十二岁

在永州。

《与韩愈论史官书》、《段太尉逸事状》、《起废答》等诗文作于此年。

柳宗元在永州期间,没有实际工作可干,故有足够的时间致力于写作。在这期间所写的重要作品,除有确切年代可考的外,还有《封建论》、《六逆论》、《天对》、《三戒》、《捕蛇者说》、《送薛存义之任序》、《答元饶州论政理书》、《报崔黯秀才论为文书》、《与友人论为文书》、《哀溺文》、《骂尸虫文》、《乞巧文》、《牛赋》、《瓶赋》等文及《江雪》、《田家》、《感遇》、《笼鹰词》、《行路难》等诗。

唐宪宗元和十年(815),四十三岁

正月,宪宗下诏召赴长安。刘禹锡、韩泰、韩晔、陈谏等四人同时被召。二月,至长安。三月,柳宗元改任为柳州刺史,刘禹锡等四人也改任为远州刺史。六月,柳宗元至柳州。

《与梦得衡阳分路赠别》、《岭南江行》、《登柳州城楼寄漳汀封连四州》等诗文作于本年。

唐宪宗元和十一年(816),四十四岁

在柳州刺史任上。

长子周六生。

有《井铭》等诗文。

唐宪宗元和十二年(817),四十五岁

在柳州。

岳父杨凭去世。

唐宪宗元和十三年(818),四十六岁

在柳州。

这年,柳宗元作了《平淮夷雅》等诗文,肯定并歌颂了裴度等人在平定淮西战役中的功绩。

唐宪宗元和十四年(819),四十七岁

在柳州,十一月八日病逝于任所。

柳宗元在柳州刺史任上,曾采取措施解放了一批因欠债沦为奴婢的平民,提倡有病求医,反对迷信,并重视打井、种树等关系民生的实际问题。同时努力写作诗文,除有确切年代可考者外,著名作品还有《敌戒》、《童区寄传》、《柳州山水近治可游者记》、《种柳戏题》、《柳州城西北隅种甘树》等。

柳宗元去世后,他的文集由好友刘禹锡编定。现存《柳河东集》四十五卷,外加“外集”两卷,“补遗”四篇,共计文五百篇左右,诗一百四十多首。

柳宗元研究主要著作和论文

著作部分

1. 韩愈柳宗元文学评价　黄云眉　山东人民出版社1957年版

2. 柳河东集　上海人民出版社1974年新1版

3. 柳宗元年谱　施子愉　湖北人民出版社1958年版

4. 柳宗元评传　吴文治　中华书局1962年版

5. 古典文学研究资料·柳宗元卷　吴文治编　中华书局1964年版

6. 柳文指要　章士钊撰　中华书局1971年版

7. 柳宗元集(全四册)　吴文治等点校　中华书局1979年版

8. 柳宗元散论　高海夫著　陕西人民出版社1985年版

9. 柳宗元社会心理思想研究　陈雁谷　广西师大出版社1989年版

10. 柳宗元新传　刘光裕、杨慧文　上海人民出版社1989年版

11. 柳宗元诗笺释　王国安　上海古籍出版社1993年版

12. 柳宗元研究　何书置　岳麓书社1994年版

13. 国际柳宗元研究撷英——柳宗元国际学术讨论会论文选　梁超然、谢汉强编　广西人民出版社1994年版

14. 柳宗元全集　曹明纲点校　上海古籍出版社1997年10月版

论文部分

1. 柳宗元年谱　施子瑜　武汉大学学报　1957(1)

2. 柳宗元世系补正　严薇青　山东师范大学学报　1957(1)

3. 柳宗元的文论　姚奠中　山西大学学报　1978(2)

4. 论柳宗元文学创作的艺术风格　吴文治　文学论集第1辑　1979(6)

5. 韩愈、柳宗元与唐代古文运动的再评价　蒋凡　古代文学理论研究丛刊第1辑　1979(12)

6. 柳宗元和韩愈的文艺观点　敏泽　古典文学论丛第1辑　1980(5)

7. 柳宗元论“文”　高海夫　人文杂志　1980(1)

8. 试论柳宗元“生人之意”的社会思想　孙昌武　文学评论丛刊第5辑　1980(3)

9. 论柳宗元对唐代古文运动的贡献——兼论唐代古文运动　马积高　求索　1982(1)

10. 柳宗元辞赋的思想评价　高海夫　唐代文学论丛　总第4辑

11. 柳宗元与佛教　赖永海　哲学研究　1984(3)

12. 柳宗元与儒学复兴　徐远和　哲学研究　1984(3)

13. 柳宗元山水文学的艺术美　周明　文学评论　1984(5)

14. 韩、柳以前的“古文”论　孙昌武　文学评论丛刊　第16辑

15. 柳宗元的山水诗与其儒佛思想　景凯旋　学术月刊　1985(5)

16. 柳宗元山水诗文的审美特征　丘振声　学术论坛　1986(6)

17. 古文成于韩柳的标志　葛晓音　学术月刊　1987(1)

18. 学陶谢之形迹,得楚骚之神髓——试论柳宗元永州时期的诗歌　王锡九　文学评论丛刊　第31辑

19. 论柳宗元散文的幽美　吴小林　中国人民大学学报　1989(5)

20. 从韩柳欧苏文看唐宋文的差异　洪本健　文史哲　1990(3)

21. 论柳宗元的禅思想　孙昌武　文学遗产　1991(2)

22. 柳宗元散文的艺术境界　邓小军　四川师范大学学报　1993(1)

23. 柳宗元事迹的一点辨证　周凤章　文学遗产　1993(1)

24. 论柳宗元刘禹锡执着意识的三大特色　尚永亮　河北师范大学学报　1993(3)

25. 柳宗元与宋代古文运动　[日本]副岛一郎　复旦大学学报　1993(4)

26. 柳宗元的文质观和诗歌创作　张思齐　广西社会科学　1993(6)

27. 首届柳宗元国际学术讨论会综述　李乃龙　文学遗产　1993(6)

28. 柳宗元的文章论　周振甫　文学遗产　1994(2)

29. 柳诗风格论略　梁超然　文学遗产　1994(2)

30. 为刘柳自诗辩诬一例　蒋凡　文学遗产　1994(2)

31. 柳宗元贬谪期创作的“骚怨”精神——浅论南贬作家的创作倾向及其特点　戴伟华　文学遗产　1994(4)

32. 日本研究柳宗元概述　[中国台湾]黄锦错　唐代文学研究第五辑　广西师大出版社　1994(10)

33. 柳宗元和吕温——柳宗元交游论　杨慧文　唐代文学研究第五辑　广西师大出版社　1994(10)

34. 柳宗元与苏轼崇佛心理比较　陈晓芬　社会科学战线　1995(2)

35. 柳宗元山水诗风格特征之形成　林继中　天府新论　1995(4)

36. 论柳宗元谪居心理空间与诗境构造方式　许总　汕头大学学报　1995(4)

37. 柳宗元的诗歌理论及其诗学精神　高林广　内蒙古师大学报　1996(2)

38. 论柳宗元的作品与创作心态的关系——兼及柳宗元艺术三造境的形成　朱邦国　徐州师大学报　1997(1)

39. 柳宗元寓言的思想艺术成就　黄云姬　福建论坛　1997(6)

40. 柳宗元山水散文的文体风度　蓝冰　内蒙古社会科学　1997(6)

41. 浅谈柳宗元佛学思想对文学创作和美学追求的影响　周卫群　华中理工大学学报　1998(3)

42. 论柳宗元山水诗的个性特征　李芳民　西北大学学报　1998(4)

43. 寓意山水的个体忧怨和美学追求——论柳宗元游记诗文直接象征性和间接表现性　尚永亮　文学遗产　2000(3)

44. 中唐新《春秋》学对柳宗元与永贞革新集团的影响　寇养厚　东岳论丛　2000(1)

45. 佛禅对柳宗元山水诗的影响刍议　王树海、王凤霞　社会科学战线　2000(1)

《柳宗元集》名言警句

△千山鸟飞绝，万径人踪灭。孤舟蓑笠翁，独钓寒江雪。(《江雪》)(第001页)

△石泉远逾响，山鸟时一喧。(《中夜起望西园值月上》)(第004页)

△闲依农圃邻，偶似山林客。(《溪居》)(第005页)

△机心久已忘，何事惊麋鹿。(《秋晓行南谷经荒村》)(第009页)

△砉然劲翮剪荆棘，下攫狐兔腾苍茫。爪毛吻血百鸟逝，独立四顾时激昂。(《笼鹰词》)(第011页)

△披霄决汉出沆漭，瞥裂左右遗星辰。(《行路难三首》其一)(第012页)

△今朝不用临河别，垂泪千行便濯缨。(《衡阳与梦得分路赠别》)(第016页)

△一身去国六千里，万死投荒十二年。(《别舍弟宗一》)(第017页)

△惊风乱飐芙蓉水，密雨斜侵薜荔墙。(《登柳州城楼寄漳汀封连四州》)(第019页)

△方同楚客怜皇树，不学荆州利木奴。(《柳州城西北隅种甘树》)(第023页)

△若教坐待成林日，滋味还堪养老夫。(《柳州城西北隅种甘树》)(第024页)

△凡王者之德，在行之何若。设未得其当，虽十易之不为病；要于其当，不可使易也，而况以其戏乎？(《桐叶封弟辩》)(第028页)

△人必有子，子必有亲，亲亲相仇，其乱谁救？(《驳复仇议》)(第030页)

△且夫不忘仇，孝也；不爱死，义也。(《驳复仇议》)(第030页)

△橐驼非能使木寿且孳也，能顺木之天，以致其性焉尔。(《种树郭橐驼传》)(第031页)

△劳心者役人，劳力者役于人。(《梓人传》)(第034页)

△文之用，辞令褒贬，导扬讽谕而已。(《杨评事文集后序》)(第038页)

△穷与达固不渝兮，夫唯服道以守义。(《吊屈原文》)(第042页)

△或将大有为也，乃始厄困震悸，于是有水火之孽，有群小之愠，劳苦变动，而后能光明，古之人皆然。(《贺进士王参元失火书》)(第047页)

△萦青缭白，外与天际，四望如一。(《始得西山宴游记》)(第050页)

△悠悠乎与颢气俱，而莫得其涯；洋洋乎与造物者游，而不知其穷。(《始得西山宴游记》)(第050页)

△其颠委势峻，荡激益暴，啮其涯，故旁广而中深，毕至石乃止。流沫成轮，然后徐行。(《钴鉧潭记》)(第052页)

△即更取器用，铲刈秽草，伐去恶木，烈火而焚之。嘉木立，美竹露，奇石显。(《钴鉧潭西小丘记》)(第053页)

△潭中鱼可百许头，皆若空游无所依。日光下澈，影布石上，佁然不动。俶尔远逝，往来翕忽，似与游者相乐。(《至小丘西小石潭记》)(第055页)

△舟行若穷，忽又无际。(《袁家渴记》)(第057页)

△每风自四山而下，振动大木，掩苒众草，纷红骇绿，蓊葧香气，冲涛旋濑，退贮溪谷，摇飏葳蕤，与时推移。(《袁家渴记》)(第057页)

△风摇其巅，韵动崖谷。视之既静，其听始远。(《石渠记》)(第059页)

△水平布其上，流若织文，响若操琴。(《石涧记》)(第061页)

△无土壤而生嘉树美箭，益奇而坚，其疏数偃仰，类智者所施设也。(《小石城山记》)(第062页)

△何丧何得，进不为盈，退不为抑，荒凉昏默，卒不自克。(《愚溪对》)(第089页)

△爰有嘉木美卉，垂水藂峰，珑玲萧条，清风自生，翠烟自留，不植而遂。鱼乐广闲，鸟慕静深，别孕巢穴，沉浮啸萃，不畜而富。(《零陵三亭记》)(第098页)

△盖民之役，非以役民而已也。(《送薛存义之任序》)(第101页)

△蚤作而夜思，勤力而劳心。(《送薛存义之任序》)(第101页)

△两山墙立，如丹碧之华叶骈植，与山升降。(《游黄溪记》)(第105页)

△人之患在好为人师。(《答韦中立论师道书》)(第107页)

△故吾每为文章，未尝敢以轻心掉之，惧其剽而不留也；未尝敢以怠心易之，惧其弛而不严也；未尝敢以昏气出之，惧其昧没而杂也；未尝敢以矜气作之，惧其偃蹇而骄也。(《答韦中立论师道书》)(第108页)

△呜呼!孰知赋敛之毒,有甚是蛇者乎!(《捕蛇者说》)(第119页)

△居无事,虽过三年不害。当其有事,驱之于陈力之列以御乎物,以夫空空之内,粪壤之理,而责其大击之效,恶有不折其用,而获坠伤之患者乎?(《鞭贾》)(第124页)

△不知推己之本,而乘物以逞。(《三戒并序》)(第127页)

△形之庞也类有德,声之宏也类有能。(《黔之驴》)(第129页)

△呜呼!彼以其饱食无祸为可恒也哉!(《永某氏之鼠》)(第130页)

△不善内而恃外者,未有不为罴之食也。(《罴说》)(第137页)

△皆知敌之仇,而不知为益之尤;皆知敌之害,而不知为利之大。(《敌戒》)(第140页)

△敌存灭祸,敌去召过。(《敌戒》)(第140页)

△嬉笑之怒,甚乎裂眦。长歌之哀,过乎恸哭。(《对贺者》)(第142页)

△封建非圣人意也,势也。(《封建论》)(第144页)

△然则伏羲氏、女娲氏、孔子氏,是亦人而已矣。(《观八骏图说》)(第152页)

△诚使天下有是图者,举而焚之,则骏马与圣人出矣。(《观八骏图说》)(第152页)

△牛虽有功,于己何益?命有好丑,非若能力。(《牛赋》)(第154页)

△中焉可师,耻焉可友,谨是二物,用惕尔后。道苟在焉,佣丐为偶;道之反是,公侯以走。(《师友箴并序》)(第155页)

△齐女色忧,伤槐罢诛。赵姬完父,操棹爰讴。(《饶娥碑》)(第166页)

△明哲在躬,不陋为奴。冲让居礼,不盈称孤。高而无危,卑不可逾。(《箕子碑》)(第168页)

△超千祀而挺生, 奋百代而特立者也。(《唐故特进赠开府仪同三司扬州大都督南府君睢阳庙碑并序》)(第170页)

△裂裳而千里来应, 左袒而一呼皆至。(《唐故特进赠开府仪同三司扬州大都督南府君睢阳庙碑并序》)(第170页)

△惟公信以许其友,刚以固其志,仁以残其肌,勇以振其气,忠以摧其敌,烈以死其事,出乎内者合于贞,行乎外者贯于义,是其所以奋百代而超千祀者矣。(《唐故特进赠开府仪同三司扬州大都督南府君睢阳庙碑并序》)(第171页)

△君子之祥也,以政不以怪,诚乎物而信乎道,人乐用命,熙熙然以效其力。(《零陵郡复乳穴记》)(第177页)

图书在版编目（CIP）数据

柳宗元集 /（唐）柳宗元著；景宏业解评．—2 版．
—太原：三晋出版社，2008. 6（2024.5 重印）
（中国家庭基本藏书·名家选集卷）
ISBN 978 – 7 – 80598 – 939 – 6 – 01

Ⅰ. 柳…　Ⅱ. ①柳…②景…　Ⅲ. 古典散文—作品集—中国—唐代　Ⅳ. I264.23

中国版本图书馆 CIP 数据核字（2008）第 091019 号

柳宗元集

著　　者：（唐）柳宗元　　解 评 者：景宏业

责任编辑：田潇鸿　　审 订 者：孙安邦
封面设计：敬人工作室　　版式设计：敬人工作室
责任校对：田潇鸿　　责任印制：李佳音

出版发行：山西出版集团·三晋出版社
地　　址：太原市建设南路 21 号
电　　话：（0351）4956036（咨询）　　4922268（邮购）
传　　真：（0351）4922102
网　　址：www.sxskcb. com
邮　　编：030012

印刷装订：山西新华印业有限公司
（本书如有破损、缺页、装订错误，请与本社联系调换）

开　　本：787mm × 960mm　　1/16
字　　数：230 千字
印　　张：13.5
版　　次：2008 年 6 月第 2 版
印　　次：2024 年 5 月第 2 次印刷
书　　号：ISBN 978 – 7 – 80598 – 939 – 6 – 01
定　　价：52.00 元